HEYNE <

Das Buch

Die Bewohner des beschaulichen Ahrtals können es nicht glauben – ihr prominentester Winzer ist ermordet worden! Auch Sternekoch Julius Eichendorff ist schockiert, als er an einem sonnigen Herbsttag vom Tod Siegfried Schultze-Nögels erfährt, seines Zeichens Weingenie und Erneuerer der Winzerkunst. Schnell gerät dessen Witwe Gisela unter Verdacht. Doch dann tauchen im Weinkeller rätselhafte Botschaften auf, und weitere verstörende Zwischenfälle machen den Fall immer verwirrender. Als Eichendorff schließlich selbst unter Mordverdacht gerät, macht er sich auf die Suche nach dem Täter. Er kommt ihm immer näher, bis es am Ende auch für ihn brenzlig wird …

Der Autor

Carsten Sebastian Henn, geboren 1973 in Köln, lebt in Hürth. Er arbeitet als Autor und Weinjournalist für verschiedene Fachmagazine sowie als freier Nachrichtenredakteur für den Deutschlandfunk. Henn veröffentlichte Lyrik und Erzählungen in diversen Anthologien, mehrere Krimis sowie Weinführer.

Für meine Sippe: Mutter, Vater, Peter, Stephan, Rolf, Tante Waltraud & Onkel Hein, die Hündgens, die Rossos, die Luxens, Oma Emmy & die jecken Finger
Und natürlich: Flora McMaunz, Munchy Fergus Macallan & Moritz von Meiendorf
Im Gedenken an die Lieben, die uns fehlen: Oma Katharina & Karin

Mit vielem, vielem Dank an Stefanie Finger, die zu diesem Buch so viel beigetragen hat, dass sie eigentlich mit aufs Cover gehört. Tausendundein Kuss an Dich!

»Man führt gegen den Wein nur die bösen Taten an,
zu denen er verleitet, allein er verleitet auch
zu hundert guten, die nicht so bekannt werden.«

Georg Christoph Lichtenberg

I

»Winzer in Burgundersauce«

Es war das erste Mal seit Jahren, dass Julius ein Filet anbrennen ließ.

So etwas bereitete ihm für gewöhnlich körperliche Schmerzen. Der schwere Geruch der verkohlten Rotbarbe verteilte sich in jede Ecke der blitzsauberen Küche. Sichtlich ergriffen hatte die sonst so fröhliche Stimme von Radio RPR verkündet, dass Siegfried Schultze-Nögel tot sei. Jetzt lief ein Nachruf, in dem noch einmal all seine Verdienste aufgezählt wurden. Angefangen bei der Revolution der Weinkultur im Ahrtal über die unzähligen Auszeichnungen für seine Tropfen bis zum Bundesverdienstkreuz im letzten Jahr.

Beißend stieg der Rauch Julius in die Nase, und er zog die gusseiserne Pfanne schnell vom Gas.

»Jetzt schau sich einer des arme Fischerl an! Völlig umsonst geangelt worden, so eine Schand!«

Franz-Xaver, der Maître d'hôtel der »Alten Eiche«, der vehement darauf bestand, nicht Oberkellner genannt zu werden, war durch die Schwenktür hereingerauscht und schaute mitleidig auf die ehemals rote Rotbarbe.

»Wo bist mit deinen Gedanken, großer Maestro? Auf jeden Fall net beim Probekochen!«

Die süffisante Art des alten Freundes holte Julius wieder ins

Hier und Jetzt. Zugleich merkte er, wie seine familiären Gene sich lautstark zu Wort meldeten.

»Ich muss zu meiner Großcousine. Die Arme, wer weiß, wozu sie jetzt fähig ist ...«

»Deine Großcousine? Meinst die Gisela, die Frau vom Siggi?«

»Ich hab jetzt keine Zeit. Hör's dir im Radio an. Ich weiß nicht, wann ich wiederkomme. Du musst hier solang das Zepter schwingen. Wir nehmen noch mal die Karte von gestern.«

Und weg war er durch die Hintertür. Julius hatte noch aus den Augenwinkeln erkennen können, dass Franz-Xaver ihm fragend hinterherschaute. Die beiden kannten sich schon lange, hatten gemeinsam ihre Ausbildung im Münchner »Tantris« absolviert, als noch der große Witzigmann dort kochte. Sie hatten über die Jahre, auch in den schweren Anfangszeiten der »Alten Eiche«, immer zusammengehalten. Franz-Xaver wunderte sich bestimmt, warum er so kurz angebunden war. Aber für lange Erklärungen hatte Julius keine Zeit.

Noch in voller Kochmontur schwang er sich in seinen Audi A4 und brauste auf die Landskroner Straße Richtung Dernau. Schaltete in den Vierten, in den Fünften, fuhr achtzig und damit zehn mehr als erlaubt und kam mit quietschenden Bremsen wenige Zentimeter hinter der Stoßstange einer Euskirchener Familienkutsche zum Stehen. Julius konnte erkennen, dass vor diesem weitere Euskirchener, Bergheimer, Bonner und Kölner standen. Stange an Stange, in ihren Faraday'schen Käfigen die wunderbare Natur des Ahrtals genießend. Denn es war Sonntag. Sonntagmittag. Und der Weg von Heppingen bis Dernau war verstopft mit unternehmungslustigen »Ahrschwärmern«, die ihr Wochenende in Strömen von Federweißem ersäufen wollten. Und für die Zwiebelkuchen an diesen Tagen den Höhepunkt der abendländischen Kochkultur darstellte. Es gab keinen Schleichweg, keine Abkürzung und auch keinen Feldweg, der sich zweckentfremden ließ. Das Ahrtal war einfach zu eng, um mehrere Durchgangsstraßen zu beherbergen. Julius spürte, wie die Wut in ihm hochstieg und sich in einigen gezielten Schlägen auf sein Hartplastik-Lenkrad entlud. Sonst machte er am Wochenende keinen Schritt vor die Tür. Er hasste Menschenmassen. Und er hasste es zu warten. Jetzt stand er inmitten von Menschenmassen und wartete.

Julius wollte, um sich zu entspannen, auf die Weinberge blicken, die sich jetzt im Oktober so wundervoll verfärbten. Manchmal jede Reihe in einem anderen Ton, so dass sie wie große Papiergirlanden wirkten, die ein gut gelaunter Riese über die Rebgärten gehängt hatte. Heute aber waren sie vor lauter Touristen kaum zu sehen. Wie Heuschrecken waren sie ins Tal eingefallen, ihre Goretex-Jacken um die Hüften geschwungen und gefräßig die reifen Trauben vom Wegesrand essend, die bunten Blätter von den Rebstöcken reißend, um einen Strauß zu sammeln.

Der Radiomoderator unterbrach das laufende Musikstück für eine Sondermeldung. In diesem Moment war es ausnahmsweise gut, dass der Verkehr sich staute. Mit voller Geschwindigkeit wäre Julius vor Überraschung bestimmt in den Vordermann gerauscht.

»Wie wir gerade erfahren haben, ist der Top-Winzer der Ahr-Region, Siegfried Schultze-Nögel, vermutlich einem Verbrechen zum Opfer gefallen. Näheres in den Nachrichten um 13.00 Uhr.«

Erst eine halbe Stunde später, nachdem er von unzähligen Motorrädern überholt worden war und sich etliche stolz im Stau spazieren geführte Oldtimer vor ihm in Parklücken gequält hatten, tauchte vor Julius wie eine Erlösung die orange leuchtende Tankstelle am Ortseingang von Dernau auf. Noch einmal abbiegen, und er konnte vor dem Hintereingang des Weingutes parken, direkt gegenüber dem kleinen katholischen Friedhof. Die Wagen der Sippe standen schon vor dem Haus, aber nicht wie sonst ordentlich in Reih und Glied geparkt, sondern geradewegs dort abgestellt, wo Platz war. Kreuz und quer. Alle waren sie schon da: Onkel Jupp und Tante Traudchen, Cousine Anke mit Anhang, Großtante Käthe, Vetter Willi, dessen Frau Gertrud, Annemarie und der Rest des über das gesamte Tal verstreuten Eichendorff-

Nögel-Burbach-Clans oder der »Landplage«, wie Julius sie zu nennen pflegte. Auch die Polizei war schon mit zwei Einsatzwagen angerückt. Julius ging den Abhang hinunter zur hölzernen Eingangstür der Weinprobierstube. Noch ehe er klingeln konnte, öffnete ihm Onkel Jupp, wie stets Zigarette rauchend, die Tür.

»Ich hab dich schon kommen sehen, Julius. Rein mit dir! – Ist das zu glauben? Wer macht so was? Kannst du mir sagen, wer so was macht? Ich fass es nicht, ich fass es einfach nicht! Er war ein großer Mann, ein echter Künstler! Was er alles fürs Tal getan hat!«

Da hatte er Recht, was hatte Siggi nicht alles fürs Tal getan. Damals als Erster mit den kleinen französischen Fässern angefangen, den Barriques, ohne die Rotweine internationaler Qualität gar nicht möglich waren. Noch wichtiger war sicherlich, dass er eine neue Ideologie etablierte: Klasse statt Masse. Das war schwer in die Köpfe derer zu kriegen, die jahrzehntelang andersherum gedacht hatten. Und er hatte die Türen geöffnet für höhere Verkaufspreise. Er hatte sich einfach getraut, mehr zu verlangen. »Qualität muss kosten!«, war sein Leitspruch gewesen. Siggi hatte die Wege geebnet, über die alle Folgenden dann gegangen waren.

Aber nicht nur deswegen hatte die Region einen großen Verlust erlitten, dachte Julius betrübt. Sie hatte auch einen besonderen Menschen verloren. Einen, wie es ihn kein zweites Mal gab. Julius' Beziehung zum Rotweinmagier war stets vom Geschäft bestimmt, und doch waren die Treffen mit Siegfried Schultze-Nögel immer etwas Besonderes gewesen. Sie würden ihm fehlen.

Wie ein stählernes Hundehalsband schloss sich Onkel Jupps Hand um Julius' Nacken und zog ihn hinein in die dunkle Stube. Aufgereiht wie Hühner hockte die Sippe da, die Blicke zu Boden gesenkt. In einer Ecke fanden sich auch die polnischen Erntehelfer, denen die Unsicherheit angesichts der tragischen Situation deutlich anzumerken war. Der kleine holzgetäfelte Raum wirkte mit den vielen Menschen eng wie eine Sauna. Nur dass keine Nackten darin saßen, sondern die Landplage, die es für angebracht hielt, in den besten Kleidern und Anzügen ihre Aufwartung zu machen. Onkel Jupp redete unverdrossen weiter auf Julius ein, dankbar für ein frisches Opfer:

»Wer bringt so einen um? Im *neuen* Maischebottich, ist das zu glauben?« Er boxte ihn auf die Brust. »Den hat der Siggi erst dieses Jahr aus Frankreich geholt. Ist schon ein tolles Ding. Fasst über dreitausend Liter! Stell dir das vor! Und das Holz ist ganz fein gemasert! Allererste Qualität, sag ich dir. Da *muss* der Wein gut drin werden. Ich mein, den Frühburgunder, der drin war, kannst du jetzt natürlich vergessen. Schade drum!«

Aus der hintersten Ecke der Sauna löste sich ein bulliger Schatten, rollte mit zwei schweren Schritten heran und baute sich vor Jupp auf.

»Kannst du vielleicht endlich mal deine Schnüss halten?! Der Siggi ist tot, und du erzählst hier über den Maischebottich! Bist du noch ganz beisammen?«

Es war Willi, der jede Gelegenheit nutzte, den ungeliebten Verwandten zusammenzustauchen. Onkel Jupp drehte sich darauf pikiert um und nahm vor dem Fenster Stellung, um weitere Neuankömmlinge in Empfang zu nehmen.

»Von dir lass ich mir doch überhaupt nix sagen!«, murmelte er in seinen Zigarettenrauch.

Willi zog sich wieder auf seinen Platz zurück, um weiter den Boden anzustarren.

Julius' Blick fiel auf ein in Gold gerahmtes Dokument, das im Eingangsbereich des Verkostungsraumes hing. Er hatte es früher schon gesehen, aber noch nie die Zeit gefunden, es zu lesen. Es war in einer Handschrift verfasst, wie sie heute nicht mehr zu finden war. Jeder Buchstabe ein Kunstwerk.

Sehr geehrte Frau Schultze-Nögel,

leider sehe ich mich genötigt, diesen Brief an Sie zu schreiben. Die Beschwerden, die von Lehrern, Eltern und Mitschülern bezüglich Ihres Sohnes Siegfried an uns herangetragen wur-

den, haben sich in einem unerträglichen Maße gehäuft. Ihr Sohn stört wiederholt den Unterricht, indem er unflätige Bemerkungen dazwischenruft oder Geräusche verursacht, die an Flatulenz erinnern. Es vergeht kaum ein Tag ohne einen Eintrag ins Klassenbuch. Häufig muß Siegfried des Raumes verwiesen werden, damit seine Mitschüler einem geordneten Unterricht folgen können. Dies ist nicht zu dulden.
Auch in den Pausen kommt es vermehrt zu unerwünschten Handlungen seitens Ihres Sohnes. So hat mich die Klassenlehrerin, Frau Hohenschurz, davon in Kenntnis gesetzt, daß er mehrmals Mitschülerinnen auf den Mund geküßt hat! Weiterhin sind Zettel mit unanständigen Witzen aufgetaucht, die von Ihrem Nachwuchs stammen.
Er ist seinen Mitschülern nicht nur ein schlechtes Beispiel, sondern verführt auch zu unratsamem Verhalten. Das Nachsitzen konnte ihn bislang nicht von diesen Taten abbringen. Einige Eltern haben mich gebeten, Siegfried künftig von Klassenfahrten und Ausflügen auszuschließen. Falls sich sein Verhalten nicht bessert, sehe ich mich gezwungen, entsprechende Schritte einzuleiten.
Ich möchte Sie hiermit auffordern, mäßigenden Einfluß auf Ihren Sohn auszuüben. Dies wäre vor allem deshalb zu wünschen, weil Siegfried einer der besten Schüler der Klasse ist. Seine Leistungen sind in fast allen Fächern überdurchschnittlich.
Es wäre ein Verbrechen, wenn einem so begabten Kind durch Jugendsünden die Zukunft verbaut würde. Aber auf Dauer wird sich sein Benehmen zweifellos negativ auf die Benotungen auswirken.

Hochachtungsvoll
Karl-Heinz Wolfshohl
(Schulleiter)

Dass dieser Brief gerahmt an der Wand hing, dachte Julius mit einem Schmunzeln, sagte noch mehr über den Rotweinmagier aus als der Inhalt. Und der war schon die beste Beschreibung, die er je über Siggi Schultze-Nögel gehört hatte.

Darunter hing ein Schwarzweißfoto, das ihn zwischen dem Ministerpräsidenten von Rheinland-Pfalz und Udo Lindenberg zeigte. Beide wirkten blass neben Siggi Schultze-Nögel. Er hatte einfach diese Ausstrahlung, dieses Leuchten eines Gewinners, dieses »Alle Scheinwerfer auf mich!«. Eigentlich sah er mehr wie ein Italiener aus und nicht wie ein waschechter Eifeler. Er hatte Julius immer an den Stardesigner Colani erinnert, der auch stets laut auftrat, sich niemals in eine Ecke stellte und Gläser in einem Zug leerte.

Siggi trug auf dem Foto seine Lieblingsmaske. Ein Lachen.

Noch bevor Julius sich setzen konnte, kam ein weiterer Schatten auf ihn zu. Aus dem dunklen Gang, der zu den Weinfässern führte, drangen schnelle Schritte, und die Konturen seiner Großcousine schälten sich aus dem Zwielicht. Der Kajal um die Augen war verschmiert, aber sie versuchte merklich, Haltung zu bewahren. Gisela schloss ihn in die Arme. In diesem Moment der Nähe kam Julius ihre gemeinsame Geschichte wieder in den Sinn. Wie es früher war, als sie noch jung, oder besser: klein gewesen waren und ihre Eltern zusammen in Urlaub gefahren waren. Wie er mit Gisela in Italien am Strand gespielt hatte. Wie sie danach ganze Sommer miteinander verbrachten und auch Herbst und Winter, wie sie als Kinder am Martinstag gemeinsam um die Häuser gezogen waren. »Dä hillije Zintemätes« war ihr liebstes Lied gewesen. Sie hatten sich sehr nah gestanden, fast wie Bruder und Schwester. Doch dann waren sie auf verschiedene Schulen gegangen, hatten andere Freunde gefunden. Und plötzlich war es ein Thema gewesen, ob man aus Dernau oder Heppingen kam. Heutzutage hatten sie nicht mehr viel miteinander zu tun, aber diese Verbundenheit war noch da, deren Wurzeln vor so langer Zeit gepflanzt worden waren. Julius nahm sich in diesem Moment fest vor, sich wieder mehr um Gisela zu kümmern. Und es erschien ihm wie ein Rätsel, warum sich zwei Menschen, die sich so mochten, so weit hatten auseinanderleben können.

Gisela lockerte ihre Umarmung. »Schön, dass du da bist.«

»Es tut mit sehr Leid, was mit Siggi passiert ist.«

Gisela nickte. Sie ist eine starke Frau, dachte Julius, auch in dieser schweren Situation.

Sie wandte sich zur Familie. Erst jetzt fiel Julius die in Gold beschriebene Magnumflasche auf, die Gisela in der Hand hielt.

»Kommt, lasst uns trinken. Siggi hätte das gewollt … Hier, sein Lieblingswein, die 99er Dernauer Pfarrwingert Spätburgunder Auslese ›Aurum‹. Sein ganzer Stolz …«

Sie hob die Flasche mit merklicher Anstrengung hoch. Julius konnte sehen, wie die Trauer an ihren Kräften nagte.

»Lasst uns auf ihn anstoßen …«

Gisela schaffte es nicht, die Gläser zu füllen. Ein Weinkrampf durchschüttelte sie. Jupp griff die Flasche und leerte sie in die vorbereiteten Gläser. Wie Julius bemerkte, goss er sich selbst am meisten ein.

Nachdem Julius alle begrüßt hatte, stieg er die Treppe zur Kelterhalle hinauf. Einerseits konnte er so viel Trübsal auf einmal nicht ertragen, andererseits wollte er endlich wissen, was passiert war. Zwei Männer in weißen Ganzkörperanzügen, wohl Beamte der Spurensicherung, standen in der Ecke und rauchten. Sie nahmen keine Notiz von ihm. Ansonsten lag der Raum still, als wäre nie etwas Ungewöhnliches geschehen. Der süße Duft vergärender Maische lag schwer und beruhigend über der Szenerie. An den Seiten aufgereiht ruhten Barrique-Fässer, den Raum einrahmend, in dessen Mitte die hölzerne Neuerwerbung aus Frankreich stand. Eine kleine Leiter führte hinauf, so dass man leichter ins Innere blicken konnte. Julius nahm die Stufen flinker, als es sein von vielen Sahnesaucen harmonisch gerundeter Körper erwarten ließ, und sah nachdenklich über den leise blubbernden, roten See, auf dem der Tresterhut wie grobe Marmelade trieb. Hier hatte Siggi also sein Ende gefunden. In seinem geliebten Wein zur Ruhe gebettet. Darüber hätte er laut gelacht, und es hätte wie das Bellen eines großen Hundes geklungen.

Ein Geräusch schreckte Julius aus seinen Gedanken. Es klang, als würde jemand etwas über den rauen Betonboden schleifen. Hinter dem Maischebottich tauchte ein im Tal allseits bekannter Charakterkopf auf. Wie eine Birne geformt, mit einer eckigen Brille aus massiven Glasbausteinen, welche fast die gesamte obere Gesichtshälfte einnahm. Dazu ein Körper, der wie ein Heißluftballon wirkte. Dr. Gottfried Bäcker ähnelte seinem Parteigenossen aus Oggersheim wie ein jüngerer, ungepflegterer Bruder. Eine Schweißperle rann ihm über die Stirn.

»Hallo Julius, grüß dich. Schlimme Sache das. Mein Beileid!«

Julius kletterte die Leiter herunter. Der Landrat reichte ihm die Hand.

»Dank dir. – Aber was ist denn nun eigentlich genau passiert?«

»Hat dir noch keiner …?«

Julius schüttelte den Kopf.

»Er ist in diesem Bottich hier gefunden worden. Mit einer großen Wunde am Hinterkopf. Es muss ihn jemand mit einem schweren Gegenstand geschlagen haben, und dann ab in die Maische.«

»Weiß man schon, wer?«

»Neeein. Wer könnte unserem Siggi denn schon was Böses wollen? Da fällt mir keiner ein …«

Das konnte Julius nicht durchgehen lassen. »Natürlich war er ein großer Winzer. Aber er war kein einfacher Charakter, Gottfried. Ein Unbequemer, ein Querkopf, das war er.«

»Aber *unser* Querkopf! Ein schwerer Verlust für uns alle …«

Julius nickte. Obwohl er Bäcker aus mehr als einem Grund nicht gewählt hatte, fand dieser doch häufig die richtigen Worte.

»Ich finde es sehr mitfühlend, dass du deine Aufwartung machst. Das bedeutet der Familie bestimmt viel.«

Bäcker lächelte. »Das ist doch selbstverständlich bei besonders verdienten Mitgliedern unseres Kreises. – Ich muss jetzt aber auch schon weg. Es war schön, dich mal wiedergesehen zu haben! Ich hoffe, die Geschäfte laufen gut?«

»Könnten nicht besser gehen.«

»Gut. Gut. Bis dann!«

Weg war er.

Bäcker hatte Recht, dachte Julius und strich über seine verbliebene Lockenpracht, die sich wie ein lorbeerner Siegerkranz um den kugeligen Kopf zog. Siggi war zwar ein Enfant terrible und zuweilen ein grober Klotz gewesen, aber zu viele profitierten von ihm. Und doch musste es jemanden gegeben haben, der mehr Nutzen aus seinem Tod zog. Der Mord ging Julius an die Nieren, mehr als das. Die Vorstellung, wie Siggi tot im Bottich trieb, ließ ihn schaudern. Dies war nicht das friedliche, beschauliche Ahrtal, das er liebte.

Wieder im Probierraum entdeckte Julius ein unbekanntes Gesicht. Eine junge Frau im grauen Kostüm sprach eindringlich mit Gisela. Bevor er sich erkundigen konnte, wer dort gekommen war, beantwortete Jupp schon die Frage.

»Die da ist von der Polizei. Haben sie aus Koblenz geschickt. Das kann doch nix geben! Da wird unser größter Winzer ermordet, und die schusseligen Anrainer schicken uns ihr jüngstes Gemüse. Denen werd ich was erzählen! Gleich morgen ruf ich da an, das versprech ich dir!«

Julius war froh, dass er an diesem Abend arbeiten musste. Er war froh über jedes Ossobuco mit Spätburgundertrauben, jedes »Dreigestirn«, jedes Wildschweinfilet an grünem Spargel und Morcheln, jedes Gigot vom Milchlamm, das er mit seinem innig geliebten Wüsthof-Messer bearbeiten konnte, und erst recht über jede aufwändige Languste auf Blattspinat mit Krebsrahmsauce. Er war froh über jedes Stück, das er in die Pfanne legen, jedes Gewürz, das er zugeben konnte, jede Dekoration, die es auf einem Teller zu drapieren galt. Das lenkte ab und ließ ihn nicht an den Mord in der Kelterhalle denken. Nur einmal wurde sein Gedächtnis unangenehm aufgefrischt, als Franz-Xaver, chronisch unsensibel, wie es seine Wiener Art war, mit süffisantem Lächeln erzählte, dass die Weine von Schultze-Nögel besser liefen als je zuvor. Jeder bestelle sie, egal, ob diese zum Essen passen würden oder nicht. Aber selbst der Zorn darüber verrauchte schnell, weil all die verlockenden Gerüche wieder Julius' Geist einnebelten. Als er um ein Uhr morgens in sein barockes Himmelbett fiel, schlief er sofort ein.

Das leise Klingeln des Telefons hätte Julius sicher überhört und er hätte weitergeschlafen, aber leider hatte es Herrn Bimmel aus seinen Katerträumen gerissen. Nun saß dieser laut maunzend vor dem Unruhestifter, so, als könnte er ihn durch ausgiebigen Gesang besänftigen. Julius war wach. Selbst die süßesten Träume konnten dieses Konzert aus Miauen und Klingeln nicht überdecken. Der so rüde Geweckte schleppte sich schlaftrunken zum Telefon, im Dunkeln gegen Tisch und Kratzbaum stoßend.

»Eichendorff.«

»Julius, es ist etwas Schreckliches passiert!«

Die kieksende, überdrehte Stimme klang nach Annemarie, Giselas Schwägerin. Eine Frau, mit der man nach Julius' Meinung besser nicht ins Gespräch kam.

»Hm.«

»Hab ich dich geweckt?«

Julius blickte auf die Uhr im Telefondisplay. Angesichts der Tatsache, dass es acht Uhr morgens und er Koch war, wirkte diese Frage schon ein wenig unverschämt. Aber Julius war noch zu maulfaul, um seinem Ärger Luft zu machen. Es war einfach zu anstrengend, die Zähne zu bewegen.

»Ja.«

Sie ging nicht darauf ein. »Julius, du kennst doch so viele wichtige Persönlichkeiten. Du musst etwas für Gisela tun! *Sofort*!«

Als er merkte, wie dringlich Annemaries Stimme klang, wurde er mit einem Mal wach. Es war, als hätte ihm jemand einen Eimer Wasser über den Kopf geschüttet.

»Was ist denn mit Gisela?«

»Ach, das weißt du ja noch nicht! Ich bin doch die Nacht hier geblieben, damit die Gisela nicht so allein ist. Und heut Morgen standen sie dann schon ganz früh vor der Tür. Die haben sie festgenommen! Wegen Siggi! Sie meinen, sie hätte …«

Annemarie brachte die nächsten Worte nicht heraus, zu unglaublich mussten sie ihr erscheinen.

»Wie kommen die denn auf so was?«

»Du kennst doch die Nachbarn! Irgendwer hat wohl von einem lauten Streit in der letzten Nacht erzählt, und Gisela muss ihm wohl auch gedroht haben … also ihn … umzubringen.«

»Typisch Gisela. Immer direkt auf hundertachtzig.«

»Siggi muss auch Kratzspuren im Gesicht gehabt haben, die von Gisela stammen. Du musst sie wieder rausholen, Julius!«

»Wie soll *ich* das denn machen?!«

»Du kennst so viele wichtige Leute! Ruf doch einen deiner Freunde an, die was zu sagen haben! Du hast von der Familie die besten Verbindungen!«

»Annemarie, ich weiß nicht, ob ich da was machen kann. Aber ich ruf gleich mal bei der Polizei an, in Ordnung?«

»Ja, ja mach das! Und meld dich, wenn du was erreicht hast! Wir sind alle ganz krank vor Sorge!«

»Mach ich.«

Julius starrte noch einmal auf die Ziffern im Telefondisplay. Diese Uhrzeit hatte er schon lange nicht mehr gesehen. Langsam sickerten die Informationen in vollem Ausmaß in seinen vom Schlaf zerzausten Kopf. Als könnte Gisela ihrem Mann etwas zuleide tun! Sie wurde gerne laut, knallte mit Vorliebe Türen, warf Einrichtungsgegenstände aus dem Fenster. Aber der Zorn war immer schnell verraucht, und dann brauchte sie Harmonie. Onkel Jupp schien ausnahmsweise Recht mit einer Einschätzung zu haben. Die Koblenzer hatten tatsächlich jemanden geschickt, der keine Ahnung hatte.

Natürlich brachte der Anruf bei der Kripo nichts. Obwohl Julius die ermittelnde Kommissarin zu sprechen bekam – wie sich herausstellte eine Blaublütige namens von Reuschenberg –, konnte diese ihm auch nicht mehr sagen, als dass sich Gisela in U-Haft befand. Zum jetzigen Zeitpunkt stünde aber noch gar nichts fest. Na, das würde die Familie ja beruhigen! Anders ausgedrückt: Das würde der Sippe nicht genügen!

Bei einem ausgiebigen Frühstück sinnierte Julius zwischen Rührei und Parmaschinken darüber, was er noch tun konnte. Als wären seine Verbindungen zu den oberen Zehntausend – eher den oberen Zehn – im Ahrtal so gut! Zwar aßen sie stets bei ihm auf Staats- oder Firmenkosten, aber viel mehr als das übliche kulinarische Kurzgespräch nach dem Dessert pflegte er mit den wenigsten.

Herr Bimmel sprang auf den Tisch und machte sich auf leisen Pfoten gen Schinken, den Julius akkurat in parallelen Streifen auf den Teller gelegt hatte. Einer war wie jeden Morgen für den pelzigen Mitbewohner. Während Julius gedankenversunken Worcestershiresauce auf das Ei träufelte, kam er zu der Erkenntnis, dass er der Familie weniger würde helfen können, als diese sich erhoffte. Seine Verbindungen spielen zu lassen, würde nichts bringen, schließlich ermittelte die Koblenzer Polizei, und von denen kannte er niemanden. Aber wenn die Sippe seine Unterstützung brauchte, so würde sie diese bekommen. Familie war schließlich Familie. Egal, ob sie ihm beständig auf die Nerven ging oder nicht. Wenn er irgendwie dazu beitragen konnte, Gisela auf freien Fuß zu bekommen, so würde er das machen. Aber selbstverständlich erst *nach* dem Frühstück.

Nach kurzer Fahrt war er wieder in Dernau. Und nachdem er den Anruf bei der Kripo vier verschiedenen Verwandten geschildert hatte, stand er erneut in der Kelterhalle. Die Mittagssonne strahlte durch das in die Wellblechdecke eingelassene Plexiglas. Der französische Maischebottich wirkte noch grandioser, noch pompöser als am gestrigen Abend. Fast kam Julius sich vor wie in einem

Museum für moderne Kunst, so zielgenau schoss das Licht auf das hölzerne Wunderwerk, den Staub dabei wie kleine Schneeflocken erhellend.

Er ging noch einmal die Leiter zum Bottich hinauf. Die Maische war mittlerweile abgelassen worden und der Innenraum vom Kellermeister gereinigt. Alles roch nach Reinigungsmittel. Julius blickte die Stufen hinunter. Gisela sollte Siggi hier hoch gehievt haben? Unwahrscheinlich. Dafür war Siggi, der allen leiblichen Freuden gegenüber offen gestanden hatte, viel zu schwer.

Vor dem Fenster zur Straße blieb Julius stehen und jagte seinen Gedanken nach, die wie Hasen Haken schlugen. Er bekam keinen zu fassen. Wenn er doch nur wüsste, wer einen Grund gehabt hatte, Siggi zu ermorden! Vielleicht war es ja ein besoffener Ahrschwärmer gewesen, so einer wie jetzt vor dem Weingut stand. Einer mit kaum benutzten Wanderstiefeln, roten Socken, Kniebundhosen und viel zu dickem Norweger-Pullover. Der Mann hatte wirklich Traute! Stand da dreist vor dem Haus eines erst gestern ermordeten Winzers und starrte unverfroren hinein. Ein merkwürdiges Männchen war das. Topfschnitt und Buddy-Holly-Brille – das wirkte mehr als nur ein wenig weltfremd. Jetzt kam er auch noch näher! So viel Impertinenz war Julius zu viel. Er öffnete das Fenster und wollte gerade etwas rufen, als der Mann mit staksenden Bewegungen davonlief. Leute gab es. Das Ahrtal war doch kein Zoo, wo jeder gaffen konnte, wie er wollte! Wütend schloss Julius das Fenster.

Als er sich umdrehte, entdeckte er ein Fass in der Ecke, das nicht ganz exakt in Reihe lag. Eigentlich ging ihn das natürlich nichts an, aber solche Unordnung durfte einfach nicht sein! Also rückte er das schwarze Schaf zurecht. Zur Kontrolle schaute er noch einmal von beiden Seiten, ob jetzt auch alles passte. Perfekt! Aber hatte das Fass nicht einen Fleck? Oder war das ein großes Astloch? Solche mindere Qualität hätte Siggi doch nie genommen! Julius ging näher heran und beugte sich so weit vor, wie es sein frisch befrühstückter Bauch zuließ. Es war kein Fleck. Es war kein Astloch. Es war rote Farbe, mit der etwas auf das Fass geschrieben war. Julius griff mit beiden Händen den vorstehenden Daubenrand und drehte das Fass. Das knirschende Geräusch hallte von der hohen Decke wider.

Julius konnte nicht glauben, was er sah.

Ein schriller Schrei verriet ihm, dass Annemarie zwischenzeitlich den Raum betreten und die Schrift ebenfalls gelesen hatte.

»Mein Gott, wer hat denn das geschrieben? Das war bestimmt der Mörder!«

Julius starrte ungläubig auf die Schrift, die säuberlich, in großen, altdeutschen Lettern auf das Fass gepinselt war. Der Täter musste eine Schablone benutzt haben, denn kein Farbspritzer fand sich neben dem Wort »Verräter!«. Julius musste Annemarie Recht geben. Wer das geschrieben hatte, war auf Siggi bestimmt nicht gut zu sprechen gewesen. Aber warum war das Fass so gedreht, dass es niemand lesen konnte? Es gab einen Mann, der ihm vielleicht weiterhelfen konnte.

Er fand ihn in den Rebhängen am Trotzenberg, oberhalb von Marienthal. Er maß gerade das Mostgewicht der Trauben. Jetzt, da der Chef nicht mehr war, fiel auch das in seinen Aufgabenbereich. Normalerweise hätte sich Julius gefreut, mal wieder hier hochgekommen zu sein. Der Blick war traumhaft und brachte ihm immer wieder zu Bewusstsein, warum er diesen Landstrich so liebte. Die bedächtig und ohne Hast fließende Ahr direkt zu Füßen, die aus dem 12. Jahrhundert stammende pittoreske Ruine des Augustinerinnenklosters in Marienthal zum Greifen nah, unter, über und neben ihm Wein, Wein, Wein. Und diese Stille. Nur der Wind, der die Trauben trocken hielt und durch die Weinberge tollte wie ein übermütiger Hund. Das Wetter war nun schon seit Wochen prächtig. Es versprach ein großer Jahrgang zu werden.

Der Mann, den er suchte, hielt das Refraktometer gen Sonne

und nickte. Die Trauben mussten eine gute Reife haben. Julius schlenderte den steinigen Weg auf ihn zu.

»Tag, Herr Brück.«

»Herr Eichendorff. Mein Beileid.«

»Danke. Aber Sie hat der Verlust doch sicherlich mit am härtesten getroffen.«

Brücks Augen waren verquollen. Er schien nicht viel Schlaf bekommen zu haben. »Sammeln Sie mal wieder Kräuter?«

»Momentan sammele ich zur Abwechslung mal Informationen, wegen Ihrer Chefin.«

Markus Brück, seines Zeichens Kellermeister im Weingut Schultze-Nögel, ließ für einen Augenblick die Arbeit Arbeit sein und wandte sich Julius zu. Dieser wurde den Gedanken nicht los, dass Brücks Knochen in der Pubertät das Wachstum eingestellt hatten, die Muskeln jedoch fröhlich weitermachten. Das blaue Polohemd war an praktisch jeder Stelle zu eng.

»Also, was die Polizei sich dabei gedacht hat … Ich weiß nicht.«

Brück wirkte deprimiert. Den ansonsten stets gut gelaunten Mann hatte der Tod seines Chefs sichtlich mitgenommen. Er stand gebeugt da, als hätte ihn jemand geprügelt.

»Die Polizei hat ja auch das Fass nicht gefunden.«

»Das Fass? Welches Fass?«

Brück schien ehrlich erstaunt.

»Ich dachte, Sie wüssten davon.«

»Wovon reden Sie?«

»Ich bin eben noch mal in der Kelterhalle gewesen und habe da in der Ecke ein Fass gefunden, auf dem etwas geschrieben steht.«

»Auf allen Fässern steht was geschrieben, sonst wüsste doch keiner, was drin ist.«

»Es stand ›Verräter‹ drauf.«

Brück kniff ungläubig die Augen zusammen. »Verräter?!«

»In altdeutschen Lettern.«

»Wer macht denn so was?«

»Das wollte ich von Ihnen wissen …«

Brücks Erstaunen verwandelte sich in Ärger. Julius bemerkte mit Unbehagen, wie der Muskelberg sich unter dem Hemd anspannte.

»Woher soll *ich* das denn wissen?!«

»Wer weiß denn besser über das Weingut Bescheid als Sie?«

Brück antwortete nicht, spuckte nur verächtlich auf den Boden, genau vor Julius' blank polierte Schuhe. Gut spucken gehörte im Weinbau zum Handwerk. Denn Wein muss ständig probiert, aber nicht ständig getrunken werden.

»Anders gefragt: Wer könnte so etwas auf eins von Siggis Fässern schreiben?«

»Also *ich* schon mal nicht, dass das klar ist! Keine Ahnung, wer so was schreibt.«

»Hatte Siggi denn Feinde im Geschäft?«

Markus wurde theatralisch. »*Feinde*? Phhh! Woher denn? Ein paar waren neidisch, klar, weil sie's selber nicht auf die Reihe bekommen. Der Chef hatte als Einziger den Durchblick, wusste, wie der Hase läuft und was die Zukunft bringt. Sonst hat doch hier keiner Mumm in den Knochen gehabt. Aber Feinde? Nee. Um sich mit ihm anzulegen, hat doch allen der Mut gefehlt. Und jetzt muss ich weitermachen. Die Arbeit erledigt sich schließlich nicht von selbst!«

So harsch kannte Julius den zwar etwas tumben, aber sonst immer freundlichen Kellermeister nicht. Irgendetwas war nicht in Ordnung. Brück schien fast Angst zu haben.

»Was könnte Siggi denn verraten haben, dass man ihn Verräter nennt?«

»Ich muss *wirklich* arbeiten.«

Hier kam er nicht weiter.

Julius blieb nur noch, Brück den Eichendorff-Vers »Von Arbeit ruht der Mensch rings in die Runde/Atmet zum Herren auf aus Herzensgrunde« mit auf den Weg zu geben – auch wenn der auf wenig Gegenliebe stieß.

Auf dem Rückweg zu seinem Audi bemerkte Julius am unteren Ende der Lage Klostergarten einen Wanderer. Und dessen strahlend rote Socken kamen ihm merkwürdig bekannt vor.

Die Fahrt über die A61 Richtung Koblenz dauerte erwartungsgemäß nicht lange. Aber bis sich Julius mittels Stadtplan zum Moselring 10-12 durchgekämpft hatte, lagen seine Nerven blank. Der chronische Stop-and-go-Verkehr verbunden mit Julius' momentaner Anspannung ergaben eine explosive Mischung. Da wollte er nur kurz zur Polizei fahren, um persönlich von dem Fass zu berichten, wollte also etwas Sinnvolles tun, da bestrafte ihn das Schicksal unbarmherzig mit einer Horde dummer Autofahrer.

All die angestaute Spannung wich einer Art bürokratischer Ehrfurcht, als er das Gebäude des Koblenzer Polizeipräsidiums, in dem sich die zentrale Kriminalinspektion verbarg, in voller Größe wahrnahm. Viel anonymer konnte man nicht bauen, selbst in Deutschland nicht. Das zweigeteilte, ehemals weiße, aber längst durch die Stadtluft ergraute Hochhaus bot endlose Reihen von getönten Fenstern, die nicht im Geringsten verrieten, dass hinter ihnen über Schicksale entschieden wurde. Genauso gut hätte das Gebäude eine Versicherung oder eine Privatbank beherbergen können.

Julius betrat das Präsidium und fühlte sich mit einem Schlag unwohler als eine Katze in der Badewanne. Obwohl er nichts verbrochen hatte, kam es ihm vor, als könnte ihn die Polizei direkt dabehalten. Irgendwas hatten die doch gegen jeden in der Hand! Julius versuchte sich einzureden, dass dies nur die normale Paranoia eines jeden Bundesbürgers war, der die Datenschutzdebatten aufmerksam verfolgt hatte. Aber es half nicht. Es erging ihm wie in Krankenhäusern. Einmal unbedarft gehustet, konnte man sich schnell in einem kargen Kassenbett wiederfinden. Das Polizeipräsidium zählte eindeutig zu der Gruppe von Gebäuden, die man weder als Betroffener noch als Besucher gerne betrat. Es ging Unheil von ihnen aus. Aber Gisela musste im Namen der Sippe geholfen werden, also straffte Julius seinen unwillkürlich erschlafften Körper und ging mit raumgreifenden Schritten auf die Anmeldung zu.

»Guten Tag, Eichendorff mein Name, Julius Eichendorff. Ich möchte zur …«, er zog einen sauber gefalteten Zettel aus der Jackentasche, »… zum K 11.«

»Und zu wem wollen Sie im Fachkommissariat Kapitaldelikte?«, fragte eine unbeteiligte Stimme hinter der Panzerglas-Schutzscheibe.

Julius sah wieder auf den Zettel. Manchmal konnte selbst er seine Schrift nicht entziffern. »Zu Frau von Keuschenberg.«

»Frau von Reuschenberg?«

»Ja, das könnte es auch heißen.«

»Die ist nicht da.«

»Aber ich habe heute Morgen noch mit ihr telefoniert.«

»Jetzt ist sie aber nicht da. Sie ist nach Mayen gefahren, um dort mit den Kollegen von der Polizeipuppenbühne etwas zu besprechen.«

»Ah, so …«

Das klang ja wirklich wichtig! Da fuhr diese Frau von Reuschenberg also seelenruhig zur uniformierten Ausgabe der Augsburger Puppenkiste, während seine Großcousine unschuldig hinter schwedischen Gardinen versauerte. Julius musste extrem verärgert ausgesehen haben, denn die unbeteiligte Stimme zeigte Mitleid.

»Sie können auf sie warten. Dritter Stock, zweite Tür links, Raum 341. Die Kollegin wird bald wieder da sein.«

In Wartezimmer 341 angekommen, erwartete Julius eine Überraschung.

Dort saß auf einem braunen Plastikstuhl die Wäscherei und Heißmangel Mallmann. Oder genauer: deren fleischliche Manifestation Frau Mallmann. Sogar im weißen Arbeitskittel. Julius hatte immer schon vermutet, dass sie den niemals ablegte. Er hatte sie noch nie ohne gesehen, was ihm angesichts ihrer wogenden Körperformen auch ganz lieb war.

»Frau Mallmann! Damit hätte ich jetzt nicht gerechnet, Sie hier zu sehen.«

Es dauerte lange, bis die sonst so redselige Wäscherin und Heißmanglerin antwortete.

»Ja … ja, aber ich kann ja nun nichts dafür. Es ist doch meine Pflicht!«

Das ging jetzt ein bisschen schnell.

»Wofür können Sie nichts, Frau Mallmann?«

»Ich musste das doch melden! Und dann sind sie es direkt abholen gekommen. Zwei Beamte aus Bad Neuenahr waren das. Und die haben gesagt, ich muss sofort nach Koblenz fahren, obwohl ich ja überhaupt keine Zeit habe! Montags ist doch bei uns immer so viel los!«

Julius nahm den nächsten Anlauf.

»*Was* mussten Sie melden?«

»Das Nachthemd! So was hab ich ja noch nie gesehen! Und weil der Herr Schultze-Nögel doch ermordet wurde. Der arme Mann. Ich hab ihn ja nicht gut gekannt, hat ja auch nie gegrüßt, war immer zu beschäftigt. Aber jetzt das. Das wünscht man ja keinem! So plötzlich aus dem Leben gerissen. Von heute auf morgen. Nee nee nee …«

Frau Mallmann machte Julius rasend. Und sie hatte ihn schon immer rasend gemacht. Das war der Grund gewesen, warum er für das Restaurant eine teure professionelle Waschmaschine angeschafft hatte, statt die verschmutzten Sachen weiterhin zu ihr zu bringen.

»Jetzt mal ganz ruhig, Frau Mallmann. *Wessen* Nachthemd und *was* haben Sie noch nie gesehen?«

»Na, das Nachthemd von der Frau Schultze-Nögel, der Gisela! Das ist heut Morgen bei uns abgegeben worden. Ich war selbst ja nicht da, hat unsere türkische Mitarbeiterin angenommen. Ist auf den Namen Schultze-Nögel abgegeben worden, aber nicht von der Gisela. Die Aische kannte den Mann nicht, der es vorbeigebracht hat. So was hab ich noch nie gesehen! Über und über mit Rotwein ist das voll. Als hätte sie drin gebadet! Und wo der Herr Schultze-Nögel ja im Maischebottich lag, da macht man sich dann schon seine Gedanken.«

Da hatte die Heißmanglerin wohl Recht. Wer immer Siggi in den Maischebottich befördert hatte, ohne Flecken war das nicht vonstatten gegangen.

»Und diese Frau von … die hat gesagt, ich soll sofort herkommen, wegen einer Zeugenbefragung.«

Wie aufs Stichwort kam Frau von Reuschenberg zur Tür herein. Mit einem Lächeln und einer ausgestreckten Hand in Richtung der Detektei und Wäscherei Mallmann.

»Frau Mallmann, hab ich Recht?«

Frau Mallmann nickte schüchtern.

»Schön, dass Sie direkt hergekommen sind. Wollen Sie gleich mit mir rübergehen?«

»Aber was soll ich Ihnen denn sagen? Ich weiß von nichts. Ich hab doch nur …«

»Machen Sie sich mal keine Sorgen. Wir bohren auch gar nicht!«

Frau Mallmann verstand den Witz nicht und folgte der Kommissarin entsprechend verständnislos nach nebenan. Julius fühlte sich übergangen. So ging das ja nun nicht! Also stand er auf und klopfte am Nebenzimmer. Die Stimme der jungen Polizistin verriet ihm, dass er an der richtigen Tür war. Er streckte den Kopf hinein. Ein verdutztes polizeiliches Augenpaar blickte ihn an.

»Wollten Sie etwa auch zu mir?«

»Ja. Und das hätte ich Ihnen auch gesagt, wenn Sie mich gefragt hätten.«

»Ich bin gerade in einer Vernehmung. Wenn Sie noch einen Augenblick warten können.«

»Eigentlich wollte ich nur zu meiner Großcousine, Frau Schultze-Nögel.«

»Die haben wir natürlich nicht hier. Wo sollen wir die auch

hinstecken? In die Schublade? Warten Sie doch bitte einen Augenblick. Danke.«

Dieses »Danke« duldete keinen Widerspruch. Es war ein freundlich verpackter Befehl.

Also wartete Julius wieder im trostlosen Zimmer nebenan, schlenderte gelangweilt zur Fensterfront und sah, dass es nichts zu sehen gab. Koblenzer Straßen mit Koblenzer Innenstadtstau. Zeitschriften lagen nicht aus, vermutlich war den meisten Besuchern hier nicht nach lesen. Schließlich setzte sich Julius und dachte darüber nach, was er mit der Lieferung Wels, die er morgen erwartete, kulinarisch anstellen konnte. Er hatte den Fisch noch nicht filetiert, da rief ihn Frau von Reuschenberg schon zu sich.

Es war ein ungewöhnliches Büro. Es schien eher einem Botaniker zu gehören. Die unterschiedlichsten Pflanzen waren in jede denkbare Ecke des kleinen Raums drapiert. Frau von Reuschenberg hatte es geschafft, ihr graues Büro in einen Dschungel zu verwandeln. Und einige der Gewächse hätte Julius wirklich nicht erwartet.

»Sie haben ja Oregano und Salbei auf der Fensterbank stehen!«

»Das ist Ihnen aufgefallen? Ja, ich riech so gern daran. Dann kann ich mich schon hier auf mein Abendessen freuen. Zu Hause hab ich lauter frische Kräuter.«

»Sehr lobenswert!«

Sie lachte. »Das ist ein ungewöhnliches Kompliment ...«

»Wenn es von einem Koch kommt, nicht.«

»Ah, jetzt verstehe ich. Sie müssen demnach der ...«, sie kramte im gelben Ablagefach, wechselte dann aber zum grünen, »Augenblick, ich hab's gleich!« Schließlich fand sie, was sie suchte, im Blauen.

»Sie müssen Julius Eichendorff sein, der Großcousin. Über Sie ist mir schon berichtet worden.«

»Das klingt, als sei das nicht nur positiv gewesen.«

»So kann man das durchaus sagen. Herr Jupp Burbach meinte, Sie würden dafür sorgen, dass ich Ärger bekomme.«

»Er muss es ja wissen.«

»Bekomme ich Ärger?«

»Das hoffe ich. Zumindest einerseits.«

Ihre Stimmung änderte sich nun. Wie ein riesiger Gummi radierte Nüchternheit das charmante Lächeln aus dem Gesicht.

»Wie darf ich das verstehen?«

»Nun. Ich hoffe, nein ich denke, nein ich weiß, dass Sie falsch liegen, was Ihren Verdacht bezüglich meiner Großcousine angeht. Insofern hoffe ich, dass Sie deswegen Ärger mit Ihrem Chef bekommen. Allerdings wäre es mir noch lieber, wenn Sie Unrecht hätten und trotzdem *keinen* Ärger bekämen. Ich bin kein so rachsüchtiger Mann wie Jupp.«

»Das beruhigt mich. Aber Sie haben doch mitbekommen, weswegen Frau Mallmann hier war?«

»Ja.«

»Erhärtet das nicht den Verdacht gegen Ihre Großcousine?«

»Tut es. Aber ich habe etwas, das ihn erschüttert.«

»Ich bin gespannt.«

Sie lehnte sich zurück. Inmitten all der Pflanzen fielen Julius die katzenhaften Züge ihres Gesichts auf. Die klugen Augen hinter der kleinen, runden Brille und die hohen Wangenknochen. Es war, als lauerte sie auf den nächsten Sprung. Julius erzählte ihr von dem Fass, seinem Gespräch mit dem Kellermeister und seinem Vorhaben, auch Gisela danach zu befragen. Die Katze sprang nicht. Stattdessen entspannte sie sich und bot Julius einen Kaffee an.

»Nein, nie. Nur Tee, wenn Sie haben.«

»Leider nicht. – Unfassbar, dass die Spurensicherung das übersehen hat!«

»Die schienen mir auch mehr mit Rauchen als mit Spurensichern beschäftigt zu sein.«

Frau von Reuschenberg nahm einen Schluck heißen Kaffee und bleckte anschließend die Zähne. »Ich werde der Sache natürlich nachgehen. Was Ihre Großcousine angeht, die ist in der JVA an der Simmerner Straße, hier in Koblenz, untergebracht. Ich mach

Ihnen einen Vorschlag: Ich ruf jetzt den ermittelnden Staatsanwalt wegen einer Besuchserlaubnis an, und Sie holen die im Justizgebäude ab. Wenn Sie sich beeilen, können Sie Ihre Großcousine noch heute sehen.«

Und genau so war es dann auch.

Ein Tisch, zwei Stühle, kein Fenster und ein Justizvollzugsbeamter waren alles, was sich im Raum befand.

Gisela saß Julius gegenüber und war hörbar schockiert über das Fass.

»Nein, davon habe ich nichts gewusst!«

»Weißt du, wer …?«

»Du kennst … du kanntest ihn doch. Immer mit dem Kopf durch die Wand. Und alle haben sie ihm vorn auf die Schulter geklopft, und von hinten hätten sie ihm am liebsten ein Messer reingejagt. Er hatte ein wenig Ärger mit der Weinbruderschaft – aber das kann ich nicht glauben! Und da stand wirklich ›Verräter‹ drauf?«

»Ja.«

Pause.

»Julius, sei bitte ehrlich zu mir! Die Polizei sagt mir nicht richtig, was los ist. Wie … wie steht es um mich?«

Diese Frage überraschte ihn. Gisela war nicht die Frau, die sich sorgte, wenn sie im Recht war. Den Glauben an Gerechtigkeit hatte sie mit der Muttermilch aufgesogen, wie alle in der Sippe. Julius wusste aus leidvoller Erfahrung in Form zahlloser Streitereien mit ihr, dass sie zum Kampf neigte und nicht zur Resignation.

Allerdings nur, wenn sie *wusste*, dass sie im Recht war.

»Ich glaube, du hast einige wirkliche Probleme, Großcousinchen.«

»Julius, ich …« Ihre Stimme wurde zittrig und wirkte plötzlich so zerbrechlich, als könnte sie jeden Augenblick in tausend Stücke bersten. Sie lehnte sich vor und fuhr im Flüsterton fort: »Ich muss dir etwas gestehen …«

II

»Ordensmeister blau«

Die Restaurantbrigade stand so aufgeregt im Speisesaal wie kleine Kinder vor dem Eingang zur Achterbahn. Die Augen weit aufgerissen, unruhig das Gewicht von einem Fuß auf den anderen verlagernd, beständig tuschelnd. Das Service-Team wollte endlich an die Tröge: Probeessen stand auf dem Terminplan! Franz-Xaver schob einen Menüwagen herein, gefolgt von Julius, der sich anschickte, die sechsköpfige Crew noch etwas zu quälen. Denn schließlich ging es nicht darum, die Mägen der Anvertrauten mit Feinstem aus der Küche zu füllen, sondern sie für den Abend zu informieren, was auf den Tellern prangte. Und zwar so exakt, dass keine Frage eines Gastes unbeantwortet bleiben würde. Franz-Xaver verteilte die zum Probieren nötigen kleinen Löffel, Gabeln und Messer, damit die Wartenden schon mal etwas hatten, woran sie sich festhalten konnten. Das durch die mit weißen Holzkreuzen verzierten Fenster hereinfallende Licht funkelte verheißungsvoll in den Saucen und gab ihnen den Glanz flüssiger Kunstwerke.

Julius nahm Positur an und hob die Stimme.

»Liebes Team, es ist wieder so weit! Der Herbst schreitet voran, der Warenkorb füllt sich mit anderen Spezereien, unser Menü hat Neuzugänge. Bei den Salaten habe ich im Sinne unseres Grundsatzes – der kulinarischen Vermählung regionaler und französischer Küche – eine saisonale Variation kreiert. Jetzt, wo es kälter wird, ist die Zeit für deftigere Genüsse gekommen. Deshalb«, er deutete auf den entsprechenden Teller, »ein ›Salat vom Kabeljau mit Puy-Linsen und Speck‹. Kurz zur Information: Linsen, übrigens Schmetterlingsblütler, sind die am besten verdaulichen Hülsenfrüchte und Nährstoffbomben. Puy-Linsen kommen aus Frankreich und sind fettärmer als die hiesigen. Der Speck stammt von besten Eifeler Schweinen und wird nur ganz kurz angebraten. Probieren!«

In einer Mischung aus Gier und Benimm stürzte sich die Restaurantbrigade auf den großen Teller. Jeder versuchte, sowohl Salat wie auch Speck, Kabeljau und Linsen auf die Gabel zu bekommen. Früher einmal hatte Julius jeden einzeln zum Verkosten vorgebeten, aber auf eine gewisse Art und Weise ergötzte er sich an dem unwürdigen Schauspiel. Es erfüllte ihn mit Stolz, denn der Salat schien zu schmecken. Blieb auch nur das kleinste Bisschen beim Probeessen auf dem Teller, überarbeitete er das Gericht. Doch das passierte so gut wie nie.

So auch heute. Die »Essenz von Baumpilzen mit gebackener Gänseleber«, der »Lammrücken mit Artischocken-Gröstl« und vor allem das »Tannenhonig-Parfait mit marinierten Beeren« fanden reißenden Absatz. Julius nahm sich seinen Sommelier zur Seite. Der wasserstoffblonde François van de Merwe stammte aus Südafrika, hatte in seinem bewegten Leben schon als Edelsmutje auf israelischen Charterjachten und als Garde Manger in australischen Crosscultural-Küchen gearbeitet – was über die Jahre bedauernswerterweise zu einer kosmopolitischen Hochnäsigkeit geführt hatte. Julius war immer noch unklar, wie es diesen Weltreisenden ins pittoreske und beschauliche Ahrtal verschlagen konnte.

»Dazu fällt dir bestimmt nichts ein!«

Julius liebte es, den aristokratisch wirkenden und ebenso hochwie schlankgewachsenen Südafrikaner ein wenig zu foppen.

»Leicht ist es sicherlich nicht.« François nickte anerkennend. »Aber natürlich ist mir direkt etwas dazu eingefallen.«

»Soso, ist dir das? Du musst dir all der feinen Aromen bewusst sein! Mit Schnellschüssen ist es da nicht getan!«

Ein leicht beleidigter Blick von François zeigte Julius, dass sein Pfeil ins Ziel getroffen hatte.

»Zum Salat einen jungen Cabernet Franc von der Loire, zur Essenz einen – und das wird die Gäste ein wenig fordern – trockenen Gewürztraminer aus dem Elsass, zum Lammrücken – aber nur, weil du immer darauf bestehst, heimische Weine zu präsentieren – einen ›Balthasar B.‹ von der Porzermühle und zum Tannenhonig-Parfait eine Weißburgunder Beerenauslese. Frag mich jetzt bitte nicht nach Winzern und Jahrgängen, dafür muss ich das Kellerbuch nun doch erst mal anschauen.«

»Dann mach das.«

Julius winkte ihn theatralisch fort. Das begleitende Weinmenü würde genau die richtige Mischung aus harmonischen und fordernden Kombinationen bieten. Franz-Xaver, der während des Gesprächs neben Julius gestanden hatte, legte ihm freundschaftlich eine Hand auf die Schulter.

»Ja, was hat er denn, der Großmeister? Warum hat er des Fischerl so rasch von der Angel gelassen?«

Julius verzog das Gesicht, als hätte ihn sein Maître d'hôtel an einen schmerzhaften Bandscheibenvorfall erinnert.

»Ich habe heute keine Nerven für dieses Spielchen. Auch wenn ich gern wollte …« Er setzte sich an einen der bereits eingedeckten Tische.

»Siggis Tod, net wahr?«, fragte Franz-Xaver, als er sich zu ihm setzte.

»Ja.«

Einerseits drängte es Julius, mit jemandem darüber zu reden, was Gisela ihm anvertraut hatte. Aber die Worte wollten ihm einfach nicht über die Zunge. Franz-Xaver faltete mit großer Geste die Hände.

»Was für eine makabere Todesart! Wer kommt bittschön auf die Idee, jemanden in einen Bottich zu schmeißen? Warum die Leich net einfach liegen lassen? Mit dem Mörder kann was net in Ordnung sein, wenn du mich fragst. Ich mein, mit Mördern ist sowieso was net in Ordnung, aber in diesem Fall … als wollt er ein Zeichen setzen.«

Die erlösenden Worte hatten sich nun so weit Julius' Hals hinaufgearbeitet, dass er sie herauslassen konnte. Auch wenn es schmerzte.

»Es könnte aber auch jemand gewesen sein, der volltrunken war. So betrunken, dass er sich am nächsten Tag an nichts mehr erinnert. So betrunken, dass er nicht mehr weiß, warum das Nachthemd über und über voll mit Rotweinflecken ist.«

Franz-Xaver schaute ihn überrascht an. Noch bevor er zu einer Frage ansetzen konnte, gab Julius die Antwort.

»Ich hab gestern mit Gisela gesprochen. Sie hatte Streit mit Siggi, großen Streit, mal wieder. War ja kein Kostverächter, unser Siggi, wirklich nicht. Ein Genie, natürlich, aber halt auch eines, das meinte, es könne sich alles herausnehmen.«

»Die holde Weiblichkeit?«

Julius nickte matt.

»Dann werden die Herrschaften von der Polizei sie noch a weng länger in der Obhut behalten.«

»Die wissen von nichts, und so soll das auch bleiben. Gisela hat denen erzählt, sie hätte geschlafen und nichts mitbekommen. Ich muss ihr da schnell raushelfen.«

»Schau, Kamerad, ich glaub fast, du bist da in eine Sachen gestolpert, die weitaus weniger überschaubar ist als deine geliebte Küchen.«

Julius musste schmunzeln. Diesen Eindruck hatte er auch. Und eigentlich pflegte er eine natürliche Abneigung gegen alles, was ihn von seinem Herd fern hielt. François kam mit dringlichen Schritten herein.

»Ich habe gerade festgestellt, dass wir nicht mehr genug ›Balthasar B.‹ im Keller haben. Ich kann einen anderen Wein aussuchen oder noch mal kurz zur Porzermühle fahren.«

Julius erhob sich schwerfällig.

»Ist schon gut, ich muss mich sowieso mal wieder beim August blicken lassen. Da kann ich die Flaschen auch gleich mitbringen.«

Die Fahrt zur Porzermühle glich stets dem Übertritt in eine andere, bessere Welt. Alice im Wunderland gleich, die einen Zaubertrank einnahm und schrumpfte, um ins Märchenreich gelangen zu können, führte der Weg zu August Herolds imposantem Weingut, sobald man von der breiten B267 in den kleinen Ort Mayschoß abbog, durch enge Gässchen, auf denen gerade mal ein Wagen mit Müh und Not Platz fand. Es war, als würde die Welt um einen herum verhutzeln. Und die Winkel, in denen die Sträßchen aufeinander stießen, waren so surreal wie Bilder von M. C. Escher. Wie ein städteplanerisches Mikado fiel die eine auf die andere, und jederzeit drängte sich der Eindruck auf, alles könne in sich zusammenfallen, das Märchen könne enden.

Als Julius diesen ersten Teil der abenteuerlichen Reise hinter sich hatte, folgte das Mayschosser Äquivalent eines Tunnels, an dessen Ende ein helles Licht schien. Zwischen Weinbergen und Campingplatz führte ohne wirkliche Straßenbegrenzung ein Weg hindurch, und auf der anderen Seite wartete die Verheißung in Form des weiß getünchten Chateau Porzermühle. Julius parkte direkt neben dem gusseisernen Eingangstor und genoss die herrliche Aussicht auf den gut dreihundertfünfzig Meter hohen und mit unzähligen Reben bestockten Mönchsberg, zu dessen Füßen, einem antiken Amphitheater gleich, die Porzermühle lag. Etwas oberhalb des von der Sonne wie stets verwöhnten Kernstücks der imposanten Lage stach etwas farblich hervor. Julius sah genauer hin und machte einen roten Punkt aus, der sich bewegte. Dann blitzte es auf. Es war wie eine Reflexion, von einem Fernglas stammend.

Julius entschied, sich darüber keine Gedanken zu machen, davon hatte er bereits mehr als genug. Schon von weitem war zu erkennen, dass August Herold im prachtvollen Wintergarten, den er als Probierraum nutzte, eine seiner Grundsatzreden hielt. Die enthusiastische Körpersprache ließ gar keinen anderen Schluss zu.

Julius machte sich am Eingang des gläsernen Verkostungstempels bemerkbar.

»Julius, grüß dich, komm rein! Kann ich dir was anbieten?«

Die richtige Antwort konnte nur lauten: »Aber immer!«

»Setz dich!«

Flugs war sein Glas mit einem Rosé gefüllt. Julius schnupperte daran. Kein Zweifel, ein ›Salm d'Ahr‹, der beste Rosé des Gebiets. Herold fuhr postwendend mit seiner kurzzeitig unterbrochenen Rede fort. Julius kannte sie zu Genüge, aber dank Augusts mitreißender Art konnte er sie immer wieder hören.

»Wo war ich stehen geblieben? Ach ja, ich will der Beste sein. Das sag ich auch ganz offen! Denn wo kommt man hin, wenn man keine Ziele hat? Nirgendwo! Ich hab grad erst wieder ein kleines Stück in bester Lage dazukaufen können. Kostet mich natürlich ein Vermögen! Aber man darf nicht kleinlich sein, wenn man den besten Wein machen will! – Und, wie gefällt er Ihnen?«

Das herausgeputzte Pärchen, das brav wie in der Schule zugehört hatte, überschlug sich mit Superlativen. Julius musste lächeln. August Herold hatte zweifellos eine Gabe. Er schaffte es, seinen Ehrgeiz so zu verpacken, dass er charmant wirkte. Sein Rezept war ganz einfach: Er stand zu ihm. Für Herold war Ehrgeiz reinstes Lebenselixier, und man konnte jeden Moment spüren, wie er gedanklich an allen möglichen Details feilte, um noch besser zu werden.

»Jetzt müssen Sie auch bedenken, dass da eine stattliche Anzahl Flaschen hintersteht! Darauf bin ich schon stolz. Das muss man erst mal hinbekommen! Viele machen Spitzenweine in homöopathischen Mengen. Das kann jeder! Die wahre Kunst liegt darin, Qualität und Quantität zu vereinen.«

Herolds Frau Christine kam hereingestürmt, ein Ahrtaler Urgestein, deren herzliche, direkte Art Julius jedes Mal erfreute.

»August, der Zimmermann von der IHK ist am Telefon. Er fragt, wann die sechs Flaschen vom Altenahrer Eck für den Kammerpreis kommen?«

»Die hab ich heute Morgen rausgeschickt. Die müssen jeden

Tag bei ihm ankommen. Und wenn sie nächsten Montag nicht da sind, dann schicken wir eben noch mal sechs!« Für seine Gäste fügte er mit einem nonchalanten Lächeln hinzu: »Die Deutsche Post hat uns schon einiges verbummelt …«

Christine fand erst jetzt Zeit, die kleine Runde wahrzunehmen. »Julius, dich hab ich ja ganz übersehen!«

Julius stand auf und küsste sie auf die Wangen. »Sieht aus, als hättet ihr viel Stress zurzeit!«

»Da sagst du was! – Hast du ein bisschen Zeit mitgebracht?«

»Für dich immer, weißt du doch.«

Sie ging in Richtung Büro, ihm bedeutend, dass er ihr folgen solle. Schließlich führte sie ihn ins Flaschenlager, in dem neue und alte Schätze gestapelt waren. Christine schien froh über die Gelegenheit, ihrem Frust Luft machen zu können.

»Ich weiß bald nicht mehr, wohin mit mir! Erst die schreckliche Sache mit Siggi, und jetzt ist unser französischer Praktikant spurlos verschwunden.«

»Wie *verschwunden*?«

»Ja, weg. Einfach so! Wir wissen nix! Hat uns nichts gesagt, kein Brief, kein Anruf. Bei seiner Familie in Dijon ist er auch nicht. Wie vom Erdboden verschluckt. Und das gerade jetzt, wo wir den Keller voll haben!« Sie griff sich mit beiden Händen in die Haare und schüttelte den Kopf.

»Seit wann ist er denn weg?«

»Vorgestern. Am selben Tag, als das mit Siggi passiert ist. Ich kann es immer noch nicht glauben. Die arme Gisela!« Sie atmete lange durch, bevor sie fortfuhr. »Morgens war Bernard, Bernard Noblet heißt er, noch da. Er wollte nach Bonn, und das war's dann. Kam nicht zurück. Und er war wirklich top! Dem musstest du nix erklären. – Kannst du mir bitte sagen, wo wir jetzt einen neuen Praktikanten herkriegen, der wirklich was drauf hat? Ich kann mir doch keinen zaubern!«

Julius klopfte Christine besänftigend auf die Schulter. »Ich werd mich umhören. Aber wenn ihr schon keinen findet …«

Christine schnippte mit den Fingern. »Weißt du, was ich grad gedacht hab? Könntest du uns für die schlimmsten Tage nicht deinen Sommelier leihen? Der hat doch in Südafrika mal länger auf einem Gut gearbeitet?«

Das war ein weiterer von François' vielen Jobs gewesen. Julius bezweifelte jedoch, ob dieser sich mit seiner Scheu vor körperlicher Arbeit dabei gut angestellt hatte.

»Fragen kann ich ihn mal.«

»Das wäre wirklich lieb von dir! Ich weiß sonst nicht mehr, was ich machen soll ... Jetzt hab ich ganz vergessen, dich zu fragen, weshalb du eigentlich hier bist?«

»Ich wollte nur noch ein paar Kartons ›Balthasar B.‹ abholen. Wir möchten den diese Woche als Menüwein anbieten, und der Keller ist bereits geplündert.«

»Mach ich dir fertig!«

Julius verließ das Gut mit den Weinkartons durch das Tor des Flaschenlagers, welches direkt auf den Parkplatz führte. Von Herold hatte er sich kurz verabschiedet und seinem Drängen, doch noch etwas zu bleiben, erfolgreich widerstanden. Der Kofferraum des Audis war nun voll beladen, und die heimische Küche wartete. Wie auf Bestellung klingelte das Handy, nachdem er es in die Halterung gesteckt hatte.

Die panische Stimme am anderen Ende verhieß nichts Gutes. »Er ist da!« Schweres Atmen. »Ich hab's gerade erst gesteckt bekommen! Er ist da!«

In Julius' Kopf tanzten die Gedanken Tango. Sein Gehirn versuchte, den Anrufer in das expandierende Kriminaluniversum aus ermordetem Bekannten, volltrunkener Ehefrau, rotweinverschmiertem Nachthemd, Schmierereien auf einem Weinfass, schweigsamem Kellermeister und verschollenem Franzosen einzubauen. Es gelang ihm nicht. Es gab niemanden, dessen Ankunft ihn in Angst und Schrecken versetzen würde, so wie die Stimme am anderen Ende. Und diese Stimme kannte er gut: Hans-Hubert Rude, ein alter Freund und Kollege vom Bahnhofsrestaurant in

Bad Neuenahr. Dessen dünne Stimme entsprach genau seiner Erscheinung. Ein hagerer, sehniger Kerl mit so hellem Haar, dass es schütter wirkte. Zurückhaltender als ein polnischer Priester und eigentlich nur schwerlich in Aufregung zu versetzen.

»Ganz ruhig, Hans-Hubert, erst mal durchatmen! Du klingst ja, als hättest du einen Geist gesehen!«

Es half nichts.

»Antoine hat mich angerufen, und der weiß es vom Halbedel aus Bonn! Der Mann vom Michelin dreht seine Runde!«

Jetzt stockte auch Julius der Atem. Mit dem Gastrokritiker hatte er erst viel später im Jahr gerechnet.

»Julius, bist du noch da? Du solltest dir jetzt wirklich was einfallen lassen! Der kann jeden Abend bei dir auftauchen!«

Das hatte ihm gerade noch gefehlt.

Der Satz begann langsam. Die leise schimmernden Akkorde strichen als winterlicher Nebel durch den Raum. Das Thema nahm behäbig Gestalt an, wie ein Eiskristall am Fenster. Julius atmete tief ein, als könnte er damit die Musik in sein Inneres holen. Die Melodielinie wallte jetzt im stürmischen Tutti als Bass für die beiden Celli auf. Und Julius dachte an Fische. Dachte zuerst daran, wie sie im Wasser schwammen. Im Meer, in Flüssen, in Seen. Er versuchte, den Raum um sich herum völlig zu vergessen. Das abgedunkelte Schlafzimmer war nur die Startbahn für seinen kulinarischen Gedankenflug. Das helle, unbehandelte Holz von Kleiderschrank und Kommode arbeitete still vor sich hin, die eigens für diesen Raum von einem befreundeten Maler geschaffenen Bilder, welche die Farben und Formen des Zimmers aufnahmen und weiterführten, hingen oberhalb des Kopfendes wie stille Wächter. Das Tutti endete mit einer Kadenz auf G-Dur, die Tonart wechselte poetisch nach Es-Dur, und Schubert stellte ein neues lyrisches Thema auf. Im selben Moment sah Julius klar vor Augen, wo er seinen Fisch finden würde. In einem Bach. Und er tauchte hinab, suchte den Boden ab, schwamm gegen die und dann mit der Strömung, um ihn zu finden. Er *musste* ihn finden, und er musste mit ihm eine Kreation schaffen, die den Kritiker umwerfen würde, die überraschte und alle Sinne mitriss – so wie es der Bach nun mit Julius tat. Dieses Jahr wollte er endlich den Michelin-Stern, nach dem er schon so oft gegriffen hatte. Dieses Jahr würde er zupacken wie niemals zuvor! Dieses Jahr musste er ihn doch endlich bekommen! Und ein neues Fischgericht würde ihn in seine Hände legen. Und der Fisch ... das Thema ging langsam von Es-Dur nach G Dur über ... Julius schwamm etwas entgegen ... die Violinen erreichten G-Dur, zwei Takte später wurde ein neuer Gedanke eine Oktave tiefer von der Bratsche aufgenommen ... Julius konnte einen dunkelolivfarbenen Rücken erkennen. Der Fisch richtete sich im Wasser auf, schoss wie eine Harpune über ihn hinweg und präsentierte dabei seinen rötlich schimmernden Bauch ... die anderen Instrumente spielten wunderbar passende Begleitfiguren ... Julius tauchte auf. In der Hand konnte er nun klar und deutlich den Fang sehen: ein Bachsaibling! Der feinste aller Speisefische. Wild zappelte das edle Tier in der Hand. Nun hieß es die passenden Beilagen finden. Während die Passage zu einer Klimax fand, stand Julius auf und ging in den Fichtenwald. Ohne Ziel setzte er einen Fuß vor den anderen, gespannt, wohin ihn die Musik führen würde, als sein Blick auf eine kleine Kolonie Waldpilze fiel, die er ohne nachzudenken pflückte und neben den Bachsaibling legte, der sich mittlerweile fein angebraten auf einem Teller befand. Ein neues Thema kündigte das Ende der Exposition an, die Musik wurde harmonisch statischer. Julius war plötzlich in Italien. Eine Tür öffnete sich zu einer Küche, vom vielen Pastamehl wie dunstverhangen. Er stellte den Teller auf eine große, hölzerne Arbeitsplatte. Würde er hier das Tüpfelchen auf dem »I« finden, den kongenialen Partner, der das Gericht perfekt machte? Die Exposition wiederholte sich, und eine dicke italienische Mama legte mit einer Schöpfkelle Ravioli auf den Teller. *Das* sollte passen? Wirkte Schuberts Zauber diesmal nicht? Sollte gerade jetzt die Magie zum ersten Mal versagen, wo er sie doch so brauchte? In seiner Hand tauchte eine rustikale Gabel auf. Er probierte Saibling, Waldpilze und die kleinen Ravioli. Sie waren mit Blattspinat gefüllt, und im Mund verwoben sich alle Genüsse wie durch ein Wunder zu einem grandiosen Ganzen.

Der Fischgang war kreiert!

Schuberts Streichquartett in C-Dur, D 956 hatte wieder einmal gewirkt.

Julius öffnete die Augen.

Bachsaibling mit Waldpilzen und Spinatravioli.

Erst jetzt bemerkte Julius, dass Herr Bimmel es sich auf seinem Bauch bequem gemacht hatte und dort wie eine kleine Krabbe schlief. Eigentlich musste Julius nun aufstehen, denn die Küche wartete, und schon für diesen kreativen Ausflug hatte er eigentlich keine Zeit gehabt. Aber der schwarzweiße Kater schlummerte so friedlich, dass Julius es nicht übers Herz brachte. Er begann, den geübten Mäusejäger an den Ohrspitzen zu streicheln, so wie er es gerne mochte. Schlaftrunken öffnete der Kater die Augen und drehte sich auf den Rücken. Oder versuchte es zumindest. Denn so viel Platz war auf Julius' Bauch nun doch nicht, und Herr Bimmel rutschte ins weiche Daunenplumeau ab, in das er nach kurzer Irritation den Kopf versenkte und weiterschlief. Auf leisen Sohlen stahl sich Julius aus dem Zimmer. Nur schwerlich widerstand er der Versuchung, das Bett zu machen und den Kater dadurch zu vertreiben. Vorsichtig lehnte er die Tür an. In den nächsten Tagen würde er Zeit finden müssen, um mit Beethoven übers Geflügel, mit Bach in Sachen Fleisch und Seite an Seite mit Rossini in der Dessert-Frage zu fachsimpeln. Die Suppe würde er wie immer aus Kochbüchern stibitzen müssen. Bisher hatte sich trotz intensiver Suche kein Komponist gefunden, der dieser Aufgabe gewachsen war.

An diesem Abend fand sich ein ebenso prominenter wie schlecht gelaunter Gast im Restaurant ein. Wie immer auf Kosten des Hauses, saß der Hauptgeschäftsführer der IHK Koblenz an einem

Tisch und tafelte mit seiner Frau. Franz-Xaver kam in die Küche, um seinem Unmut Luft zu verschaffen.

»Den Lackel hab ich ja gefressen! Der Herr is ganz was Besonderes! Darum muss er auch net zahlen und kein Trinkgeld geben. Des wär wirklich zu viel verlangt! Der aufgeblasene Herr Geschäftsführer hat so was net nötig! Weil er so fesch is!« Franz-Xaver fuhr mit einer Haute-Couture-Kritik fort: »Dunkler Anzug, weißes Hemd, g'sprenkelte Krawatten. Ein wahrer Vorreiter der Laufstege! Bravo! Bravissimo!«

Julius blickte kurz in den Speiseraum, der zu seiner Freude bis auf den letzten Platz gefüllt war und in dem eine heitere, gelassene Atmosphäre herrschte. Bis auf eine kleine Hauptgeschäftsführer-Insel der Traurigkeit.

»Hast du den Zimmermann gerade auflaufen lassen? Der sieht nicht gerade fröhlich aus.«

»Aber woher denn! Ich hab mit ausgesuchter Höflichkeit um ihn herumscharwenzelt. Immerhin weiß ich, welchen Schaden der gnäd'ge Herr anrichten kann, net wahr?«

»Und warum sitzt er dann da wie ein Trauerkloß? Am Essen kann's doch –«

Franz-Xaver unterbrach Julius' Selbstzerfleischungsansatz sofort. »Am Essen kann es unmöglich liegen! Du übertriffst dich zum wiederholten Male selbst. Und bevor du fragst: An der werten Gattin liegt es auch net. In diesem Fall weiß selbst ich einmal keine Antwort. Ich fürcht, meine guten Jahre sind vorüber ...«

Melodramatisch griff er sich die bereitliegenden Dessertkarten und rauschte ab. In Julius nagte die Neugier. An Siggis Tod konnte Zimmermanns Gemütszustand auch nicht liegen. Dafür war er einfach zu kalt, eine Hundeschnauze war dagegen eine Wärmflasche. Schlechte Laune zeigte Zimmermann sonst nie in der Öffentlichkeit. Er ließ zwar gern den Hauptgeschäftsführer raushängen, aber auf eine aalglatte, stets ein Lächeln tragende Art und Weise. Seinen Missmut ließ er, so war zu hören, lieber hinter verschlossenen Türen an den Untergebenen aus. Wenn Julius heute schon nicht das Geheimnis um Siggis Maischebottich-Tod lüften konnte, so vielleicht wenigstens dieses kleine Mysterium. Zumindest ein Erfolgserlebnis musste ihm doch heute vergönnt sein.

Er baute sich vor dem Tisch des Hauptgeschäftsführers und dessen Gattin auf.

»Inge, schön, dich mal wieder bei uns begrüßen zu dürfen. Du bist wie immer ein Fest für die Augen!«

Handkuss. Alte Schule. Zimmermanns Frau saß regelrecht eingeschüchtert auf ihrem Platz und blickte nach kurzem Lächeln wieder auf ihr fast leeres Weinglas.

»Hans-Jürgen, es ist mir stets ein Vergnügen!«

»Gerne.«

Kurz angebunden. Sonst fiel die Begrüßung deutlich herzlicher und wortreicher aus. Aber noch etwas störte Julius am Tisch. Dann sah er es: Die Kerzenhalter standen nicht mittig! Er konnte nicht widerstehen und rückte sie mit einer geschickten Handbewegung an den vorbestimmten Platz.

»Und, wie schmeckt es euch beiden?«

»Gut, gut. Keine Klagen.«

So wenig Enthusiasmus kränkte Julius. Zimmermann musste wirklich auf den Zahn gefühlt werden.

»Sonst hör ich aber begeistertere Kommentare von dir! Ich glaub, ich muss meiner Küchencrew mal wieder die Ohren lang ziehen!«

Das gewünschte Ergebnis stellte sich ein.

»Nein, nein, lass das mal lieber. Das Essen ist toll, wie immer. Mir ist da nur was Unangenehmes passiert. Eine richtig ärgerliche Geschichte.«

Punkt. Mehr wollte er wohl nicht sagen. Aber Julius ließ nicht locker. Auf die charmante Tour würde er es schon rauskitzeln.

»Kann ich dir vielleicht einen unserer schönen Ahr-Weine anbieten? Du weißt ja, dass wir die komplette Palette im Keller haben. Zu deiner Aufheiterung köpfe ich gerne eine besonders gute Flasche!«

»Hör mir bloß auf mit *Flaschen*! Das erinnert mich nur daran!«

So schnell hatte Julius nicht mit einem Treffer gerechnet. Umso besser!

»Wie kann denn eine gute Flasche Wein für Kummer sorgen?«

Zimmermann schnaufte wie ein Brauereipferd und bedeutete Julius, sich herunterzubeugen, so dass er in leiserem Tonfall fortfahren konnte.

»Pass auf. Bei uns steht doch wieder der Kammerpreis an. Und nach Siggis Tod wollte ich ihm, quasi als letzten Gruß, noch einmal den ersten Preis verleihen. Eben war ich in seinem Weingut, um die sechs Flaschen persönlich abzuholen, weil ich eh in der Gegend zu tun hatte. Die letzten sechs Flaschen von dem Versteigerungswein! Und was meinst du? Nicht aufzufinden! In einer Ecke lag noch ein Zettel, auf dem ›IHK-Wein‹ stand. Aber von den Flaschen keine Spur! Und ich kann ja nicht Siggis einfachen Wein gewinnen lassen. Das wäre doch zu auffällig! Und wie steht die IHK jetzt da? Als hätten *wir* das verbockt! So stehen wir da!«

Zimmermann nahm die Brille ab und rieb sich die Augen, als könne er es immer noch nicht glauben. »Ich versteh einfach nicht, wie *die* wegkommen konnten! Als Siggis Vermächtnis hätte der Wein gewonnen, ohne Frage. Egal, wie schlecht er gewesen wäre. Jetzt kann sich der Herold freuen, in diesem Jahr steht ihm niemand mehr im Weg. Jetzt hat er seine Thronbesteigung!«

»Ich hab noch ein paar Flaschen.«

Zimmermann stand so blitzartig auf, dass er Julius' Kinn beinah mit dem Kopf getroffen hätte. Der griesgrämige Saulus wandelte sich zum strahlenden Paulus.

»Das ist nicht dein Ernst?!«

»Über Wein mache ich keine Scherze. Du kriegst meine letzten Flaschen. Ich weiß nicht, ob es sechs sind, aber vier auf jeden Fall. Reicht dir das?«

»Das *muss* reichen! Du bist ein Gottesgeschenk, Julius!« Zimmermann umarmte ihn wie einen lange verschollenen Sohn. »Wie kann ich dir nur danken?«

Julius zögerte keine Sekunde. »Gib Franz-Xaver einfach ein gutes Trinkgeld. Sonst muss ich mir sein Gezeter noch bis zum jüngsten Tag anhören!«

Mit einem gespielt vorwurfsvollen Blick, der jedoch von einem strahlenden Lächeln überdeckt wurde, sagte Zimmermann zu. Auch seine Frau hatte ihre gute Laune wiedergefunden. Wenn man nur lange und tief genug in ein Weinglas schaute, schien dies eine therapeutische Wirkung zu haben.

Der weitere Abend verlief wundervoll harmonisch. Franz-Xaver war allerbester Laune und behielt seinen sonst allgegenwärtigen Wiener Schmäh für sich. Küchen- und Restaurantbrigade griffen ineinander wie ein Schweizer Uhrwerk, und auch der abschließende Gang zu den Tischen beim Digestif ließ Julius nur in zufriedene Gesichter blicken. Beim Weg zurück in die Küche stellte sich bei ihm das angenehme Gefühl ein, wieder einmal gut gearbeitet zu haben. Es erfüllte ihn mit Stolz, dass im Restaurant alles so rund lief. Dass wenigstens dieser Mikrokosmos keine unangenehmen Überraschungen bot, dass er sich auf die Mitarbeiter und die eigenen Fähigkeiten verlassen konnte. Dies war sein Zuhause, seine Heimat.

In der Küche griff Julius nach der schmalen Flasche mit Vogelbeerbrand aus dem Hause Pikberg. Diesen Schlummertrunk hatte er sich verdient! Während der sanfte Geist Mund und Hals erwärmte, hielt ihm Franz-Xaver eine Überraschung vor die Nase. Eine Überraschung, die sich ungefragt in Julius' Reich geschlichen hatte.

Der Schlummertrunk war verfrüht gewesen.

In Franz-Xavers Hand befand sich ein Briefumschlag.

»Den muss gerade einer unter der Pforten zum Hof durchgeschoben haben.«

Ohne Briefmarke. Ohne Absender. Nur mit Adressaten und einem Befehl versehen:

»Julius Eichendorff. Sofort öffnen!«

Franz-Xaver konnte sich einen kleinen Scherz nicht verkneifen: »Also eine Briefbomben kann des schon mal net sein, Maestro. Es tickt nämlich net. Vielleicht isses ein Milzbrand, oder besser ein Weinbrand, den tät ich jetzt vertragen.«

Julius nahm ihm den Umschlag aus der Hand.

Von wegen Bombe! Wer konnte ihm schon Böses wollen? Doch sicher war sicher. Also griff er sich die weißen Handschuhe, die sonst für den Kellner am Käsewagen bestimmt waren, und öffnete den Umschlag vor der Tür im Freien, die Luft anhaltend und ihn weit von sich streckend. Nichts war zu hören. Kein Pülverchen entwich. Nur ein Zettel lugte hervor. Hinter Julius stand die ganze Brigade und schaute gespannt.

»Geht rein und macht eure Arbeit. Ich will bald Feierabend haben! Und dass mir alles blitzblank wird!«

Mit großem Gemurre verzogen sich alle wieder ins Restaurant.

Der Zettel war kariert und stammte, wie Julius an der aufgerissenen Perforation am oberen Rand erkennen konnte, von einem Spiralblock. Mit krakeliger Handschrift stand darauf in Großbuchstaben:

»KOMMEN SIE ZUM OBERSTEN VIADUKTPFEILER IM ADENBACHTAL. SOFORT, SONST IST ES ZU SPÄT!«

Keine Unterschrift.

Die Tür hinter ihm wurde aufgestoßen. Franz-Xaver.

»Also, es tut mir furchtbar leid, aber des halt ich net länger aus! Was steht drin?«

Julius reichte ihm wortlos den Zettel.

»Is das einer von der unvollendeten Bahnlinie?«

Franz-Xaver erntete ein Nicken.

»Da gehst natürlich hin!«

Aber Julius' Entschluss stand schon fest. »Auf keinen Fall.«

»Aber des könnt, na, des *wird* wichtig sein!«

»Um ein Uhr morgens? Mitten in den Weinbergen?«

»Ich bitt dich! Der Mond scheint doch wunderbar hell heut Nacht! Und sag bittschön, wer könnt es denn verantworten, dem grandiosesten Koch der Ahr etwas anzutun?«

»Einer, der auch beim besten Winzer nicht gezögert hat.«

Franz-Xaver packte ihn an den Schultern. »Warum sollt *dir* jemand was Böses wollen?«

Julius wusste keine Antwort. Franz-Xaver setzte nach.

»Wenn du net auf diesem Ball tanzt, wirst du's für immer bereuen!«

Da war etwas dran, dachte Julius. Er würde sich fragen, wer dort auf ihn gewartet hätte. Mit jedem Tag drängender. Dazu die Ungewissheit, den Grund für das Treffen nicht zu kennen.

Das würde ihn zerreißen.

Und das gerade jetzt, wo er sich den ersten Stern erkochen wollte.

»Hol mir mein Wüsthof-Messer und eine Taschenlampe! Ich hab für Stromausfälle immer eine in der Kommode am Eingang. In der obersten Schublade ganz rechts. Und du kommst mit!«

Den Wagen stellte Julius in der Nähe der Weinbergskapelle St. Urban ab. Von da war es noch ein gutes Stück zum obersten Viaduktpfeiler, der wie ein riesiger Elektroschocker in den klaren Nachthimmel stach. Ahrweiler war fast vollständig dunkel und lag wie ein seinem Ende entgegenfunkelnder Geburtstagskuchen im Tal. Der Wind wehte kühl durch Julius' Haarkranz, als er aus dem Auto stieg.

»Franz-Xaver, du bleibst am besten beim Wagen. Von hier oben hast du alles im Blick.«

»Und wo bleibt da der Spaß?«

Julius konnte es nicht fassen. »Der *Spaß* wäre schnell vorbei, wenn der Unbekannte merkt, dass ich nicht allein bin, oder? Das würde ihm bestimmt nicht gefallen.«

Franz-Xaver trat enttäuscht in den steinigen Boden. »Dann werd ich es mir halt hier bequem machen, mir in aller Ruh die alte Weinkelter da anschaun, den Panoramablick genießen …«

»Und nebenbei auf meine Taschenlampe achten, ob ich noch am Leben bin.«

»Wenn's sein muss auch des.«

Mit einem mehr als mulmigen Gefühl stieg Julius den rebstockgesäumten Weg hinunter zum Pfeiler, der sich immer größer und bedrohlicher vor ihm aufrichtete. Das Licht der Taschenlampe erhellte zwar den Weg vor ihm, verdunkelte dafür aber alles ringsum. Ab und an hielt Julius inne, weil er meinte, Schritte zu hören, das Knacken von Zweigen. Aber da war nichts. Mit jedem Meter tiefer ins Tal hielt er den Ausflug für eine größere Schnapsidee. »Wer sich in Gefahr bringt, kommt in ihr um!«, hatte sein Vater immer gepredigt. Was hatte es genutzt? Nun war er hier, nur noch ein kurzes Stück vom Pfeiler entfernt. Um jemanden zu treffen, der noch nicht einmal bereit war, seinen Namen preiszugeben. Julius' Schritte wurden schleppend, unsicher.

Langsam gewöhnten sich die Augen an die dunkle Szenerie.

Niemand war zu sehen.

Kein Geräusch war zu hören. Nur der Wind strich über die Blätterdächer der Rebstöcke, in denen sich der Mond stählern spiegelte.

Er ging näher an den Pfeiler. Nach jedem Schritt stehen bleibend, sich umhörend.

Nichts.

Schließlich kam er an dem monolithischen Zeugen planerischer Unfähigkeit an. Kein Mensch war zu sehen. Aber der Pfeiler war groß, und der Unbekannte konnte sich hinter der zum Tal liegenden Seite verbergen. Vorsichtig lugte Julius um die Ecke. Nur der mit weißem Mondlicht bestrichene Beton. Fast hell erstrahlte er hier.

Zu hell.

Eine Stelle schien wie von innen beleuchtet, so deutlich hob sie sich ab. Julius ging näher heran und fand einen DIN-A3-großen Bogen Papier, der in Schutzfolie eingeschweißt mit schweren Schrauben am Pfeiler befestigt war. Er leuchtete mit der kleinen

Taschenlampe darauf. In altdeutschen Buchstaben stand dort geschrieben:

»Im Namen der Ehrbaren Ahrtaler Weinbruderschaft von 1682 a.d. verkündigen wir Folgendes:

Der Ausbau der Trockenmauern geht gut vonstatten. Allen Winzern, die sich daran beteiligen, sei Lob ausgesprochen. Alle anderen sollten sich tunlichst daran beteiligen. Es gilt die Kultur des Tales zu wahren!
Die »Bürgergesellschaft Hemmessen e. V.« wird hiermit aufgefordert, die Hemmessener Hütte häufiger zu öffnen. Zu viele Reisende sind enttäuscht, wenn sie vor verschlossenen Türen stehen.
Die Lachse kommen wieder vermehrt in unser schönes Tal. Weinbruder August Herold sei dafür ausdrücklich Lob gezollt. Die Tiere sind eine wahre Zier für unsere blaue Lebensader. Unterstützt unseren Weinbruder und die Porzermühle, wann immer ihr könnt!
Siegfried Schultze-Nögel sei letztmalig gewarnt! Wenn er noch einmal den alten Sitten entgegen handelt, wird ein Exempel an ihm statuiert. Der ehrliche Wein darf nicht weiter beschmutzt werden!

In Vino Salvatio!
Gezeichnet: Der Ordensmeister«

Julius las alles noch einmal. Er hatte natürlich schon von der Weinbruderschaft gehört. Aber sie hatte ihn nie sonderlich interessiert. Er hatte es nicht mit der Vereinsmeierei, auch als ihm die in den harten Anfangstagen der »Alten Eiche« zu mehr Kundschaft verholfen hätte. Die Weinbrüder hatte er immer für einen übertrieben geheimniskrämerischen, sauflustigen Haufen gehalten. Wie sich nun herausstellte, waren sie viel mehr. Er knipste die

Taschenlampe wieder aus und setzte sich auf den Boden. Das war es, worauf der anonyme Schreiber ihn hinweisen wollte. Es ging gar nicht um ein Treffen. Diese Drohung sollte er lesen. Diese Drohung gegen Siggi, die in denselben Lettern verfasst war wie die Beleidigung auf dem Fass. Aber warum so spät in der Nacht? Warum wäre morgen nicht früh genug gewesen? Ihm fiel keine Antwort ein, und er machte sich auf den Weg zurück zum Auto. Wieder hörte er etwas, aber diesmal blieb er nicht stehen. Vielleicht ein Fuchs, dachte er, vielleicht ein Wildschwein, das sich an den Trauben delektierte. Nichts, was ihm Sorgen bereiten sollte. Doch dann erkannte er das animalische Geräusch, das so viele Kneipengespräche untermalte. Jemand rülpste. Und zwar unverschämt ausgiebig.

Julius duckte sich und versuchte, zwischen den Rebzeilen Deckung zu finden. Am Tage wäre ihm dies sicherlich nicht geglückt, denn so viele Blätter gab es im Herbst nicht mehr, als dass sein idealtypischer Kochkörper dahinter unentdeckt geblieben wäre. Aber die Nacht war gnädig. Julius versuchte, flach zu atmen. Das Wüsthof-Messer hielt er in der Hand. Er konzentrierte sich auf die Geräusche. Jemand ging unrhythmischen, fast fallenden Schrittes in Richtung Pfeiler. Julius richtete sich vorsichtig auf, so dass er über die Rebzeilen hinwegblicken konnte. Der Schemen verschwand schwankend hinter dem Beton. Julius wartete. Nur Sekunden später erschien der Schemen wieder und kam geradewegs auf ihn zu. Er grölte etwas. Blitzschnell warf sich Julius auf den Boden und kroch unter den Trauben hindurch auf die andere Seite des Rebganges. Konnte das der Verfasser des anonymen Briefes sein? Nein, dachte Julius. Der hätte nach ihm gesucht, gerufen, zumindest ein wenig gewartet. Sein Herz schlug ihm bis zum Hals, vor Angst krampfte er den ganzen Körper zusammen. Kein Mucks. Nicht bewegen. So nah es ging, drückte sich Julius ans Blattwerk und schaffte es, die Triebe so zur Seite zu schieben, dass er mit einem Auge sehen konnte, wer auf ihn zukam. Die Dunkelheit stellte kein großes Manko mehr dar. Er brauchte kein Tageslicht, um auszumachen, wer ihm da entgegenrollte, mit dem Weinbruderschafts-Plakat in der Hand. Julius zog den Kopf zur Sicherheit wieder zurück. Als der Schemen näher kam, konnte er einen eigentümlich genuschelten Singsang vernehmen:

»Wenn das Wasser im Rhein goldner Wein wär, ja dann möcht ich ein Fischelein sein …«

Der Vortragende war wenig textsicher, denn anstatt die nächsten Strophen zum Besten zu geben, wiederholte er, in unterschiedlicher Artikulation und Melodie, den Refrain. Was seinem Vortrag an Inhalt fehlte, machte er mit Lautstärke mehr als wett.

Julius wartete einige Minuten, geschockt von dem, was er gerade beobachtet hatte, bevor er aufstand, seine Kleidung ordentlich gerade zog und sich auf den Rückweg zum Wagen machte. Franz-Xaver fand er friedlich schlummernd auf dem Beifahrersitz, den Kopf zur Seite gesunken. Als Julius sich ins Auto setzte, wachte er auf.

»Hab alles im Blick behalten, wie gewünscht, alles im Blick …«

Julius war zu angespannt, um sich über die Schläfrigkeit seines Maître d'hôtel aufzuregen.

»Rat mal, wen ich beim Viaduktpfeiler getroffen habe!«

Selbst in diesem verschlafenen Zustand war Franz-Xavers Humor völlig intakt.

»Den lieben Gott?«

»Fast. Den Landrat.«

III

»Bœuf de couleurs variées de l'Ahr«

Antworten auf seine Fragen würde Julius im Wasser finden. Denn dort hielt sich der Mann auf, der sie kannte: August Herold. Christine hatte ihm am Telefon erklärt, dass ihr Göttergatte es nicht länger abwarten könne, die ersten Lachse des Jahres zu sehen, welche von Oktober bis in den Dezember hinein an ihre Geburtsstätte zurückkehrten. Deshalb musste Julius nun am frühen Morgen Richtung Osten fahren, den Flusslauf entlang, vorbei an Landskrone, Heuberg und Lohrdorfer Kopf, bevor er in Bad Bodendorf das Ufer wechselte und den Wagen nahe dem Wehr parkte. Es regnete so stark, dass Julius die Spitzen der Weinberge nicht ausmachen konnte. Er friemelte die Kapuze aus dem Kragen der dunkelblauen Babour-Imitat-Jacke und stieg aus dem Audi. Julius liebte Regen – solange ihn die Jacke warm und trocken hielt.

Alle Farben waren aus dem Ahrtal verschwunden. Aber ähnlich einem Schwarzweißfoto ließen sich jetzt die wunderbaren Formen und Strukturen erkennen, wirkte die Ahr, die Natur, wilder und ursprünglicher. Der Mühlenberg lag faul, wie ein fernes Gebirge, am Horizont. Die Ahr war nur noch ein Spiel aus Hell und Dunkel. Es war, als umgäben sie Mythen und Geheimnisse, als würde sie erst jetzt, vom Regen geschützt, ihr wahres Alter preisgeben, ihre dunkle, ungezähmte Seele, die sie im Sonnenschein vor den Besuchern zu verbergen suchte. Inmitten dieser Natur fand sich eine kleine Figur, die mit festem Stand im von unzähligen Regentropfen aufgerauten Wasser stand, einen großen Käscher in der Hand. Julius stapfte näher über den aufgeweichten Boden, froh über die wohlige Wärme der Gummistiefel. Erst als er am Ufer des Wehrs ankam, nahm ihn Herold wahr.

»Julius! Was führt dich denn hierher?«

»Ich wollt mir nur einen Lachs angeln, für die Tageskarte.«

»Meine Lachse isst keiner! Noch nicht mal ich. Aber ich kann dir gern ein paar Algen fischen!« Herold lachte, blickte jedoch nicht auf, sondern führte den Käscher konzentriert wie ein Minensuchgerät über das Wasser.

»Und, schon einen gesehen?«, fragte Julius.

»Nee, ich werd wahrscheinlich auch keinen sehen. Wir hatten in all den Jahren erst dreizehn Rückkehrer, obwohl wir eine Million Brütlinge ausgesetzt haben – das musst du dir mal vorstellen!«

Julius suchte nun auch das Wasser ab, konnte aber nichts erkennen außer dem Grund und den Lava-Steinen, die im Flussbett versenkt waren, damit die Lachse den Aufstieg auch bei Niedrigwasser schafften.

»Wo kommen die Burschen eigentlich her?«

»Die Rückkehrer stammen von der Westküste Grönlands, aber ursprünglich sind die ausgesetzten Lachse in Frankreich beheimatet. Die haben wir aus den Flüssen Adour und Nieve geholt. Wunderschöne Gegend, sag ich dir!«

»Das ist dann ja 'ne richtige französische Invasion.«

»Ach, woher! Mittlerweile sind das doch Immis.« Herold lachte wieder.

Es war an der Zeit, die gute Nachricht zu überbringen, dachte Julius, um Herold für die folgenden Fragen weich zu machen.

»Das mit François geht übrigens klar. Er kommt heut schon mal bei dir vorbei, um den Betrieb kennenzulernen. Wenn er in der Hektik das erste Mal dabei wäre, hättest du bestimmt keine Zeit, ihm alles zu zeigen.«

Herold blickte immer noch wie gebannt ins Flussbett. »Prima! –

Guckst du auch mal ins Wasser? Und sag mir direkt Bescheid, wenn du was entdeckst! Sind nicht zu übersehen. Die Brocken werden hier bis zu einem Meter lang und zehn Kilo schwer!«

Aber keine Flosse zeigte sich.

Julius hielt es für an der Zeit, auf den wirklichen Grund seines Besuchs zu kommen.

»Sag mal, August, bist du nicht Mitglied in der Weinbruderschaft?«

Herold schaute auf. »Wie kommst du denn jetzt darauf?« Seine Stimme hatte einen überraschten Ton angenommen.

»Ich spiele ja schon lange mit dem Gedanken einzutreten. Und irgendwie denk ich, es ist so weit.«

Das war natürlich eine schwache Begründung. Er konnte nur hoffen, dass Herold den erbärmlichen Köder schluckte.

»Das wurde auch langsam mal Zeit!«

Gefressen.

»Und wie läuft das ab?«

Herold blickte nun wieder auf die Ahr, in Kreisen seine nähere Umgebung absuchend.

»Du brauchst zwei Bürgen. Einen hast du hiermit schon mal!«

Eine bessere Möglichkeit, sich über die Identität der Weinbrüder zu informieren als nach dieser Steilvorlage, würde sich kaum bieten. Julius griff zu.

»Und wen sollte ich deiner Meinung nach noch fragen?«

»Tja, Julius, das ist das Problem. Ich darf dir dazu nichts sagen. Weinbrüder können sich immer nur persönlich offenbaren.«

Dagegen war die Stasi ja eine offenherzige Organisation!

»Nu lass aber mal die Kirche im Dorf, wenn ich sowieso Mitglied werde, dann ...«

»Jaja, ist schon gut. Einfach gesagt: Alle wichtigen Leute sind drin – außer dir natürlich!«

Der Regen verdichtete sich, und Julius musste schon fast rufen, damit Herold ihn verstand. Ins Wasser gehen wollte er nicht. Die Gefahr, sich schmutzig zu machen, war einfach zu groß.

»Auch Politiker und Winzer?«

»*Alle* Wichtigen, Julius! Einige Herren aus der Kreisverwaltung, Bürgermeister, und auch wir Winzer. Der Siggi war allerdings nie Mitglied, weiß der Himmel warum! Aber Markus Brück ist dafür bei uns.«

Das reichte Julius. Mehr brauchte er von den Brüdern vorerst nicht zu wissen.

Brück war einer der wenigen, die überhaupt von seinen Nachforschungen wussten. Und Brück hatte sich bei ihrem Gespräch merkwürdig verhalten, als hätte er etwas zu verbergen, als belaste ihn etwas. Er war ein heißer Tipp als anonymer Schreiber. Der heißeste, den er hatte. Aber warum hatte er die eigenen Weinbrüder belastet? Was hatten sie mit dem Mord zu tun? Und was hatte es mit dem Exempel auf sich?

Herold würde dazu nichts sagen. Aber es gab etwas anderes, das er ihn fragen musste. Sei es auch nur, um seine Reaktion zu sehen.

»Hast du schon gehört, dass Siggis Flaschen für den IHK-Kammerpreis verschwunden sind?«

Herold blickte von Julius fort, ans andere Ufer der Ahr. »Wie? Alle?«

»Ja. Die letzten sechs vom Top-Rotwein. Mit dem letzten Jahrgang kommt er nicht mehr aufs Treppchen.«

Herold antwortete nicht sofort.

»Das wünscht man keinem. Du weißt, dass wir uns nicht immer grün waren. Schließlich kann es nur eine Nummer eins geben.«

»Was meinst du, wer die Flaschen geklaut hat? Das war eine gezielte Aktion. Sonst fehlen keine Weine.«

»Vielleicht ein Kunde, der nichts mehr davon bekommen hat?«

»Der hätte bestimmt noch ein paar andere Schätze eingepackt. Nur Winzer wussten vom Abgabetermin für den Kammerpreis, und nur Winzer profitieren davon, dass Siggis Wein nicht dabei ist.«

Herold drehte sich um und blickte Julius an. »Winzer gibt es viele im Tal.«

Julius spürte, dass er die Situation entschärfen musste.

»Da hast du leider Recht.«

Er wollte sich verabschieden, doch die Vereinsschlinge hatte sich bereits um seinen Hals gelegt.

»Noch mal zur Weinbruderschaft, Julius. Unter *Freunden*: Ich besorg dir einen zweiten Bürgen, und beim nächsten Treffen stimmen wir darüber ab, ob wir dich wollen. Reine Formalia. Und ich sag dir dann wegen der Aufnahmezeremonie Bescheid. Bei uns heißt das allerdings Initiation. – Ist ja klar, dass alles, was ich dir gesagt habe, unter uns …«

Dann schrie er auf. »*Da*! Siehst du ihn?«

Julius sah nichts. Plötzlich klatschte der Käscher ins Wasser und kam mit einem Prachtkerl von zappelndem Lachs wieder hervor. Herold zog aus seiner Gesäßtasche einen Zollstock und entfaltete ihn geschickt mit einer Hand.

»Sieh dir diesen Brocken an! Der ist gut eins zwanzig lang! Der erste dieses Jahr! Siehst du das rot gefleckte Hochzeitskleid? Wunderschön ist das, wunderschön. Und vorne am Unterkiefer der große, knorpelige Haken. Mensch, komm rein, Julius! Fass ihn mal an, bevor ich ihn wieder freilasse!«

Aber da konnte Herold so viel bitten, wie er wollte. Julius hatte seine Grundsätze.

»Fische, bleib mir bloß weg damit! Die pack ich lebend nicht an! Eisgekühlt immer, aber wenn die zappeln und einen so angucken. Das ist nichts für mich. Ich bin schließlich Koch und kein Aquarianer!«

Wie viel Fingerspitzengefühl hatte die deutsche Exekutive? Auf der Fahrt von Bad Bodendorf zum Dernauer Friedhof hatte Julius sich vorgestellt, wie Gisela in Handschellen und mit Begleitung Uniformierter zur Beerdigung käme. Das durften sie ihr nicht antun! Als er von der Schmittmannstraße in die mit Wagen der Begräbnisgäste voll geparkte Friedensstraße abbog, schien sich die Befürchtung zu bewahrheiten. Ein Polizeitransporter stand unübersehbar auf dem Mittelstreifen. Nachdem Julius in der Römerstraße in der zweiten Reihe geparkt hatte, versuchte er, auf dem Weg zum Friedhof Gisela zu erspähen. Aber die letzte Ruhestätte der Dernauer war so voll, als würde das Winzerfest in diesem Jahr dort stattfinden. Alle waren gekommen, um dem großen Erneuerer die letzte Ehre zu erweisen. Julius hatte nicht darauf geachtet, aber etliche Geschäfte mussten geschlossen haben, denn Dernaus gesamter Einzelhandel war vertreten: Ob von Gärtnerei, Metzgerei, Fahrradladen, dem Quellegeschäft oder dem Sparmarkt – die Geschäftsführung stand in dunklem Anzug in der Menge. Der Tambourcorps »Blau-Weiß« und der Theaterverein »Eintracht« hatten sich nicht lumpen lassen und für Kränze zusammengelegt. Das hätte Siggi gefallen, dachte Julius, während er am äußersten Rand der Menschenmasse Aufstellung bezog. Seinen großen Abgang hätte er sich genau so gewünscht. Julius war sich sicher, dass das verträumte Weindorf dergleichen noch nie erlebt hatte. So viel Presse wurde sonst nicht einmal den Lebenden zuteil. Immer wieder blitzte es, das trübe Wetter nur kurz aufhellend.

Erst als die Prozession von der Kirche kam und die Menge sich, einen schmalen Weg freigebend, teilte, sah er Gisela. Ohne Handschellen, wenn auch in Begleitung. Diese war dezenterweise in Zivil. Den beiden Männern drang ihre Aufgabe aber aus allen Poren.

Niemand traute sich, Gisela ins Gesicht zu schauen. Auch ihr Blick haftete am Boden, der Körper von Tränenschüben durchgeschüttelt. Hinter ihr große Teile der Sippe, enger mit Gisela verwandt als Julius, und auch der Kellermeister.

Julius ging gemessenen Schrittes auf Markus Brück zu, sich der Prozession anschließend.

»Ich weiß, dass der Brief von Ihnen stammt.«

Die Augen, in die er nun blickte, verrieten alles. Und mehr. Denn solche Angst hatte er dort nicht erwartet. Julius setzte nach.

»Lassen Sie uns reden. Sobald wie möglich. Sonst wird ihr Ordensmeister alles erfahren.«

Jeder Tag, den Gisela länger in der JVA war, und noch wichtiger, den sie länger unter Verdacht stand, war ein Tag zu viel. Wenn er dem Kellermeister etwas auf die Füße treten musste, damit dieses unwürdige Spiel endete, dann würde er es tun. Julius ließ sich zurückfallen und folgte der Trauergemeinde. Beerdigungen waren nichts für ihn. Er trauerte stets für sich, und so warf er die Erde nur mit einem stillen Gruß auf Siggis Sarg.

Plötzlich legte sich von hinten eine Hand auf seine Schulter.

»Herr Eichendorff, kann ich Sie mal sprechen?«

Es war Frau von Reuschenberg. Die Augen der Kommissarin waren verquollen von Tränen. Julius reichte ihr instinktiv ein Taschentuch.

»Danke. Ich muss bei Beerdigungen immer weinen.«

»Nehmen Sie es mir nicht übel, aber Sie sollten lieber weinen, weil Sie die Falsche in U-Haft haben.«

»Darüber will ich mit Ihnen reden. Gehen wir ein paar Schritte.«

Während von Reuschenberg die Tränen trocknete, schlugen sie den Weg zur Ahr hinunter ein. Julius machte einen taktischen Umweg am Kellermeister vorbei, dem er zunickte. Dieser sollte ruhig wissen, mit wem er sprach.

»Ich weiß nicht, warum ich gerade mit Ihnen darüber reden will. Ich hoffe einfach mal, dass mich meine Menschenkenntnis nicht täuscht. Außerdem wüsste ich auch nicht, wen ich sonst zu Rate ziehen sollte.«

Von Reuschenbergs Offenheit rührte Julius an, und ein tief verwurzelter Beschützerinstinkt kam in ihm durch. Er lächelte sie aufmunternd an, soweit es der traurige Anlass zuließ.

»Ich werde mein Bestes geben!«

»Seit ich hier bin, laufe ich nur gegen Mauern. Ich hab den Eindruck, keiner redet *wirklich* mit mir. Egal, wen ich frage, keiner weiß was, keiner vermutet was. Noch nicht mal böswilliger Klatsch! Das ist doch nicht normal.«

Julius musterte die Kommissarin. Das Ahrtal war weiß Gott keine mittelalterliche Einsiedelei. Aber eine so junge Frau, noch dazu nicht von hier – kein Wunder, dass keiner das Maul aufmachte. Erst recht, nachdem sie Gisela hinter Gitter gesteckt hatte.

»Lassen Sie Gisela frei.«

Von Reuschenbergs Stirn kräuselte sich vor Wut. »Na toll! Können Sie nichts anderes, als mir vorhalten, dass Ihre Großcousine die Hauptverdächtige ist?! Das war's dann wohl mit meiner Menschenkenntnis!«

Sie drehte sich um, wollte wieder zurückgehen.

Julius hielt sie fest. Sein Griff war durch jahrelanges Kartoffelschälen gestählt. »Es war ein *Rat*! Haben Sie wirklich gedacht, man würde es Ihnen nicht übel nehmen, dass Sie eine der beliebtesten Frauen der Gemeinde einsperren? Haben Sie gedacht, alle zerreißen sich dann das Maul über Gisela? Sie müssen die Leute *verstehen*! Nur dann reden sie auch!«

Sie blickte ihn wütend an. Ihre dunkelblauen Augen funkelten wie scharfe Messer. »Und warum sagen Sie das nicht gleich so?!«

»Sie hatten hier vom ersten Tag an verloren. Also tun Sie sich selbst und den Ermittlungen einen Gefallen. Auch wenn Sie *glauben*, Gisela wär's gewesen. Weglaufen wird sie Ihnen bestimmt nicht. Dafür leg ich meine Hand ins Feuer!«

Zu seiner Enttäuschung erntete Julius nur ein Kopfschütteln.

»Ich kann doch nicht nach Gutdünken eine dringend Tatverdächtige aus der U-Haft entlassen. Ich hab auch Vorgesetzte, denen ich Rechenschaft schuldig bin! Dazu kommt noch, dass ich erst seit knapp zwei Monaten auf der Dienststelle bin. Da werden solche Geisterfahrten ganz besonders beäugt. Tut mir Leid, aber da müssen Sie mir schon mit einem besseren Rat kommen.«

Trotzig ging sie in die Hocke, um einen glatten Stein aufzuheben. Sie warf ihn mit voller Wucht ins Wasser. Er titschte achtmal auf, bevor er versank. Eine reife Leistung, dachte Julius. Danach schien es ihr besser zu gehen.

Julius kam eine Idee.

»Hier mein neuer Vorschlag.«

»Immer raus damit!«

»Ich sage Ihnen alles, was ich weiß. Und andersrum. Der Deal gilt, bis der Mörder gefasst ist.«

»Sie wissen schon, dass Sie mir *sowieso* alles sagen müssen, wovon Sie Kenntnis haben?«

»Ich?! Aber ich weiß doch nichts …« Er lächelte. Dieses Spiel ließ er sich nicht aus der Hand nehmen.

»Sie sind ganz schön verschlagen für einen harmlosen Koch!«

»Man tut, was man kann.«

»Gut. Sie zuerst!«

Und er berichtete, was er wusste. Zumindest fast. Er hatte noch nicht genug in der Hand.

»Jetzt Sie!«

»Wir haben die Sache mit dem Nachthemd geklärt.«

»Und?«

»Nichts, was Ihre Großcousine entlasten würde. Eher das Gegenteil. Wir haben in der Wäscherei Fotos vorgelegt. Auf einem war Markus Brück. Und das war der Treffer.«

»Warum sollte Markus das Nachthemd abgeben?«

»Lassen Sie mal Ihre Fantasie spielen. Morgen früh ist die Vernehmung angesetzt. Dann wissen wir mehr. Ihre Großcousine hat ein Verhältnis mit Markus Brück abgestritten. Etwas zu vehement für meinen Geschmack.«

Julius würde Brück schon *vor* morgen früh durch die Mangel drehen. Die Idee, Gisela könnte eine Affäre mit ihm gehabt haben, schmeckte Julius überhaupt nicht. Und die Vorstellung, sie danach zu fragen, erst recht nicht.

Von Reuschenberg hatte noch eine schlechte Nachricht in petto: »Gisela Schultze-Nögel hat bei der gestrigen Vernehmung übrigens gestanden, dass sie sich nicht an die Geschehnisse der Mordnacht erinnern kann, weil sie zu betrunken war.« Sie blickte Julius ernst an. »Es wundert mich, dass sie Ihnen bei Ihrem Treffen in der JVA nichts davon erzählt hat. Aber es muss wohl so gewesen sein. Schließlich lautet unsere Abmachung, dass Sie mir alles sagen, was Sie wissen.«

Julius erfüllte eine eigentümliche Mischung aus Ehrfurcht und Neid, als er am Nachmittag die geheiligten Hallen des historischen Gasthauses »Sanct Paul« in Walporzheim betrat, der guten Stube des Tals. Schon von außen machte das weiß gekalkte Haus mit den bemalten Fensterklappen deutlich, dass es Geschichte atmete. Und mit jedem Schritt, den Julius in dem 1246 erbauten Gebäude tat, schien diese Atmosphäre greifbarer zu werden, mit jedem Schritt glitt er mehr in eine vergangene Epoche. Wieder war da dieser Wunsch, auch einmal Herr über eine solche gastronomische Welt zu sein wie das »Sanct Paul«. Mit seinem feinbürgerlichen Restaurant Winzerkirche, dem nach dem Besitzer benannten Gourmettempel und der rustikalen Kaminstube. Dazu die wundervoll eingerichteten Veranstaltungsräume, ja sogar eine Vinothek fand sich hier, da die Familie zu einem der größten Weinversender Deutschlands herangewachsen war. Die Bassewitzens hatten schon versucht, ihn als Koch einzukaufen, aber so verlockend die Vorstellung war, so wertvoll war Julius doch die Selbstständigkeit. Mit diesem Gedanken tröstete er sich auch jetzt, während die Pracht an ihm vorüberglitt. In der Kaminstube fand sich die illustre Runde, derentwegen er gekommen war. Der inoffizielle Stammtisch der besten Restaurateure des Tals. Der Besitzer des gastgebenden Hauses, Gerdt Bassewitz, wie stets eine Montechristo Nr. 3 schmauchend, hatte es sich in dem mit feinem Stoff bespannten Stuhl direkt am Kamin bequem gemacht. Außerdem noch zugegen: Tommy Prieß, der Revoluzzer vom »Himmel und Äd«, der, wie es seinem Publikum entsprach, in Jeans und Holzfällerhemd gekleidet war. Seinem Ruf als Großer Grummler des Tals entsprechend, trug er die Mundwinkel auf Kinnhöhe. Als Julius eintrat, winkte ihm Antoine Carême vom »Frais Löhndorf«, der auch ohne Kochmütze aussah wie ein kleiner, lustiger Schlumpf, fröhlich zu. Er setzte sich auf den einzigen noch freien Stuhl neben

Hans-Hubert Rude vom »Bahnhof« Bad Neuenahr. Das Gespräch war bereits in vollem Gange, und das Thema überraschte Julius wenig. Bassewitz warf ihm direkt den Ball zu.

»Da kommt ja unser heißester Anwärter!«

Julius mochte die Position des Spitzenreiters nicht. Sie bedeutete auch, der Gejagte zu sein. Das war in der Gastroszene nicht anders als in der Fußballbundesliga.

»Nana! Antoine hat dieses Jahr auch gute Chancen!«

Dieser wehrte jedoch mit einer wegwerfenden Handbewegung ab. »Denen ist mein Küche zu kräuterlastig. Die wollen immer nur Salz, Salz, Salz – als ob wir Kühe wären!«

Hans-Hubert Rude prostete Julius zu. »Dieses Jahr schaffst du es bestimmt! Und dann verrätst du uns mal ein paar Rezepte aus deiner Vor-Stern-Phase!«

Alle lachten lauthals, denn das war tatsächlich ein guter Witz. Als würde ein Zauberkünstler einen seiner Tricks verraten!

Bassewitz lehnte sich vor und fragte in brüderlichem Tonfall: »Nu sag mal ehrlich, Julius. Warum willst du eigentlich den Stern? Voller als voll kann dein Restaurant ja nicht werden. Und groß anheben kannst du die Preise beim Publikum hier auch nicht.«

Antoine saß mal wieder der Schalk im Nacken. »Es ist den Ehrgeiz! Unser guten Julius ist von den Ehrgeiz zerfressen. Mit jeder Haar weniger auf seinen Kopf nimmt den Ehrgeiz zu!«

»Na, dann schau dich mal an!«, meldete sich nun Prieß zu Wort, den Witz mal wieder nicht verstehend.

»Ihr wollt es wirklich wissen?«, fragte Julius und erntete einhelliges Nicken.

»Natürlich ist auch eine gute Portion Ehrgeiz dabei – und da muss man, find ich, keinen Hehl draus machen. Aber es hängt auch mit meinem Vater zusammen. Ihr kennt ihn ja.«

»Den vergisst man nicht, wenn man ihn mal getroffen hat!«, sagte Bassewitz schmunzelnd.

»Ja, so einer ist er, genau. Und ihr wisst auch, wie gern er tafelt. Kann man nicht übersehen bei meinem alten Herrn. Sagt zu keiner Sauce nein, auch früher nicht, als noch *richtig* fett gekocht wurde. Er liebt das. Wenn er damals unterwegs war, ist er immer in die besten Häuser gegangen.«

»Und dein Vater war viel unterwegs!«

Bassewitz schenkte allen noch etwas aus der Karaffe mit seinem besten Dornfelder ein.

»Ja, zu viel. Unser Verhältnis war nicht so innig, wie ich's gern gehabt hätte, aber das war eine andere Zeit.«

Es fiel Julius normalerweise schwer, sein Herz auszuschütten, aber in dieser Runde fühlte er sich wohl, von verwandten Seelen umgeben. Ein wenig beschlich ihn ein Gefühl wie zur Schulzeit. Dies war auf eine merkwürdige Art und Weise seine »Klasse«. Menschen, die denselben Tagesablauf hatten, sich mit denselben Ärgernissen rumschlugen. Es bedurfte nicht vieler Worte. Ihnen konnte er es erzählen.

»Das Essen war unser einziges gemeinsames Hobby. Damals wollt ich ja noch Buchhalter werden, oder besser: Prokurist. Zahlen hab ich immer schon geliebt, mein Vater kann damit gar nichts anfangen. Aber er ist immer mit Mutter und mir gut essen gegangen, hat bestellt, ohne uns zu sagen was, und wir mussten dann raten. Was war er stolz, wenn ich richtig lag! Da glänzten dann seine Augen! Irgendwann waren wir auch mal im ›Goldenen Pflug‹ in Köln, als der noch drei Sterne hatte, als Erster in Deutschland, ihr erinnert euch. Das war zu seinem Geburtstag. Und beim Dessert hat er dann gesagt: ›Weißt du, was das schönste Geschenk für mich wäre? Wenn du eines Tages ein richtig großer Koch wirst. Wenn du mal einen Stern hättest. – Aber du musst ja unbedingt Buchhalter werden!‹.«

Die Runde nickte bedächtig. Dann stießen sie darauf an.

»Auf deinen Stern!«, brummte Bassewitz und hob das Glas, soweit es sein kurzer Arm zuließ.

»Auf deinen Stern!«, stimmten die anderen ein.

Prieß richtete sich in seinem Stuhl auf, als hätte er ein Ei gelegt.

»Ich mach euch ja ungern die Stimmung kaputt, und ich würd's dir wirklich gönnen, Julius, das weißt du, aber ich glaube, das wird dieses Jahr nix.«

Das »Wieso?« kam wie aus einem Mund. Was wusste der eigenbrötlerische Prieß, was den anderen noch nicht zugetragen wurde?

»Sie wollen die ›Graugans‹ und das ›Hummerstübchen‹ runterstufen. Aus Frankreich ist wohl die Weisung gekommen, dass Deutschland zu gut dasteht im internationalen Vergleich. Und jetzt müssen Köpfe rollen. Kann sogar sein, dass es einem Drei-Sterner ans Leder geht. Raufstufungen sind dieses Jahr jedenfalls nicht drin. Tut mir Leid für dich.«

Dieser Schlag traf Julius in die Magengrube. Bassewitz startete einen Aufheiterungsversuch.

»Nun lass mal den Kopf nicht hängen! Wenn du gut genug auftischst, kommen die gar nicht an dir vorbei!«

»Genau«, pflichtete Antoine bei, »ich geb dir sogar kostenlos ein paar von mein Kräutern ab!«

Ein Raunen ging durch die Runde. Für Spendabilität war der geschäftstüchtige Franzose nicht bekannt. Julius nahm einen großen Schluck des kräftigen Dornfelders.

»Darauf komm ich zurück, *das* sag ich dir, Antoine!« Er zwang sich ein Lächeln heraus.

»Anderes Thema«, setzte Prieß an, »hat noch irgendwer Reserven von Schultze-Nögels Weinen? Wir haben ständig Nachfragen. Ihr wisst ja, dass er mich nicht beliefert hat. Er war ein Mistkerl, 'tschuldigung, aber das ist die Wahrheit. Also, wie sieht's aus?«

Alle schauten ihn ungläubig an. Wie naiv konnte man eigentlich sein? Als würde es irgendjemandem anders ergehen. Antoine, der ebenfalls nicht zu den von Siggi mit Wein bedachten Restaurateuren gehörte, hatte einen Vorschlag. Man konnte ihn auch als Galgenhumor bezeichnen.

»Oder hat jemand leer Flasch von Schultze-Nögel? Wir könnten da andere Wein einfüllen!«

Mit einem Mal stand Franz-Xaver hinter Julius. Schweißperlen auf der Stirn verrieten, dass er sich beeilt hatte, hierherzukommen.

»Servus miteinander! – Also Maestro, dass du auch immer dein Handy aus hast, wenn's mal was Wichtiges gibt!«

»Was kann es denn so Wichtiges geben, dass du es nicht alleine hin bekommst?« Julius war nicht in der Laune für weitere schlechte Nachrichten.

»Es geht um Siggis Mörder, glaub ich.«

Alle starrten ihn an. Julius stand auf und ging zwei Schritte mit Franz-Xaver nach hinten.

»Hat die Polizei ihn?«

»Schmarren, wo denkst hin! Markus Brück war bei uns und wollt ganz dringend mit dir reden. War ganz aufgeregt. Du sollst stante pede zu ihm ins Weingut kommen!«

Julius ging im Geist seinen Tagesplan durch. »Ich muss gleich noch mal zur Metzgerei, aber danach fahr ich zu ihm. Kannst du ihm das sagen?«

»Sehr wohl, wie der gnäd'ge Herr wünschen, wenn's nur genehm is!« Mit einem übertriebenen Diener verließ Franz-Xaver das Kaminzimmer.

»Und, was gibt es?«, erkundigte sich Bassewitz.

»Wahrscheinlich nichts. Mein Wiener Freund hat mal wieder maßlos dick aufgetragen. Die Österreicher halt!«

Es war nicht, dass er der Runde in dieser Sache kein Vertrauen entgegenbrachte. Julius redete nur nicht gern über ungelegte Eier. Falls er herausfinden würde, wer Siggi auf dem Gewissen hatte, würden sie es sofort nach der Sippe erfahren. Aber jetzt wollte er einfach nur nett beisammensitzen und über Essen reden. Denn das war das Zweitbeste, was man mit Essen machen konnte.

Julius war nur zum »Hohenzollern« hochgefahren, um dem dortigen Koch einen Gefallen zu tun. Schmetterlingssteaks und Lammnüsschen, die er vom Metzger zu ihm brachte. Auf dem Weg zurück zum Wagen sah er ihn. Da stand er, mit einem großen Fernglas und einer Kamera um den Hals, ein Objektiv wie ein Heizungsrohr. Der Mann mit den roten Socken. Schon wieder.

Genoss anscheinend den Blick auf Walporzheim. Als könne er kein Wässerchen trüben. Wirkte regelrecht selbstzufrieden, wie er seine Brille putzte, in langsamen Kreisen die dicken Gläser von Schmutzpartikeln befreiend.

Jetzt würde er diesen Schatten zu fassen bekommen, der wie ein schlechtes Omen überall auftauchte.

Julius trat von hinten näher auf den Kniebundhosenträger zu, der sich nun an der Linse der monströsen Kamera zu schaffen machte. Als Julius nur noch ein, zwei Meter hinter ihm stand, holte er aus der Seitentasche ein kleines Notizbuch hervor. Es fiel Julius schwer, mit seinen Ledersohlen auf dem kiesigen Boden lautlos vorwärtszukommen. Er versuchte es im Zeitlupentempo, bis er nah genug hinter dem Wanderer stand, um ihm über die Schulter zu blicken. Die schnörkelige Schrift war schwer zu entziffern, aber Julius kannte die Worte. Dort standen die nahe gelegenen Weinbergslagen: Domlay, Pfaffenberg, Alte Lay, Kräuterberg, Gärkammer, Himmelchen, Silberberg und Rosenthal. Hinter einigen fand sich ein Kreuzchen, hinter den meisten jedoch ein Fragezeichen. Das Himmelchen war durchgestrichen. Als Julius sich weiter vornüberbeugte, konnte er auch einen rot durchgestrichenen Namen auf der gegenüberliegenden Seite erkennen: Siggi Schultze-Nögel.

Ihm stockte der Atem.

Das Wiedereinatmen fiel entsprechend laut aus. Unüberhörbar für den ins Schreiben versunkenen Wanderer, der nach einem kurzen Blick über die Schulter einen spitzen Schrei ausstieß und, Julius umrempelnd, davonlief, Richtung »Bunte Kuh«. Dann hielt er inne, drehte sich um, wollte etwas sagen. Doch als Julius »Bleiben Sie stehen!« rief, tat er gerade das nicht und rannte wieder los. Julius erkannte, dass der Aufforderung ohne die nötige Exekutivgewalt der richtige Pfiff fehlte. Wenn er diesen Mann zur Rede stellen wollte, dann musste er ihn zuerst mit Muskelkraft zum Stehen bringen. Kurz entschlossen startete er durch, um den Davonlaufenden aufzuhalten. Der rannte den Rotweinwanderweg bergauf. Die ersten Meter der Verfolgung fielen Julius nicht schwer. Doch schon, als er den kleinen Parkplatz auf der Kuppe erreichte, merkte er, dass die vielen Saucen seiner Kondition nicht dienlich waren. Der Flüchtende folgte weiter dem ausgeschilderten Weg, bog von der asphaltierten Straße nach links, wo sich nach einem guten halben Kilometer die überdachte Felsenkanzel »Bunte Kuh« finden würde. Wie bei einer alten Dampflok schoss die Luft aus Julius heraus. Aber seine Beute schien auch nicht in bester körperlicher Verfassung zu sein. Sie zog ihr linkes Bein leicht nach. Die Strecke zur Felsenkanzel schien endlos, mit jedem Schritt wirkte der Weg länger. Ein Trupp Erntehelfer, der zwischen den Rebreihen arbeitete und die reifen Spätburgundertrauben abschnitt, blickte den beiden verwundert nach. Obwohl bereits viel Blut Julius' Hirn in Richtung Beine verlassen hatte, war ihm klar geworden, dass er nur eine Chance hatte, wenn seine Beute stolperte. Denn lange würde er dieses Tempo nicht mehr durchhalten. Die Seitenstiche piesackten ihn bereits, als würde ein irrer Grillkoch Schaschlikspieße in seinen Leib stoßen.

Dann bot sich eine unerwartete Chance.

An der Felsenkanzel stand ein Ahrschwärmer-Pärchen, welches das Panorama an diesem trüben Tag genoss. Julius blieb stehen und nahm all seine Kraft zusammen.

»Halten Sie den Mann fest!« Um die Dringlichkeit seines Anliegens zu unterstreichen, fügte er noch eine kleine Lüge hinzu: »Polizei!«

Es funktionierte!

Der männliche, schmalschultrige Ahrschwärmer drehte sich um und stellte sich furchtlos dem Flüchtenden in den Weg. Die Frau holte aus ihrer Umhängetasche eine Kamera hervor.

Julius sprintete los, plötzlich fanden sich Reserven in den Muskeln. Es war, als würde sich sein Körper erfreut daran erinnern, zu was er früher einmal fähig gewesen war.

Der Fremde rannte den Ahrschwärmer um. Beide landeten auf dem Boden.

Julius kam näher und näher, konnte erkennen, dass der Mann den Flüchtenden am Bein festhielt. Nur wenige Meter trennten ihn von der zu Fall gebrachten Beute. Die Frau schoss ein Foto. Julius spürte, wie das Blut ihm an den Schläfen klopfte.

Gleich …

Der Fremde riss sich los und stolperte über den Rotweinwanderweg in Richtung Altenwegshof.

Julius hörte auf zu rennen.

Die Luft war weg. Der Wille auch. Und vor allem: der Wanderer.

Es blieb ihm nur, dem immer noch auf dem Boden liegenden Ahrschwärmer aufzuhelfen, während die Frau ein weiteres Foto machte.

Der Mann lächelte ihn freundlich an. »Konichi-Wa!«

»Kein Problem«, erwiderte Julius. »Und danke, dass Sie mir helfen wollten. Könnte ich den Film vielleicht haben?«

»Gozaimas!«

Es bedurfte der Hilfe des Englisch sprechenden Sommeliers im »Hohenzollern«, um den Japanern klar zu machen, dass die hübschen Fotos vom abenteuerlichen Teil ihrer Deutschlandreise eine Zwischenstation bei Julius machen mussten. Aber als dieser versicherte, sie danach postwendend gen Japan zu schicken und sie für den Abend zum Essen einlud, wurde sich viel verbeugt und gelächelt. Wie sich herausstellte, hatten sie kein Wort von dem verstanden, was Julius ihnen zugerufen hatte. Nur der Ton hatte die Musik gemacht.

Julius wollte eigentlich direkt nach Hause und duschen. Aber er machte sich wie vereinbart auf den Weg zu Markus Brück. Endlich würde er ein paar Antworten erhalten.

Schlecht gelaunt parkte er seinen Wagen quer vor dem Mitsubishi Pajero des Kellermeisters. Der stand auf dem Parkplatz des zweiten Schultze-Nögelschen Weingutsgebäudes, das von Dernau kommend Richtung Rech zwischen B267 und Eisenbahn wie ein notgelandetes Fracht-Raumschiff hockte. Die Konstruktion beeindruckte Julius, aber so richtig passen mochte sie ins Tal nicht.

Mit einem Knall ließ er die Wagentür ins Schloss fallen. Das große Tor stand wie immer offen, und Julius ging strammen Schrittes hindurch. Am Eingang verrichtete die Presse ihr Tagwerk. Verheißungsvoll lief der dunkle Most aus der Trommel in ein Auffangbecken. Ein wie eine große Schlange auf dem Betonboden liegender Wasserschlauch verriet, dass der Kellermeister gerade erst alles gereinigt hatte. Sauberkeit war erstes Gebot, da unterschieden sich Winzer und Köche nicht, dachte Julius, während er nach Brück Ausschau hielt. Aber der war nicht zu finden. Weder im Hauptraum noch in den übrigen Zimmern. Julius begann zu rufen, denn hier sein musste er, schließlich stand der Geländewagen draußen. Keine Antwort. Dafür kam Moritz, Siggis dreifarbiger Cockerspaniel und seines Zeichens ausgebildeter Jagd-, Schweiß- und Stöberhund, träge angetrottet. Julius ging in die Hocke, um das Tier hinter den Ohren zu kraulen. Erstens mochte Moritz das, und zweitens konnte Julius so vermeiden, dass der Hund ihn ansprang und den Dreck unter den Pfoten quer über die Hose verteilte. Heute schien aber keine Gefahr zu drohen, denn der Spaniel wirkte niedergeschlagen, kein freudiges Wedeln war zu sehen. Und gekrault werden wollte er auch nicht.

»Na, bist du noch traurig, dass dein Herrchen nicht mehr da ist? Du treue Seele!«

Moritz sprang mit den dreckigen Vorderpfoten auf Julius' Knie und leckte ihm quer übers Gesicht. Im Nu war Julius wieder auf den Beinen. Er musste seine Hunde-Taktik wohl noch einmal überdenken.

»Weißt du vielleicht, wo der Markus ist?«

Bellen.

»Ja, hast du den Markus gesehen?«

Bellen.

»Dann zeig mir den Markus! Kannst du mir den Markus zeigen?«

Lautes Bellen. Aber Moritz blieb stehen. Julius fiel der Spitzname des Kellermeisters ein, den er durch seine Ähnlichkeit – wenn auch die Hautfarbe nicht stimmte – mit dem Ohrenabbeißer und Boxer Mike Tyson verpasst bekommen hatte.

»Wo ist der Mike?«

Der Name schien im Hundehirn ein paar Glocken läuten zu lassen. Es folgten zeitgleich Bellen, Heulen, Weglaufen. Moritz sprang an der Traubenpresse hoch.

»Ja, da hat der Mike eben dran gearbeitet. Aber wo ist er jetzt?«

Aufgeregtes Bellen. Erst in diesem Moment kam Julius der Gedanke, dass der Hund vielleicht einfach nur Appetit auf die ausgepressten Trauben hatte. Wie Siggi immer voller Stolz erzählt hatte, fraß Moritz alles. Einschließlich Korken. Julius schob die Öffnung der KVT Maxipress auf und fand die Füllung, aus der die Maschine in den letzten Minuten den besten Saft herausgepresst hatte: Markus Brück. Tot.

IV

»Spaghetti Diavolo«

Das Telefon klingelte. Und klingelte. Und klingelte weiter. Jemand nahm ab und redete kurz. Legte auf. Das Telefon klingelte wieder. Und klingelte. Und hörte nicht auf zu klingeln. Endlosschleife. Julius hätte sich eigentlich über jeden Anruf freuen sollen, aber es gelang ihm nicht. Der Grund für das akustische Bombardement lag vor ihm auf einem der Tische des Restaurants ausgebreitet: Zeitungen. Alle berichteten über die beiden Morde und schickten ihre schreibwütigen Bluthunde an die Ahr. Das Erste, worum die Spesenritter sich kümmerten, war, ihren Kreuzzug zum kulinarischen Gral des Tals zu planen. Sprich: bei Julius zu reservieren. Sie kamen von überall. Natürlich aus Bonn, Koblenz und Köln, aber auch aus München, Hamburg, Frankfurt. Selbst aus Amsterdam und Luxemburg waren Reservierungen eingegangen. Die Welt zu Gast im Ahrtal. Was für ein blutiges Bild würde sie davon zeichnen, dachte Julius. Betrübt goss er Milch in seinen geliebten Rhabarber-Sahne-Tee. Auch das sonst genüsslich zelebrierte Ritual, den Kandis am Stil aufzulösen, ließ Julius' Sorgen nicht wie Zucker in heißem Tee verschwinden. Julius' Sorgen waren aus Druckerschwärze, und sie lasen sich so: »Mordserie im Ahrtal« (Süddeutsche Zeitung), »Rotweinmörder schlug wieder zu!« (Express), »Bluternte geht weiter« (Bild). Julius hatte über den SWR auch schon erfahren, wie die niederländische Presse den brutalen Mörder getauft hatte: »Rode Beest« – Rote Bestie. Markus Brück war, so hatte die Spurensicherung der Polizei herausgefunden, umgebracht worden. Der Mörder hatte ihn in die Presse gesperrt, den Öffnungsmechanismus verkeilt und Brück bei lebendigem Leib gepresst. Kratzspuren im Inneren der Maschine bewiesen, dass Brück noch versucht hatte herauszukommen. Diese Kaltblütigkeit schockierte Julius. Es war eine Sache, jemanden bewusstlos zu schlagen und ihn in einem Maischebottich ertrinken zu lassen. Doch einen Menschen umzubringen, während man seine Schreie hört und die Geräusche, wie seine Knochen splittern – das erforderte tiefere Abgründe. Was Julius zusätzlich Kopfschmerzen bereitete: War beim ersten Mord noch möglich gewesen, dass der Täter im Affekt handelte, vielleicht aus einem Streit heraus, so steckte diesmal ganz klar Absicht dahinter. Und wer bereits zwei Menschen umgebracht hatte, der würde wahrscheinlich vor weiteren Morden nicht zurückschrecken. Denn was hatte der Täter noch zu verlieren? Julius nahm einen großen Schluck und schloss die Augen, um den warmen Tee voll zu genießen. Vergeblich. Selbst der fruchtig-cremige Geschmack konnte ihm keine Sekunde der Muße bescheren. Im Tal lief ein Mörder herum. Und niemand wusste, wer der Nächste auf seiner Liste war.

Franz-Xaver kam herein, verschiedene Gemüse auf einem großen Tablett tragend. »Was is los mit dir? Immer noch niedergeschlagen?«

»Ich mach mir Sorgen um Gisela.«

»Aber die is doch wieder frei. Du weißt doch, dass die Herrschaften von der Polizei die Anklage net länger aufrechthalten konnten, weil von einem Einzeltäter ausgegangen wird und Gisela für den zweiten Mord ein perfektes Alibi hat.«

»Ich mach mir Sorgen, *weil* sie auf freiem Fuß ist. Es sieht fast so aus, als wollte der Mörder das gesamte Weingut Schultze-Nögel ausrotten.«

»Hast gelesen, was der Express geschrieben hat? Die vermuten, es wär jemand von der Konkurrenz gewesen. Meinen damit wahrscheinlich, der Herr Herold würd sich die Konkurrenz auf Jahre vom Hals schaffen. Schon praktisch.«

Julius nahm sich einen Fenchel – ein knackfrischer Stellvertreter für den Verdächtigen Nummer eins. »Gut. Fangen wir mit August an.«

Er stellte den Fenchel auf den Tisch. »Motiv ist klar. Siggis Weingut wird lange brauchen, bis es wieder da ist, wo es einmal stand. Mit Winzer und Kellermeister ist das gesamte Wissen um die Eigenheiten der Lagen und die speziellen Tricks verloren gegangen, die den Weinen Klasse und Eigenheit gegeben haben. Selbst wenn Gisela einen guten Betriebsleiter findet, würde der Jahre benötigen, um diesen Status quo wieder zu erreichen. Und gute Betriebsleiter, gerade für Rotwein, sind rar. Außerdem, wer würde zurzeit zum Weingut gehen, wo dort so viel Blut geflossen ist?«

Franz-Xaver zuckte mit den Schultern.

»Das Motiv für August wäre also da. Hinzu kommt, dass die sechs Flaschen Kammerpreis-Wein gestohlen wurden – das deutet ebenfalls auf ihn. Auch wenn ich mir kaum vorstellen kann, dass er zu solch drastischen Mitteln greifen würde. Aber gut.«

Er legte ein Radieschen unter den Fenchel: ein Motiv für August. »Bei ihm gilt es, das Alibi zu checken. Darum wird sich von Reuschenberg kümmern. Der fühl ich dann auf den Zahn.«

»Du hast vergessen, dass noch etwas für den Herrn Herold spricht.«

»Sag an.«

»Der Mörder muss sich im Weinbau auskennen. Oder könntest du so eine Pressen bedienen? Ich net.«

Das stimmte. Das verkleinerte den Täterkreis. Aber gegen den Wirsing sprach es nicht.

»So. Das ist die Weinbruderschaft. Da kennen sich genug mit Weinbautechnik aus. Und ein Motiv gibt es auch: Sie wollten ›ein Exempel statuieren‹. Haben zudem ›Verräter‹ auf das Fass geschrieben. Ist zumindest derselbe Schriftsatz, den die Brüder für ihre Aushänge benutzen. Nur warum diese Tat? Ich muss sehen, dass ich mir einen von den Brüdern zur Brust nehme. Aber der August wird kaum was dazu erzählen.«

Franz-Xaver drapierte ein Radieschen unter den Wirsing: ein Motiv für die Weinbruderschaft. »Des mit dem Alibi kannst dir bei denen abschminken. Du weißt net, wer die sind, noch net mal *wie viele*! Da müsstest jeden einzeln prüfen!«

»Eins nach dem andern. Erst das Motiv klären, und dann … die werden ja wohl ihre Schergen für so was haben. Nehme ich mal an. Ich versteh nur nicht, warum sie so eine deutliche Spur hinterlassen haben. Die führt doch direkt zu ihnen.«

»Bittschön: Welchen Sinn hätt ein Exempel, wenn keiner weiß, wer es statuiert hat?«, fragte Franz-Xaver, während er das übrige Gemüse auf seine Qualität überprüfte.

»Trotzdem. Der Siggi hat indirekt allen in der Region geholfen. Touristen, Presse, ja letztlich *Geld* kam deshalb hierhin. Mit dem Mord hätten sich die Brüder nur selbst geschadet.«

»Mittlerweile hat die Ahr doch ihren Namen. Der Mohr hat seine Schuldigkeit getan, der Mohr kann gehen …«

Julius überlegte und wog das rote Gemüse in der Hand. »Gut, lassen wir das Radieschen liegen. – Gib mir mal die Kohlrabi. Die passen farblich so schön zum Wanderer.«

»Welcher Wanderer?«

Während Julius die Kohlrabi in exakt dem gleichen Abstand zum Wirsing legte, den dieser zum Fenchel hatte, erzählte er seinem Maître d'hôtel vom Rennen um die »Bunte Kuh«, von Siggis durchgestrichenem Namen auf der Liste des Wanderers und dessen geglückter Flucht.

»Allerdings habe ich bei dem noch nicht mal ein Motiv. Und ohne seinen Namen kann ich auch kein Alibi prüfen.«

»Aber du hast einen Film mit Fotografien vom Rotsockerten. Vielleicht kann dir die Polizei weiterhelfen. Du weißt schon, Verbrecherkartei.«

»Was meinst du, warum ich mir den Film habe geben lassen? So, das wären die Verdächtigen.«

»Halb lang, Maestro. Ich hätt da noch eine Fuerte-Avocado.«

Franz-Xaver legte sie demonstrativ neben die Kohlrabi. Ungenau, wie Julius sofort sah.

»Und für wen?«

»Für Gisela.«

»Blödsinn, sie war doch in U-Haft, als Markus ermordet wurde!« Julius wollte die Avocado wieder wegnehmen, aber Franz-Xaver war schneller.

»Die bleibt fei schön liegen! Ich hab ja net gesagt, dass sie Markus getötet hat. Vielleicht hat sie ihren Mann selber um die Ecke gebracht und für den zweiten Mord jemanden beauftragt.«

»Und das Motiv für den zweiten, Sherlock Holmes?«

»Da gibt es viele Möglichkeiten, net wahr? Um von sich abzulenken, oder weil der Kellermeister sie hätt belasten können. Vielleicht hat er sie erpresst?«

In Julius stieg der Zorn empor wie heißer Dampf beim Dünsten. Er wollte nicht darüber nachdenken, dass es Gisela gewesen sein könnte.

»Schalt endlich mal dein Hirn ein, verdammt! Der Markus wollte uns doch was über die Weinbruderschaft erzählen! Deswegen der Brief! Da kann er Gisela doch nicht erpresst haben!«

»Dann eben nur *ein* Radieschen. Bei den Weinbrüdern legst jetzt noch ein zweites hin, weil sie den Kellermeister zum Schweigen bringen wollten. Und beim Herold auch, weil der des Weingut zurück in die Steinzeit schicken wollt.«

Als Julius die zweite Reihe Radieschen auslegte, kam ihm ein Gedanke, und er schob Fenchel und Wirsing näher zueinander.

»Des schaut aber jetzt sehr unharmonisch aus, Maestro. Des können wir so net machen!«

Doch Julius wusste, was er tat. »Wir haben ganz vergessen, dass August *selbst* ein Weinbruder ist. Seine Interessen und die der Bruderschaft überschneiden sich. Selbst wenn er nicht der Täter war, kann er dahingehend intrigiert haben, dass das Exempel statuiert wurde.«

Beide sahen sich schweigend das Gemüsepotpourri an, das wie ein unvollständiges Arcimboldo-Gemälde wirkte. Nach kurzer Zeit sprang Julius auf und holte eine Rhein-Ahr-Rundschau vom Nebentisch. Er deutete auf eine Überschrift: »Suche nach vermisstem Franzosen weiterhin ohne Erfolg«

»Wie passt der ins Bild?«

Franz-Xaver nahm einen großen Zuchtchampion und gab ihn Julius. »Kein Motiv. Kein Alibi. Ach so: kein vorhandener Mensch! Den muss der Meister schon höchst selbst ins Gemüsepuzzle legen!«

Und das machte Julius. Schräg unter Herold. Denn dort hatte er gearbeitet.

»Der Franzose könnte der Handlanger sein. Sowohl von August als auch von der Weinbruderschaft. Weil keiner sich die Finger schmutzig machen wollte.«

»Da passt was net ganz zusammen: Wenn er tatsächlich der Handlanger is, warum is er dann verschwunden? Es wär doch viel unauffälliger, wenn er einfach weiterarbeiten tät. Es käm doch niemand auf die Idee, dass er was damit zu tun haben könnt.«

Wieder ein neues Rätsel. Als gäbe es nicht schon genug. Sie waren so schwer in den Griff zu bekommen. Egal, wo man anfasste, man rutschte ab. Egal, woran man zog, ein neues Mysterium klebte daran. Es gab ein Gericht, an das Julius denken musste: Pasta. Es galt diese Riesenportion Spaghetti zu entwirren. Am besten machte man das, indem man Nudel für Nudel herauszog.

Julius hatte sich noch einmal auf den Weg nach Koblenz gemacht, zu von Reuschenberg. Auf deren Etage war alles Verschlafene verschwunden, es herrschten Tempo und Hektik. Das viele Blut musste die Beamten in Bewegung gebracht haben. Nur mühsam schaffte es Julius, die Kommissarin und sich in ihr Büro zu bugsieren. Ungestört waren sie jedoch nicht. Das Telefon klingelte ständig. Das Auge des Gesetzes hatte begonnen, intensiver ins Ahrtal zu blicken.

»Ich hab überhaupt keine Zeit, also rücken Sie raus, was immer Sie erfahren haben!«

»Hier ist ja die Hölle los!«

»Ja. Sehr scharfsinnig – also, was gibt es?«

Alle Verletzlichkeit war verschwunden. Eine harte, professionelle Schale verbarg diese. Von Reuschenberg hatte sich für den Kampf gewappnet. Schnell holte Julius die Fotos, welche den verdächtigen Wanderer zeigten, aus der Tasche.

»Diesen Mann müssen Sie finden!«

»Sonst noch Wünsche?«

»Wollen Sie meine Hilfe oder nicht?«

Er war den ganzen Weg von Heppingen bis Koblenz gefahren. Der Regen auf der Straße hatte die Angelegenheit keineswegs spaßiger gemacht. Patzigkeit war nicht, was er als Dank erwartet hatte.

»Erzählen Sie schon.«

Und er erzählte. Und sie schlug tatsächlich die Hände über dem Kopf zusammen.

»Deshalb soll ich eine Fahndung rausgeben? Wegen einem durchgestrichenen Namen? Nee, also das ist zu wenig.«

»Könnten Sie denn nicht mal in Ihren Fahndungscomputer schauen? Ob Sie das Gesicht finden?«

Von Reuschenberg deutete auf das Foto in Julius Hand. »Mal ganz unprofessionell gesagt: Sieht der wie ein Vorbestrafter aus? Schalten Sie mal Ihren gesunden Menschenverstand ein. Mit diesem unschuldigen Beamtengesicht und dem klobigen Kassengestell auf der Nase? Ich bitte Sie ...«

Keine Hilfe von dieser Seite, dachte Julius. Dann vielleicht wenigstens ein paar Infos. Beim Gemüsesortieren waren ihm einige Fragen gekommen, die auf Antwort drängten. Vor allem eine, die er viel früher hätte stellen müssen. Damit verbunden war ein aus Kriminalfilmen bekannter Begriff, der Julius komisch vorkam, nun, da er ihn erstmals aussprach.

»Was ist eigentlich mit der Tatwaffe von Siggis Mord? Ist die schon gefunden worden?«

Von Reuschenberg blickte ihn entgeistert an. »Glauben Sie, wenn ich eine Tatwaffe präsentieren könnte, hätte ich das nicht schon längst getan? Ich würde mein Monatsgehalt für die Tatwaffe geben! Dann hätte die Presse-Meute endlich was zu schreiben. So aber lassen die uns wie die letzten Amateure aussehen!«

»Aber Sie haben doch bestimmt Siggis Kopf untersucht.«

»Haben wir. Ein stumpfer Gegenstand aus Holz. Vermutlich ein schwerer Stock oder so was. Am Schädel sind Holzsplitter gefunden worden, aber auch Spuren von Baumrinde. Eiche, um genau zu sein. Hilft Ihnen das jetzt weiter? Ich hab wirklich keine Zeit.«

Julius platzte der Kragen. »Können Sie endlich mal wieder vernünftig mit mir reden?! Erst machen Sie auf nette Polizistin, und jetzt lassen Sie hier den Großkotz raushängen! Auf solche Spielchen hab ich keine Lust. Und dafür habe *ich* keine Zeit! Wir können unsere Zusammenarbeit auch gerne für beendet erklären!«

Etwas des von Reuschenbergschen Schutzkokons schien abzubröseln, denn sie musste lächeln. »Ich lass es wohl am Falschen aus. – Wie kann ich noch helfen?«

Julius entspannte sich wieder. »Hat August Herold eigentlich ein Alibi?«

»Wie kommen Sie auf den?«

»Er hat ein Motiv.«

Von Reuschenberg lächelte wieder. »Stimmt, und ein Alibi. In der Nacht, als Siegfried Schultze-Nögel getötet wurde, fuhr er allein im Wagen von Koblenz zurück, wo er noch bis spät in die Nacht einen Termin hatte. Seine Frau sagt, sie hätte ihn kommen hören, aber das wirkte nicht sehr überzeugend. Das müssen wir alles noch mal überprüfen. Als Markus Brück ermordet wurde, war er allerdings im Weinberg, und nicht allein.«

Die anderen Verdächtigen musste Julius erst benennen können, ehe er nach Alibis fragen konnte. Es war an der Zeit, von Reuschenberg ein wenig an seinen Gedanken teilhaben zu lassen.

»Haben Sie schon bedacht, dass Markus Brück ein echtes Muskelpaket war? Ich kenne niemanden, der ihn hätte in die Presse bugsieren können.«

»Und wenn der Niemand eine Schusswaffe hatte?«

»Das würde den Täterkreis sehr einengen. Außer den Jägern dürfte im Tal – zumindest legal – kaum einer eine haben.«

»Ich werde mir eine Liste von denen machen lassen. Einen Kampf hat es zwischen Brück und seinem Mörder nicht gegeben. Am Leichnam haben sich keine dahin gehenden Verletzungen gefunden. Fragen Sie mich nicht, wie die Kollegen das beim Zustand der Leiche noch feststellen konnten. Sie konnten es.«

Julius nickte und sortierte die Information in das Gemüsepotpourri seiner Gedanken. Dann blickte er auf die Uhr. Die Küche rief. Und länger wollte er die Geduld der Kripo-Beamtin auch nicht strapazieren.

»Ich muss wieder weg. Ich bin übrigens froh, dass Sie nicht länger glauben, Gisela wär's gewesen.«

Von Reuschenberg schmunzelte und holte wortlos eine Audiokassette aus der obersten Schublade des Schreibtischs. Erst jetzt fiel Julius der Ghettoblaster in der Zimmerecke auf, in dem die Kassette nun verschwand. Eine mechanische Stimme sagte Datum und Uhrzeit. Dann folgte ein Gespräch.

»Polizeidienststelle Bad Neuenahr, Obermeister Krieschel, wie kann ich Ihnen helfen?«

»Ich … ich möchte Ihnen einen Hinweis in der Mordsache Siegfried Schultze-Nögel geben …«

Es war eine Frauenstimme, aber sie klang unnatürlich, gedämpft, als käme sie aus einem Kleiderschrank, als wäre etwas zwischen Mund und Hörmuschel. Als versuche jemand, sie zu verstellen. Außerdem sprach die Anruferin unnatürlich hoch.

»Wie ist denn Ihr Name?«

»Ich weiß, dass es die Gisela war. Die war eifersüchtig, weil Siggi sich von ihr trennen wollte. Das hat sie nicht verkraftet. Sie dürfen sie nicht gehen lassen! Die gehört hinter Gitter, für immer!«

»Haben Sie für Ihre Vorwürfe Beweise, Frau …?«

»Die Lebensversicherung ist auf sie abgeschlossen, und der Siggi wollte das ändern, hatte auch schon einen Termin gemacht. Das hat die Gisela nicht akzeptieren wollen! Ich … ich …«

Klicken. Besetztzeichen.

Von Reuschenberg spulte die Kassette zurück und hielt sie Julius triumphierend vor die Nase.

»Siegfried Schultze-Nögel *hatte* einen Anwaltstermin. Hat sich mal wieder gelohnt, dass alle einkommenden Anrufe aufgezeichnet werden. Erkennen Sie die Stimme vielleicht? Auch wenn sich die Anruferin alle Mühe gegeben hat, dass das unmöglich ist?«

»Kommt mir irgendwie bekannt vor, aber ich weiß nicht, woher. Können Sie es noch mal vorspielen?«

Auch beim zweiten Mal lichtete sich der Nebel über Julius' Erinnerung nicht. Der Tonfall erinnerte ihn an jemanden. Vielleicht nur eine Filmschauspielerin. Julius wusste nicht, warum, aber er musste an den »Namen der Rose« denken.

Er verabschiedete sich schnell und fuhr zurück Richtung Heppingen. Heute würde er keine Zeit mehr für weitere Ermittlungen haben, denn das Restaurant wartete und würde ihn auf andere Gedanken bringen. Das Spaghettiknäuel in seinem Kopf war weiter angewachsen, und bedrohlich rollte es auf seine Großcousine zu. Er durfte nichts unversucht lassen. Julius wusste schon, wohin er sich am nächsten Morgen auf den Weg machen würde. Die Sache wurde langsam heiß.

Der warme Dampf wogte verheißungsvoll über den Wassern, und Julius hatte keine Mühe, den dicken Fisch auszumachen, dem er auf die Schuppen rücken wollte. Das birnenförmige Exemplar ruhte sich an einer der Einbuchtungen aus, mit Blick auf das Zirkusdach der Ahrthermen. Die Augen geschlossen, den Mund weit offen, wie ein Hering blau auf festlichem Silbertablett. Es war morgens Viertel nach neun, und der berühmte erste Gast der Thermen war wie stets anzutreffen. Landrat Bäcker ließ sich diese Annehmlichkeit seines kleinen Reiches an kaum einem Morgen entgehen.

Julius wurde immer nervöser, während er langsam und bedächtig, wie ein schläfriges Walross, auf Bäcker zuschwamm. Aus diesem aalglatten Politiker etwas Brauchbares herauszubekommen, würde schwerer sein, als einen Fugu zu tranchieren. Und gefährlicher. Bäckers Karriere war schnell und steil gewesen, viele bekannte Köpfe trieben still und leise die Ahr hinunter, nachdem sie ihm begegnet waren. Im mit einunddreißig Grad Celsius wohlig warmen Außenbecken der Bad Neuenahrer Thermen lag das Machtzentrum des Ahrtals nun, als könne es kein Wässerchen trüben. Julius legte neben dem Landrat an, die Arme seitlich ausgestreckt, um sich am gewölbten Rand des Beckens festzuhalten. Neben ihm öffneten sich die Augen der Birne. Sie waren überrascht.

»Dich hab ich hier ja schon lange nicht mehr gesehen. Wird dir gut tun, mal wieder zu plantschen!«

Julius legte sein Kinn auf die Brust, um dann mit wohltönendem Bariton vorzutragen: »Kühlrauschend unterm hellen/Tiefblauen Himmelsdom/Treibt seine klaren Wellen/Der ew'gen Jugend Strom.«

»Der gute Eichendorff! So einen Vorfahr kann man wenigstens zitieren!«

»Und in der Schule vortragen! Das war mehr ein Fluch, kann ich dir sagen.«

»In der Schule musste jeder leiden – selbst zukünftige Landräte!« Bäcker schnaufte vergnügt.

»Gottfried, wo ich dich gerade schon mal neben mir treiben habe. Ich hätte da ein Anliegen.«

»Dafür bin ich da. Jeder meiner Wähler findet bei mir ein offenes Ohr.«

Julius verschwieg, dass er nicht zu diesem erlauchten Kreis gehörte. Da er sich ein Schmunzeln nicht verkneifen konnte, blickte er kurzzeitig in die andere Richtung, wo zwei schwere Lastkähne ihre Runden zogen.

»Ich würde sehr gerne in die oberen Zehntausend des Tals eingeführt werden, deswegen wende ich mich hiermit vertrauensvoll an deren Häuptling.«

»Hört, hört! Schmier mir nur weiter Honig um den nicht vorhandenen Bart! Gefällt!«

»Ich möchte in die Weinbruderschaft eintreten und wollte dich fragen, ob du deine Verbindungen spielen lassen könntest?«

Ein dicker, nasser Arm kam durch die Dunstschwaden und legte sich um Julius' Schulter. »Das wurde auch Zeit! Und da der Ordensmeister neben dir sitzt: Sieh die Sache als erledigt an!«

»Dank dir. Ich hab mich auch schon etwas über euch Brüder informiert ...«

»Julius, ich wollte noch mal in den Whirlpool. Wenn's dir nichts ausmacht?«

Das war natürlich keine Frage, die Widerspruch zuließ, und so fand sich Julius alsbald im siebenunddreißig Grad Celsius heißen Blubberwasser wieder. Schnell tauchten dicke Schweißperlen im Gesicht des Landrats auf. Julius nahm einen weiteren Anlauf.

»Wo war ich ...? Ja, ich hab mich über euch informiert.«

»Immer gut, so was.«

»Ich hab mir euren Aushang am Viaduktpfeiler im Adenbachtal mal durchgelesen. Das hat mir gefallen.«

Eine von Bäckers Augenbrauen kroch wie eine faule Raupe die Stirn empor. »Wann warst du da?«

»Vor ein paar Tagen.«

Nun kroch die Raupe tiefer ins Gesicht hinein und nahm ihr Brüderchen gleich mit. Sorgenfalten waren ihre Spur.

»Das darf man alles nicht so ernst nehmen, Julius. Ein klein wenig Theater muss halt sein.«

»Ich find das prima! Da standen Sachen drauf, die mussten mal gesagt werden. Nur die Geschichte mit Siggi, die habe ich nicht verstanden. Was hat sich der Gute denn geleistet?«

»De mortuis nil nisi bene, mein Lieber!«

»So wild wird es schon nicht sein.«

»Der Siggi hat nicht immer nach den Regeln gespielt. Das muss reichen. Hat so getan, als wären wir hier in Amerika. Sind wir aber nicht. Und wollen wir auch nicht sein.«

Für Bäcker schien das Thema beendet. Für Julius nicht. Er hatte sich nicht frühmorgens ins Blubberwasser begeben, um Andeutungen zu erhalten. Er hatte nicht sorgfältig darüber nachgedacht, wie er sich am sinnvollsten dem Thema Weinbruderschaft näherte, um dann keinen Schritt weiterzukommen. Julius beschloss, Bäcker zu ködern. An die Angelspitze hängte er einen fetten Bissen.

»Weißt du, dass jemand ›Verräter‹ auf eins von Siggis Fässern geschrieben hat?«

»Sag bloß!«

Bäckers Gesicht verriet nichts. Er blickte ganz beiläufig geradeaus, die zerplatzenden Blasen beobachtend.

»Und zufällig genau in derselben Schrift wie auf eurem Plakat!«

Der Koloss von Rech richtete sich auf, seinen Wanst wie einen Rammbock Julius entgegenhaltend. Mit den vereinzelten Härchen und der ungleichmäßigen Form wirkte er wie die dickste Kartoffel, die der dümmste vorstellbare Bauer ernten konnte. Julius ertappte sich dabei, wie er darüber nachdachte, was man außer einem großen Eimer Schmalz wohl daraus herstellen könnte.

»Mein *lieber* Julius, was willst du damit sagen?«

»Nun setz dich mal wieder! Gar nix will ich sagen, fiel mir nur auf.«

Bäcker senkte seine Stimme. »Ich weiß nichts von irgendeinem Schriftzug auf irgendeinem Fass. Verdient hätte es der Siggi aber. Unlauterer Wettbewerb ist kein Kavaliersdelikt. Kein Wunder, dass da wer wütend geworden ist. – Und, Julius, wenn du in die Weinbruderschaft willst, solltest du aufpassen, was du *wo* fallen lässt. Mit üblen Gerüchten macht man sich keine Freunde. Im Gegenteil.«

Wie auf Knopfdruck erschien wieder Bäckers Politikerlächeln. »Es war schön, dich mal wieder getroffen zu haben. Ich muss jetzt regieren gehen. Wünsche noch angenehme Wasserfreuden!«

Die würde Julius nicht haben. Nicht nach dieser Drohung. Zeit hatte er für Wasserfreuden ohnehin nicht. Es galt weiterzuermitteln, bevor auch er regieren gehen musste – in der Küche. Einen kleinen Umweg auf dem Weg zum Ausgang machte er allerdings doch. Zu den Massagedüsen. Diesen Spaß konnte er sich nicht entgehen lassen. Dafür, dachte Julius, würde er hoffentlich nie zu alt sein.

Ein von einem unachtsamen Wanderer zerstörter Ameisenhaufen konnte nicht chaotischer wirken. Im Weingut Schultze-Nögel liefen alle herum, und keiner schien ein Ziel zu haben. Alle taten etwas, nur niemand die Arbeit. Julius blickte eine Zeit lang von außen in den Betrieb, halb verdeckt durch einen der Flügel des großen Eingangstors. Mitten im Chaos entdeckte er eine Person, die er hier nicht erwartet hatte. August Herold stand wie ein Fels in der Brandung mitten im Trubel, Listen in der Hand, ab und an durch den Raum brüllend. Hatte er so schnell seine Finger auf das Renommiergut bekommen? War die Schamfrist so kurz gewesen?

Julius hielt inne.

Wo kamen nur all diese Verdächtigungen her? Das waren doch alles keine Fremden und auch keine Menschen, die bekannt waren für ihre dunklen Abgründe. Nein, es waren Freunde oder zumindest Bekannte. Wie schnell das Misstrauen in ihm gewachsen war. Oder fiel es nur auf fruchtbaren Boden? War ihm vielleicht jeder Verdächtige recht, solange es nicht Gisela war? War auch er, Julius, der Versuchung erlegen, möglichst schnell einen Schuldigen auszumachen, an dem er sich festbeißen konnte wie an einem zähen Steak? Vielleicht verrannte er sich auf der falschen Spur. Vielleicht war es Gisela ja wirklich gewesen. Was lag schließlich näher? Ein mehr als gutes Motiv, kein Alibi, ein verheerender Streit, ein besudeltes Nachthemd. Und eins plus eins konnte doch manchmal auch zwei sein?

Herold schien den Ameisenstaat langsam wieder in sinnvolle Bahnen zu lenken. Die Gesichter verloren ihren fragenden Blick, nachdem sie mit ihm sprachen, die Stimmung wurde peu à peu ruhiger. Doch Unbehagen lag über allem, und Angst. Wer wollte es verdenken, nachdem so viel Blut durch das Weingut geflossen war. Und doch durfte sich niemand der Trauer hingeben, trieben die Trauben, trieben Most und Wein ohne Unterlass zur Arbeit, drohten mit dem eigenen Tod, dem eigenen Dahinscheiden, wenn man sie nicht hätschelte und pflegte.

In der Flasche wirkten sie so unschuldig und köstlich.

Eine schmale Hand legte sich auf seine Schulter.

»Willst du mithelfen?«

Julius drehte sich um und sah in das Gesicht seiner Großcousine. Sie zwang sich ein Lächeln heraus. Gisela wirkte gezehrt, die Wangenknochen zeichneten sich im abgemagerten Gesicht deutlich ab.

»Ich wollte zu dir. Wir müssen reden.«

Gisela nickte. Erst jetzt bemerkte Julius den stämmigen Mann, der es in Jeans und Hemd gekleidet schaffte, so auszusehen, als gehöre er nicht hierher. Vermutlich Begleitschutz.

»Im Probenraum können wir uns hinsetzen.«

»Ungestört?«, fragte Julius mit Blick auf Giselas stillen Begleiter.

»Er wartet vor der Tür.«

Als sie allein im Raum waren, platzte Julius mit der offensichtlichen Frage heraus.

»Was macht August hier?«

Gisela ließ sich auf einen der hölzernen Stühle fallen, die um den schweren Eichentisch in der Mitte des Raums standen. Es war, als hätte jemand die Schnüre einer Marionette durchschnitten. Sie sackte in sich zusammen, die Ellbogen auf die Tischplatte gestützt, die Hände die Stirn haltend.

»Er hilft mir aus. Ich weiß nicht, was ich sonst machen würde.«

Und das, dachte Julius, obwohl Herold selber nicht wusste, wohin mit der Arbeit. Respekt. Aber vielleicht steckte mehr dahinter als nur Hilfsbereitschaft.

»Hat er sich selbst angeboten?«

»Ja, direkt nachdem Markus …« Sie schluckte hörbar.

»Wenn du Hilfe brauchst …«

»Ach, Julius … ich weiß nicht mehr, wo mir der Kopf steht. Es ist so viel passiert, so viel. Und das Schlimme daran ist, dass ich noch nicht einmal weiß, was ich damit zu tun habe. Weißt du, das macht mich fertig. Was ist, wenn ich es wirklich war?«

Sie begann zu weinen. Julius nahm ihre Hände behutsam in die seinen.

»Nun red kein dummes Zeug! Selbst betrunken würdest du so was niemals machen, geschweige denn schaffen!«

»Ich war so wütend auf ihn! Weil diese blöde Schlampe von Geliebte angerufen hatte!«

Eine so deutliche Sprache war Julius von seiner Großcousine nicht gewohnt.

»Sagt mir rotzfrech, Siggi würde mich nicht mehr lieben und ich würde es ja auch im Bett nicht bringen. Solche Sachen! Der hab ich aber was erzählt. Und dann hab ich dem Siggi die Hölle heißgemacht, aber wie! Diese ewige Fremdgeherei! Ich hab das ja immer weggedrückt, aber als er im Frühjahr auch noch mit dem Hans-Hubert nach Burgund gefahren ist, da wurd's mir endgültig zu viel. Angeblich zur Bootstour unter Männern, weißt du! Da ist er bestimmt auch mit dieser Tussi hin! Aber aus dem Hans-Hubert kriegst du ja nichts raus. Der hält dicht. Marienthaler Sturkopf! Würde *nie* seinen Freund verpfeifen. Toll, eure Männerfreundschaften! *Ganz* groß!«

Sie ballte ihr Gesicht wie eine Faust. Julius konnte alle Wut erkennen, die sich dahinter in den Jahren aufgestaut hatte. Aber er wusste, dass er diese nicht würde lösen können.

»Weißt du, wer sie ist?«

»Nein. Hat sie nicht gesagt. Es ging alles so schnell. Ich hab dann auch aufgelegt.«

Julius unterdrückte den Ärger über diese Entscheidung. »Hat Siggi mal von Trennung gesprochen?«

Das blanke Entsetzen stand in Giselas Gesicht. »Nein, Julius. *So* weit war es trotzdem noch nicht. Für keinen von uns.«

Sie starrte in die dunkle Ecke des Raums, starrte in die Vergangenheit. Julius wollte nach einem Verhältnis mit Brück fragen, aber schaffte es nicht. So etwas konnte er ihr nicht unterstellen, selbst wenn es darum ging, ihr zu helfen. Diesen Weg konnte er nicht gehen. Brück hatte wahrscheinlich nur helfen wollen, redete sich Julius ein. Unter Freunden.

»Weißt du etwas von einem Anwaltstermin?«

Sie blickte ihn an. »Das hat mich die Polizei auch schon gefragt.«

»Und?«

»Ja, da war was. Es ging, glaub ich, um irgendeine Weinbergsparzelle. Wie kommst du jetzt darauf?«

»Egal. Mach dir keine Gedanken drüber.«

Hier passten zwei Geschichten nicht zusammen. Die anonyme Anruferin hatte von einem Scheidungstermin gesprochen, Gisela von einem geschäftlichen. Er fühlte, dass er seiner Großcousine glauben konnte. Oder ihr glauben wollte? Halt deine Emotionen raus, dachte Julius, sie vernebeln nur den Blick auf das teuflische Spaghettiknäuel.

»Weißt du vielleicht, ob noch jemand bei Siggi war, tagsüber, bevor er …«

»Nein«, sie trocknete sich die Tränen mit den Händen, »das hat die Polizei auch schon gefragt. Nur die Mitarbeiter waren da, es war doch so viel zu tun. Und Siggi ist keinen Schritt aus dem Haus gegangen.«

»Wie war eigentlich seine Beziehung zu Markus? Gut?«

»Fast väterlich. In letzter Zeit vielleicht nicht mehr so ganz, aber die zwei waren eigentlich ein Herz und eine Seele.«

»Kein Streit?«

»*Julius*!« Sie blickte ihn vorwurfsvoll an. »Willst du dem armen Markus was andichten? Der war's bestimmt nicht!«

Die heikelste Frage ließ sich nun nicht länger umgehen. »Gisela, du musst jetzt ehrlich zu mir sein. Auch wenn's unangenehm ist. Der Siggi hat irgendwas Ungesetzliches gemacht. Mit Wein. Und es könnte was mit seinem Tod zu tun haben. Was weißt du davon?«

»Wer hat dir das erzählt?« Furcht ersetzte die Trauer in ihrem Gesicht.

»Die Weinbruderschaft.«

»Ich hab Siggi tausendmal gesagt, er soll es lassen. In einem so kleinen Tal konnte das ja nicht geheim bleiben!«

Sie stand auf und bedeutete Julius, ihr zu folgen. Sie gingen durch die große neue Halle, in der Herold mittlerweile Freude am Kommandieren anderer Arbeiter zu finden schien, hinaus zu einer Palette leerer Flaschen, die mit Folie umschweißt am Gebäude stand.

»Ein teures Männerspielzeug ist das. Und ständig die Angst, einer kriegt es raus. Wie leicht ist das passiert. Aber Siggi wollte eben eine ›neue Generation deutscher Rotweine‹ erzeugen. So hat er immer gesagt. Noch dichter würden die sein, noch konzentrierter. Und seit dem letzten Jahrgang …«

Sie zog eine dicke, gelbe Plane, die vom Regen voll gelaufen und beschmutzt war, von einer Apparatur, die neben den Flaschen gar nicht auffiel. Das zierliche Gerät aus Rohren, Schläuchen und Zylindern sah vollkommen harmlos aus.

»Darf ich dir vorstellen: die erste Umkehrosmoseanlage der Ahr.«

Doch dies war nicht nur eine einfache Anlage. Dies war eine Revolution. Eine Bombe, die nur darauf wartete, in der deutschen Weinszene zu explodieren.

V

»Karlskopf in Ahrtaler Quellwasser«

Wie die Verheißung selbst lagen sie vor ihm. Julius ließ den Blick über die Zutaten schweifen, als handele es sich um hochkarätige Diamanten, die er zu einer einzigartigen Brosche zusammenführen würde. Die beiden Hasenrücken mit ihrem verlockenden Rot, das beste, das zarteste Fleisch des flinken Hopplers, Seit an Seit in der Mitte der Arbeitsplatte. Dazu all das frische Gemüse: 750 Gramm Knollensellerie, 300 Gramm saftig-säuerliche Äpfel, 500 Gramm Rote Bete, 100 Gramm Karotten, 300 Gramm Zwiebeln und 100 Gramm Schalotten. Beethoven hatte zudem auf 75 Gramm Staudensellerie bestanden – da war die »Pastorale« ganz deutlich gewesen. An den Seiten standen Salz- und Pfeffermühle aus Acryl, auf einem kleinen Tellerchen lagen Knoblauch, Petersilie, Thymian und Lorbeerblätter. 100 Milliliter Olivenöl von Dauro, 250 Gramm Salzbutter und 100 Milliliter Crème fraîche waren in der »Fettecke« oben rechts. Julius blickte mit Vorfreude auf die Flasche »Don Juan« der Pikbergs, deren Inhalt er gekonnt einflechten würde, um den »Hasenrücken mit Ahr-Rotwein-Jus« perfekt zu machen. Zuerst galt es, das Fleisch zu verwandeln, die Aromen alchemistisch auf eine höhere, güldenere Ebene zu bringen. Julius rieb sich die Hände, damit sie warm waren, bevor er den Hasen marinierte. Und zwar mit den bereits klein geschnittenen Karotten, dem Staudensellerie, der Petersilie, den Schalotten und einem Drittel der Zwiebeln, verbunden mit dem mallorquinischen Olivenöl.

Die Finger tanzten über die Hasenrücken.

Es duftete herrlich.

Zwei Stunden hatten die Ingredienzen nun Zeit, sich zu vermählen. Jetzt hieß es für Julius warten, bevor er das Fleisch herausnehmen und mit Butter kurz von beiden Seiten anbraten konnte. Er dachte freudig daran, wie er die Filets von den Knochen lösen würde. Hoffentlich hatte er für das Probekochen alle Zutaten richtig berechnet. Julius hasste es, überschüssige Lebensmittel wegwerfen zu müssen. Die Grammangaben mussten haargenau stimmen für spätere Bestellungen bei den Zulieferern.

Auf diesen Hauptgang legte er all seine Hoffnung. Dieses Rezept musste den Stern an die Eingangstür bringen!

Gezeter aus dem Restaurant riss ihn aus den Gedanken. Julius wusste sofort, was los war: Zwei Dickköpfe prallten wie brünftige Widder aufeinander. Als er die Tür zum großen, bereits eingedeckten Raum öffnete, sah er die Kontrahenten. In der rechten Ecke mit der schwarzen Hose aus Südafrika: François van-de-Mer-we. In der linken Ecke, zurzeit leger in blauer Jeans, aus Österreich: Franz-Xaver Pich-ler. Der Kampf war in vollem Gange.

»Warum willst *du* das denn wissen?«, setzte der Südafrikaner einen seiner berüchtigten, arroganten Kinnschläge.

»Ja, Kreuzdonnerwetter, ich will's halt wissen!«

»Das verstehst du eh nicht!«

»Jetzt komm mir bittschön net so, du Weinmamsel!«

Der nächste Schlag konnte verheerend werden, deswegen griff Julius in seiner Funktion als Ringrichter schlichtend ein.

»Friede, ihr zwei! Worum geht's?«

»Der Österreicher will was über Umkehrosmose erfahren!«

Nun war es an Julius auszuteilen. Von der Apparatur hatte er Franz-Xaver unter dem Siegel absoluter Verschwiegenheit erzählt.

»Kannst du nicht einmal deine Wiener Gosch'n halten? Ist es denn zu fassen?!«

Franz-Xaver parierte geschickt. »Er weiß doch gar net, worum es geht.«

Leider hatte er in diesem Augenblick die Deckung sträflich vernachlässigt.

»Worum geht es denn?«, fragte François fordernd.

»Glückwunsch, Herr Pichler! Grandios!«

Franz-Xaver zog ein beleidigtes Gesicht. Was ihm als Wiener nicht schwer fiel. »Na und, was is schon dabei?«

»Klärt mich jetzt vielleicht mal jemand auf?«

Also wurde François im zarten Alter von achtundzwanzig Jahren aufgeklärt.

»Hab ich mir schon gedacht! Schultze-Nögels Weine im letzten Jahr waren einfach zu gut ...«

Jetzt, wo die Katze aus dem Sack war, konnte Julius auch die Chance beim Schopfe packen und sich die Umkehrosmose vom Fachmann erklären lassen. Er hatte sich nicht getraut, Gisela zu fragen. Es war ihm einfach zu peinlich gewesen zuzugeben, dass er nicht genau wusste, was hinter der Sache steckte. François genoss sichtlich die Aufmerksamkeit seiner beiden Vorgesetzten. Demonstrativ verschränkte er oberlehrerhaft die Arme vor dem schmächtigen Brustkorb.

»Also, da stellen wir uns einmal ganz dumm – das dürfte Franz-Xaver ja nicht schwer fallen. Die Umkehrosmose ist eine Möglichkeit der Mostkonzentration. Dabei geht es, wie der Name schon sagt, darum, den Most zu konzentrieren. Und wie macht man das? Indem man ihm Wasser entzieht. Dadurch werden alle übrigen Inhaltsstoffe konzentriert. Als da wären: Zucker, Gerbstoffe, Extrakt, Glyzerin – also all das, wovon ein guter Wein eigentlich nicht genug haben kann. Wenn man einem Wein also Wasser entzieht, wird er dichter. Anders ausgedrückt: besser.«

»Und warum is des in Deutschland net erlaubt?«, fragte Franz-Xaver.

»Weil es den Jahrgangscharakter verwischt. In Deutschland ist ein Wein vor allem Ausdruck des Bodens und des Klimas. Mit

Hilfe der Mostkonzentration ist er – obwohl vielleicht besser als ohne – Ausdruck der Fertigkeiten des Kellermeisters. In der Neuen Weinwelt, also Amerika, Südafrika oder Australien, ist das Verfahren übrigens erlaubt. In Frankreich auch, sogar bei den großen und teuren Bordeaux-Châteaux. Redet nur keiner drüber.«

All das war Julius nicht neu. Was ihn interessierte, war, wie die Anlage bei Schultze-Nögels *genau* funktionierte.

»Aber was steckt technisch hinter der Umkehrosmose?«

»Das Gerät arbeitet nach einem ähnlichen Prinzip wie eine Meerwasserentsalzungsanlage. Die Kunststoffmembran darin enthält so feine Öffnungen, dass ausschließlich Wasser, aber keine größeren Mostinhaltsstoffe, wie zum Beispiel Zucker, Säuren oder Aromastoffe, die Membran durchdringen können. Mittels hohem Druck wird dem Most auf diese Weise ein Teil des Wassers entzogen. Man kann das auch durch Vakuumverdampfung machen. Da werden dem Most unter sehr niedrigem Druck und dementsprechend Siedetemperaturen von weniger als fünfundzwanzig Grad ein paar Prozent Wasser abgezapft.«

Franz-Xaver machte sich seinen Reim auf die Angelegenheit: »Na, bravo! Des heißt mit andern Worten: Ein Winzer kann aus jeder Plörren einen großen Wein machen! Und alle schmecken's nachher gleich!«

François schüttelte weise sein junges Haupt. »So einfach ist es wieder nicht. Auch negative Inhaltsstoffe werden konzentriert, zum Beispiel unreife Töne. Nur bei guten Qualitäten macht es Sinn, den Most zu konzentrieren.«

Julius zählte eins und eins zusammen. »Also hat Siggi seine letzten Weintrophäen mit Hilfe des kleinen Maschinchens gewonnen. Deswegen konnten die plötzlich auch mit der Konkurrenz aus Übersee mithalten …«

»Und deswegen wirkten sie so undeutsch!«, fügte François hinzu. »War halt kein echtes Naturprodukt, sondern mehr eins der Kellertechnik.«

Julius hatte eine Idee.

»Hol doch mal zwei Flaschen von Siggis Topwein. Eine vom letzten Jahr und eine aus dem davor.«

Jetzt wollte er es wissen! Dann musste das Jus eben warten. Obwohl Julius sich schon darauf freute, die Knochen klein zu hacken und in Olivenöl anzubraten. Dann die ungeschälten Knoblauchzehen und die komplette Marinade dazuzugeben, samt Lorbeerblättern, Thymian, Salz und Pfeffer. Und natürlich: Rotwein. Nicht zu knapp. Dann würde es wieder warten heißen, anderthalb Stunden, bevor er alles durch das Spitzsieb passieren konnte. Julius ging alle Arbeitsabläufe im Kopf durch, während er auf den Wein wartete.

François erschien mit zwei Flaschen, die er flink mit seinem Laguiole-Kellnermesser öffnete. Er goss die Kreszenzen in große Burgunderkelche.

»Ratet mal!«

Julius schaute die Weine an, schnüffelte daran, sog sie in seinen Mund und kaute darauf. Er ließ sich Zeit, aber es gab keinen Zweifel. Julius war verblüfft: Es war dieselbe Rebsorte, mit derselben Prädikatsstufe, aus derselben Lage, aus zwei gleich starken Jahrgängen. Und doch …

»Eindeutig. Der rechte ist besser. Viel voller, intensiver …«

»Sinnlicher!«, schlug Franz-Xaver, der mitprobiert hatte, vor.

François lächelte triumphierend. »Konzentriert!«

Julius nickte. Kein Wunder, dass das eine Revolution war. Und kein Wunder, dass Siggi sich dafür Ärger eingehandelt hatte. Doch Julius musste zugeben, dass er noch niemals einem Beschiss begegnet war, der so wundervoll roch.

Rheinischer Sauerbraten. Wenn er gut war, dann war er ein Gedicht. *Mundart* im wahrsten, im leckersten Sinne. Und hier war er gut. Und hier saß man auch gut. In der rustikalen Atmosphäre wurden keine Haltungsnoten für die Gäste vergeben. Auch gepflegte Kleidung war keine Voraussetzung, um einen Platz zu ergattern. Der »Hofgarten«, die Gutsschänke des Schultze-Nögelschen Weinguts, in Dernau von einem Verwandten betrieben, war ein weiterer kulinarischer Arm der Sippe. Julius war gern gesehener Gast, und das nicht nur, weil er ab und an eines seiner kleinen Kochgeheimnisse verriet. Heute war er nicht für ein Schwätzchen hier, sondern um zu ermitteln. Julius spürte, während er mit der Hand gedankenverloren über die grobe Maserung des Tisches fuhr, wie ihn langsam das Fieber packte. Wie er begann, es persönlich zu nehmen. Als wolle sich der Mörder *ihm* entziehen und nicht dem Arm des Gesetzes. Er hatte keine Augen für die schöne Fassade des Gasthauses gehabt, keinen Blick für das in Brauntönen gehaltene Fachwerk der ersten Etage, keinen für die genau gegenüberliegende Pfarrkirche aus dem 18. Jahrhundert. Die Bachstraße 26 war heute nur Ort einer Investigation – und natürlich der Platz, an dem er hoffentlich bald einen famosen Rheinischen Sauerbraten serviert bekam. Julius hatte den Sitzplatz strategisch gewählt. Er würde es sehen, wenn sein Gesprächspartner kam. Das Fenster bot einen Panoramablick auf die Straße. Darunter schlief Moritz, Siggis Cockerspaniel. Der Hund hatte ihn noch nicht einmal begrüßt. Er war immer noch trübsinnig über den Tod seines Herrn. Wahre Nibelungentreue, dachte Julius. So sehr er den Hund dafür bewunderte, so sehr tat er ihm Leid, wie er daniedergestreckt auf dem Boden lag. Das war wahrlich kein Hundeleben.

Vorm Fenster erschien ein Wagen.

Er sah aus wie jeder andere. Ein dunkelblauer VW Passat Kombi. Julius erkannte den Eigentümer am Heck, das übersät war mit Aufklebern: Fußball, Bowling, Bogenschießen, Golf, selbst Boccia und Segelfliegen – Hans-Hubert Rude war überall mit dabei. Weniger, wie Julius wusste, weil es ihm Spaß machte, sondern um Kontakte zu pflegen. Da Hans-Hubert eine zurückhaltende Natur war, zeigte dieser Einsatz aber nicht den gewünschten Erfolg. Der »Bahnhof« lief immer noch unter seinen Möglichkeiten. Als Hans-Hubert durch die Eingangstür trat, kam plötzlich Leben in den Hund, und er begrüßte den Neuankömmling freudig schwanzwedelnd.

»Ja, ist ja gut! Schön, dich mal wieder zu sehen, alter Junge.«

»Bei mir hat er sich nicht gerührt«, beschwerte sich Julius.

»Du bringst ihm wahrscheinlich auch kein Leckerli aus der Küche mit.«

Wohl zu selten, dachte Julius. »Setz dich! Ich hab dir einen Sauerbraten mitbestellt. War dir doch recht?«

»Ja, gerne. Aber ich hab nicht viel Zeit. Ich muss das diesjährige Silvesterprogramm aufstellen, sonst krieg ich keine ordentlichen Kräfte mehr. Man muss jedes Jahr früher damit anfangen! Und diesmal soll mein ›Bahnhof‹ die Topadresse dafür sein, weißt du.«

Julius nickte zustimmend. »Das wird schon. Ich kenn keinen, der sich im Tal so müht wie du.«

Ein unsicheres Lächeln erschien auf Hans-Huberts Gesicht. »Danke dir. Dein Wort in Gottes Ohr!«

Ein frommer Wunsch, dachte Julius. Bei Hans-Huberts Glück würden es bestimmt wieder andere sein, die den Rahm der Silvesterkundschaft abschöpften.

»Dein großes Projekt mit Siggi ist jetzt wahrscheinlich erst mal auf Eis gelegt, oder?«

»Hab ich dir davon schon erzählt?«, fragte Hans-Hubert verwundert.

»Nur, dass du ein Cuvée mit ihm machen wolltest, speziell für den ›Bahnhof‹. Was ganz Besonderes, eine ganz große Sache – *was* genau, hast du mir aber verschwiegen!«

»Ich hab Gisela nach Siggis Tod noch nicht drauf angesprochen. Ich möchte sie jetzt nicht mit so was belasten.«

»Kann ich verstehen. Sag, hatte das Cuvée vielleicht was mit Mostkonzentration zu tun?«

Hans-Hubert wirkte beleidigt. »Nein, wirklich nicht. So was will ich nicht im Haus haben. Ist ja auch gar nicht erlaubt! Wie kommst du auf so was?«

»Nur eine Idee.«

»Blöde Idee.«

Siggi schien selbst seinen besten Freunden nicht alles anvertraut zu haben. Julius holte tief Luft.

»Gut. Kommen wir zum eigentlichen Grund unseres Treffens. Ich unterstütze die Polizei zurzeit ein wenig in Sachen ›Rote Bestie‹. Ihnen fehlt die Innensicht ins Tal. Sie halten Gisela wohl immer noch für die Hauptverdächtige.«

Hans-Hubert lächelte verständnislos.

»Ich geh allem nach, was sie entlasten könnte. Und eine Spur«, Julius musste schmunzeln ob seines Vokabulars, »eine *Spur* führt zu Siggis Geliebter. Nun ist über die Frau aber nichts in Erfahrung zu bringen. Und da du einer von Siggis besten Freunden warst …«

Hans-Hubert hob abwehrend die Hände. »Da kann ich auch nicht weiterhelfen. Über so was haben wir nie gesprochen. Das hätte ich auch nicht gewollt. Siggi wusste, wie ich dazu stehe. Die Ehe ist, auch wenn das jetzt altmodisch klingen mag, heilig. Siggi wollte von mir sicher nicht die Leviten gelesen bekommen.«

Julius war verwundert und setzte sich aufrecht. »Aber du warst doch mit Siggi und seiner Geliebten auf Bootstour?«

Hans-Hubert zog seine Krawatte zurecht. »Wie bitte? Wie kommst du denn auf so was?!«

»Gisela hat's mir erzählt. Meinte aber, du würdest alles abstreiten. Ich hatte gehofft, bei mir machst du eine Ausnahme …«

»Also, Julius, da muss ich dich enttäuschen. Bei uns war niemand. Es war eine ganz harmlose Bootstour unter Freunden. Mit Weinproben, gutem Essen, faulenzen – und *ohne* Frauen.«

»Das kann man sich bei Siggi gar nicht vorstellen.«

»Er hat natürlich der ein oder anderen – na gut: allen halbwegs passablen Damen hinterhergeschaut. Auch mal gepfiffen, man glaubt es nicht. Aber das war's auch schon.«

Hans-Hubert rückte seinen Stuhl näher zu Julius. »Ich glaube, du bist auf der falschen Spur. Man soll ja nicht schlecht von Kollegen reden, aber es ist allseits bekannt, dass Siggi mehr als einen vor den Kopf gestoßen hat. Einfach den Weinhahn zugedreht. Es gibt Betriebe, die können so was verkraften, andere nicht.«

»Kannst du etwas deutlicher werden?«

Hans-Hubert rückte wieder weiter weg und hielt die Hände

abwehrend in die Höhe. »Es sind bloß Gerüchte! Aber *das* wäre für mich ein glaubhaftes Motiv. Wenn man wüsste, wem er kurz vor seinem Tod die Zuteilung gestrichen hat. – Na ja, vielleicht auch nicht.«

Vielleicht doch, dachte Julius. Hans-Hubert Rude war niemand, der leichtfertig andere beschuldigte. Und ein solches Motiv wäre mehr als stichfest. Manche Restaurateure des Tals hatten sämtliches Geld in ihre Gaststätten gesteckt. Ohne Weine des Rotweinmagiers, die von den Gästen natürlich verlangt wurden, konnten sie dicht machen. Erst jetzt wurde Julius bewusst, wie viele Feinde sich Siggi mit der Zeit gemacht hatte.

Ein Geruch brachte ihn wieder auf andere Gedanken. Ein verführerisches, süß-säuerliches Odeur wehte heran, und selbst der steife Hans-Hubert taute bei der Vorfreude auf diese Köstlichkeit regelrecht auf.

»Ich sollte das im ›Bahnhof‹ auch auf die Karte nehmen. Aber so, wie es früher gekocht wurde, mit echtem Pferdefleisch – das müsste doch die Runde machen, oder?«

Julius nickte. Eine gute Idee. Das würde bestimmt die Runde machen, und er würde es Hans-Hubert Rude von Herzen gönnen.

Dieser Teil der Ermittlungen war der bisher mit Abstand unangenehmste.

Julius hätte sich am liebsten verkleidet. Sich einen Schnauzer angeklebt und eine Perücke aufgesetzt. Sich verwandelt in einen korpulenten Mann unbekannter Herkunft. Das wäre ideal gewesen. Aber im Moment, während er wieder einmal von einem Passanten misstrauisch beäugt wurde, hätte ihm selbst eine Kapuze gereicht, die er sich tief über sein im Tal bekanntes Gesicht ziehen konnte. Nichts dergleichen war zur Hand. Julius stand in der Heerstraße in Bad Neuenahr-Ahrweiler und bereitete sich auf den nächsten Anlauf vor, um eines der selbst kopierten DIN-A3-Plakate loszuwerden. Das Layout war simpel und der Text kurz gehalten. Den meisten Platz nahm ein Foto des mysteriösen Wanderers ein. »Wer hat diesen Mann gesehen?« stand darunter. »Bitte melden unter 0172-4711«. Auf Franz-Xavers Anraten hatte er noch »Belohnung« hinzugefügt. Mit Ausrufezeichen. Er hatte keine Ahnung, woraus diese bestehen würde.

Aber das Handy war den ganzen Tag stumm geblieben. Niemand schien den Mann gesehen zu haben. Mittlerweile zweifelte Julius gewaltig am Nutzen der ganzen Aktion. Schweren Herzens entschloss er sich, noch einen letzten Versuch, einen letzten Aushang, anzugehen. Er hatte schon in den Winzergenossenschaften von Mayschoß, Dernau und Walporzheim Plakate untergebracht bekommen – zum Teil sehr widerwillig, da die Genossen nicht sonderlich gut auf ihn zu sprechen waren. Wer ihre Weine nicht führte, dem musste man schließlich keinen Gefallen tun. Die Einstellung würde auch bei dieser Adresse vorherrschen. Dafür war sie ermittlungstechnisch gesehen ein würdiger Abschluss. Denn viele, die im Tal unterwegs waren, kauften hier ihre flüssigen Andenken. Dies war die mächtige AhrWein eG. In den siebziger Jahren durch den Zusammenschluss mehrerer Winzervereine entstanden, gehörte ihr heute ein Drittel aller Weinberge im Tal. Insgesamt einhundertsiebzig Hektar wurden von rund sechshundert Winzern bearbeitet. Damit war die Genossenschaft mehr als zehnmal so groß wie das Weingut Schultze-Nögel. Ein echter Riese, eine andere Weinbaudimension, und das sah man dem Hauptquartier deutlich an. Das rechtwinklige Gebäude wurde abgeschlossen von einem futuristischen Glasturm, der raketenähnlich in den blauen Himmel schoss. Auf der Vorderseite prangte das in Rot gehaltene Symbol der Genossen: ein halbes Glas, das von einer halben Rebe ergänzt wurde. Der grüne Schriftzug der AhrWein quer darunter. Julius erinnerte sich daran, wie er nachts erstmalig an diesem Neubau vorbeigefahren war und ihn für eine Disco gehalten hatte. Denn im Dunkeln leuchteten Symbol und Schriftzug in knalligen Neonfarben. Gott sei Dank hatte die AhrWein in den letzten Jahren nicht nur an ihrem Auftreten, sondern auch an der Qualität ihrer Weine gearbeitet. Julius spielte mit dem Gedanken, ihren trockenen Barrique-Frühburgunder von der Lage Bachemer Karlskopf auf die Karte zu nehmen. Ein herrlich süffiger und schmeichelnder Wein. Vielleicht hatten sie ja gerade eine Flasche davon auf …

Er ging die wenigen Treppenstufen zum Eingang hoch und trat unvermittelt in die Welt des modernen Ahrweins. Der Verkostungsraum stand dem Außendekor in Sachen Modernität in Nichts nach. Im Gegenteil, einer Modeboutique gleich wurden hier die Weine präsentiert. In einem klinisch weißen Raum mit viel Platz und moderner Punktbeleuchtung. Und so sauber, dass problemlos Notoperationen am offenen Herzen auf der Theke durchgeführt werden konnten. Julius ging zum Tresen, hinter dem eine junge, gut geföhnte Frau stand und verkaufsfördernd lächelte.

»Einen wunderschönen guten Tag! Kann ich Ihnen ein Glas Wein anbieten?«

Geschickt, dachte Julius. Hier wurde nicht gefragt, ob man helfen könne, sondern direkt, ob man helfen könne, den Alkoholgehalt im Blut zu steigern. Denn je mehr davon im Lebenssaft floss, umso natürlicher erschien der Griff zum Portemonnaie.

»Aber gerne! Haben Sie vielleicht den Frühburgunder vom Bachemer Karlskopf offen?«

Er erntete ein spöttisches Lachen. Es klang, als würde jemand Glas mit einer stumpfen Klinge bearbeiten. Die Verkäuferin warf ihren Kopf in den Nacken und richtete die Frisur.

»Den öffnen wir nur für besondere Kunden. Sie können aber gerne eine Flasche kaufen und ihn zu Hause probieren.«

Er war also *kein* besonderer Kunde. Damit konnte Julius leben. Vergünstigungen waren ihm eh ein Gräuel. Also musste er vollkommen nüchtern an sein so ernüchterndes Tagwerk gehen.

»Nein, danke. Ich bin auch eigentlich nicht wegen des Weines hier.«

Das Gesicht der jugendlichen Schönheit verlor mit einem Mal alle Freundlichkeit. Julius versuchte, davon unbeeindruckt zu sein, was ihm jedoch schwerfiel.

»Ich wollte Sie fragen, ob es möglich wäre, eines von diesen Plakaten bei Ihnen aufzuhängen?« Er hielt es in die Höhe. »Es ist sehr wichtig für mich.«

Schon während er dies sagte, wusste Julius, dass er gegen eine Mauer lief.

»Das mag ja sein, dass das für Sie *persönlich* sehr wichtig ist, aber wir machen so was nicht. Was meinen Sie, wie viele Leute hier jeden Tag ankommen, weil sie irgendwas aufhängen wollen? Wenn wir bei allen ›Ja‹ sagen würden, könnte man den Wein vor lauter Aushängen nicht mehr sehen. – Auf Wiedersehen.«

Das war deutlich. Er war hier fortan unerwünscht, eine Persona non grata. Dann musste er eben schwerere Geschütze auffahren.

»Ich möchte den Geschäftsführer sprechen.«

»Der ist zurzeit nicht da.«

Die Mauer wurde immer höher. Aber Julius wusste, dass er den richtigen Hammer zum Zerschmettern in der Hand hielt.

»Lügen Sie mich doch nicht an! Ich habe seinen Wagen draußen gesehen. Sagen Sie ihm, Julius Eichendorff sei da und wolle ihn sprechen.«

Wie gut, dass der Geschäftsführer der AhrWein einen ausgefallenen Geschmack hatte. Sein protziger roter Porsche war unter Winzern Legende. Die junge und nun gar nicht mehr so hübsch wirkende Dame zog die Lippen kraus. Diese Wendung schmeckte ihr überhaupt nicht. Aber sie nahm das Telefon in die Hand. Und sie wählte eine Nummer. Und sie sagte den von Julius diktierten Text. Dann nickte sie ihm verbittert zu und begann, sich mit irgendetwas im Computer zu beschäftigen. Konzentriert starrte sie den Monitor an. Sie hätte dies bestimmt gelassen, wenn sie gewusst hätte, dass Julius den Bildschirmschoner sehen konnte. Kurze Zeit später erschien ein dynamischer Mittdreißiger in hellgrauem Anzug samt Weste und orangefarbener Krawatte im Raum. Schnellen Schrittes kam er auf Julius zu und streckte ihm einem Geschoss gleich die Hand entgegen.

»Der Herr Eichendorff! Welch seltener Gast in unserem Hause! Was führt Sie zu uns?«

Bevor Julius antworten konnte, erledigte dies die Verkäuferin.

»Der Herr möchte ein Plakat aufhängen und wollte nicht akzeptieren, dass das bei uns unüblich ist.«

»Na, so was!«, brachte der Geschäftsführer spöttisch hervor. »Und ich hatte schon gedacht, Sie hätten endlich eingesehen, dass wir dringendst auf die Weinkarte Ihres Etablissements gehören. Wie schade …«

Die Verkäuferin verschränkte selbstgefällig die Arme. Der Ton ihres Chefs gefiel ihr sehr gut.

»Das steht noch auf der Kippe«, erwiderte Julius. Diese Gangart beherrschte er auch.

»Um was für ein Plakat handelt es sich denn? Sie haben doch gar keine Werbung nötig, oder?«

Julius verstand nun, wie der für Genossenschaftsverhältnisse junge Bursche an die Spitze des Ahr-Imperiums gekommen war. Beliebt hatte er sich dabei bestimmt nicht gemacht.

»Es ist eine persönliche Sache.«

»Zeigen Sie mal her, Ihre persönliche Sache.« Er griff sich das Plakat aus Julius' Hand.

»Was hat der Mann Ihnen getan? Sieht doch ganz harmlos aus!«

»*Mir* hat er gar nichts getan. Aber er könnte im Zusammenhang mit den Morden an Siggi Schultze-Nögel und Markus Brück stehen.«

Der Geschäftsführer reichte Julius das Plakat brüsk zurück. »Höflich formuliert, Herr Eichendorff: Was geht Sie das an?«

»Gisela Schultze-Nögel ist meine Großcousine. Und sie wird, wie Sie zweifellos wissen, zu Unrecht verdächtigt.«

»Ich weiß, dass sie verdächtigt wird, ja. Aber das alles ist Sache der Polizei. Ich gebe Ihnen einen guten Rat: Halten Sie sich da raus. So was gibt nur Ärger. Das erledigt sich bestimmt von alleine. Sie haben momentan doch auch genug zu tun in Ihrem Restaurant. Zurzeit muss doch alles perfekt sein, nicht wahr? Wie man hört, ist der oberste Kritikaster vom Michelin seit gestern im Tal, um die Bewertungen für den neuen Führer festzuklopfen. Andererseits haben Sie natürlich Recht, sich nicht *umsonst* anzustrengen, wo ein Stern doch so schwer zu erlangen ist. Warum sich das Leben unnötig kompliziert machen?« Der Geschäftsführer war nun richtig in Fahrt. »Natürlich kann der richtige Wein auf der Karte Gäste – und auch Kritiker – äußerst positiv beeinflussen. Über so was wird geredet. In den richtigen Kreisen ...« Er blinzelte verschwörerisch.

Julius wollte nur noch raus. Aber umsonst wollte er das Ganze nicht über sich ergangen haben lassen.

»Hätten Sie vielleicht doch ein Plätzchen für mein Plakat? Und könnten Sie mir eine Flasche von Ihrem berühmten Frühburgunder mitgeben? Dann würde ich den mal zusammen mit meinem Sommelier verkosten.«

Natürlich würde er die Flasche nach diesem Theater eher an der tiefsten Stelle der Ahr versenken, als sie zu trinken. Aber wer wollte das schon überprüfen? Sein Gegenüber, befand Julius, verdiente nichts anderes als eine dreiste Lüge. Diese veranlasste den Geschäftsführer jetzt zu einem breiten Lächeln.

»Wir finden *bestimmt* ein Plätzchen für Ihr Plakat! Wäre doch gelacht! Für die Freunde unseres Hauses ist alles möglich. – Fräulein Dölb, holen Sie bitte einen Sechser-Karton mit unserem Flaggschiff für Herrn Eichendorff. Als Geschenk selbstverständlich!«

Julius zeigte sich erfreut, obwohl ihm eher zum Erbrechen zumute war. Geduldig wartete er, bis der Geschäftsführer das Plakat demonstrativ am Fenster neben der Eingangstür befestigt hatte und die Verkäuferin ihm die Weine vor die Füße stellte. Dann verabschiedete er sich mit überfestem Handschlag, nahm die Kriegsbeute unter den Arm und trat ins Freie. Als die Last des unangenehmen Gesprächs von ihm fiel, fielen Julius leider auch die Plakate hin. Schnell brachte er den Karton im Kofferraum des Audis unter, bevor er zum Unglücksort zurückkehrte. Einige

Plakate sogen sich bereits mit Wasser voll, das sich während des Regenfalls der Nacht auf dem Parkplatz gesammelt hatte. Ein alter Mann stand über die Kopien gebeugt. Julius hatte ihn schon oft gesehen. Er gehörte zur Genossenschaft. Eines ihrer Urgesteine. Er machte keine Anstalten, die Plakate aufzuheben. Stattdessen musterte er sie, mit seiner zerfurchten Hand nachdenklich durchs schlohweiße Haar fahrend.

»Den hab ich doch gestern erst gesehen …«, murmelte er. »Merkwürdiger Kauz war das, merkwürdiger Kauz, jaja.«

Julius konnte es nicht fassen. »Sie haben diesen Mann gesehen?«

»Jaja.«

Der alte Mann betrachtete weiter die Plakate.

»Wann und wo?«, platzte es aus Julius heraus.

»Mhm. Im Altenahrer Eck hab ich ihn gesehen. Gestern. Komischer Kauz war das, jaja.«

Julius spürte, wie sein Herz schneller schlug. Den ganzen Vormittag war er herumgelaufen, damit er jemanden fand, der diesen Mann gesehen hatte. Und nach dem unangenehmsten Gespräch des Tages schien nun das angenehmste zu folgen! Julius spulte seinen Fragenkatalog ab, gierig nach einer Antwort, die ihn einen Schritt weiterbrachte.

»Haben Sie mit ihm gesprochen?«

»Jaja.«

Dieser Mann schien nicht zu wissen, was Julius von ihm wollte. Nämlich alles, und zwar sofort.

»Was hat er gesagt?«

»Hat mich gefragt, ob ich mich auskennen würde. Hab ich natürlich ja gesagt.« Er strahlte Julius an. »Hat mich gefragt, ob mal wer im Altenahrer Eck was Ungewöhnliches gefunden hat. Nee, hab ich gesagt. Hat nie einer was gefunden. Merkwürdiger Kauz.«

Julius pulte weiter. Das Altenahrer Eck war eine von Siggis Lagen gewesen. Es musste doch noch mehr zum Vorschein kommen!

»Wonach hat er denn gesucht?«

»Sah aus, als wolle er die Alpen besteigen. Hat mich nach den neuen Rebstöcken gefragt. Ich sag doch nix über anderleuts Parzellen! Geht mich doch gar nichts an!«

»Und was hat er dann gemacht? Wo ist er hingegangen?«

»Ist durch die Rebzeilen wie ein Spürhund. Mit der Nase nach unten. Hat ständig was in ein Buch geschrieben. Die ganze Zeit.«

Julius griff den Alten bei den Schultern. »Wissen Sie, wie er heißt oder wo er wohnt?«

Der Alte drückte Julius' Hände barsch von sich. »Nein. Ich weiß gar nichts. Was soll ich schon wissen?«

Dann ging er. Julius' Frust entlud sich in ein paar gekonnten Tritten gegen die nun vollends mit Wasser vollgesogenen Plakate. Sein Ordnungssinn zwang ihn danach jedoch, alle wieder aufzusammeln und in einem nahe stehenden Mülleimer zu entsorgen. Er säuberte sich die Hände mit einem Erfrischungstuch und setzte sich in den Wagen.

Erst jetzt, verspätet, drang die Hiobsbotschaft zu ihm durch, die der Geschäftsführer fallen gelassen hatte. Der Michelin-Tester war bereits im Tal! Und Julius hatte immer noch keine Suppe kreiert! Das Menü war nicht komplett. Dabei durfte er sich in diesem Jahr doch keine Blöße geben! Aber wo sollte er die Mußestunden hernehmen, um sich eine Suppe auszudenken? Wo er doch den Fall aufklären musste, bevor noch jemand ermordet wurde. Hektisch legte er den Gurt an und startete den Motor.

Es lag auf dem Weg. Er hatte keine Zeit, aber es lag auf dem Weg. Und er wollte es hinter sich bringen. Wie man einen Zahnarzttermin hinter sich bringen will. Augen zu und durch, dachte Julius. Auf eine Demütigung mehr oder weniger kam es jetzt auch nicht an. Das entsprechende Fass war eh schon übergelaufen. Aber er würde es kurz machen. Kurz, da es schon schmerzvoll genug sein würde.

Das Haus sah einladend aus. Der Jugendstil verbarg das alte Tier gut, das in seinem Inneren vegetierte. Die »Villa Aurora« in der Georg-Kreuzberg-Straße gelegen, gegenüber der Ahr und nur wenige Schritte vom Kurgarten entfernt, war ein kleines Schmuckstück. Vor allem, wenn die am Haus gepflanzten Herbst-Blumen in voller Blüte standen und die Sonne sie beschien. So wie jetzt, dachte Julius, als wolle sich das Haus lustig über ihn machen. Auch das Eingangsschild sah einladend aus. In Gold geprägt stand dort der Name, samt Titel: »Dr. jur. Harry Hinckeldeyn«. Kleiner darunter: »Anwalt und Notar«. Es konnte kein Zweifel daran bestehen, dass der Bewohner des Erdgeschosses da war. Denn er war immer da. Gerüchten zufolge hatte er die Wohnung seit Jahren nicht mehr verlassen. Immer schon ein Eigenbrötler, hatte das Alter Hinckeldeyns Macken verstärkt, sie wie ein böswilliger Karikaturist hervorgehoben. Julius drückte die Klingel. Er hoffte, dass die Erinnerung ihn trog. So schlimm konnte Hinckeldeyn doch nicht sein.

Ein verschrumpeltes Gesicht erschien im Türspalt, der von einer Kette versperrt wurde. Es gab einen Eindruck davon, was mit Äpfeln passierte, wenn sie über Wochen trockener Hitze ausgesetzt waren. Falten und Furchen durchzogen es wie ausgedörrte Flussbetten. Augen und Mund waren nur dadurch auszumachen, dass sie sich langsam bewegten. Die Worte, die aus dem Gesicht drangen, waren jedoch zackig und hart.

»Ach, der kleine Eichendorff! Ganz schön fett geworden. Neue Verträge?«

Julius' Verträge zum Kauf des Restaurants waren das Erste und Einzige gewesen, weshalb er Hinckeldeyn jemals konsultiert hatte. Weil er damals keinen anderen Anwalt kannte und Hinckeldeyn seit Menschengedenken, seit die ersten Neandertaler sich ins Ahrtal verirrt hatten, der Anwalt der Sippe war. Nicht, weil er etwas konnte, sondern einfach, weil er einem entfernten Zweig der Familie angehörte. Niemand konnte ihn leiden. Aber man ging halt zu ihm. Julius hatte nach dem ersten geschäftlichen Zusammentreffen mit dieser Tradition gebrochen. Das Durchsprechen der Verträge war zu quälend gewesen. Hinckeldeyn neigte dazu, chronisch zu meckern und von anderen Menschen nur Böses anzunehmen. Das machte einvernehmliche Vertragsunterzeichnungen schwierig.

»Kann ich reinkommen?«

»Ja. Aber putz dir die Füße ab! Will keinen Dreck in meiner Wohnung haben!«

Julius putzte sich folgsam die Füße ab. Hinckeldeyns Wohnung war in der Zeit stecken geblieben – was aufgrund ihrer Klobigkeit nicht verwunderte. Gelsenkirchener Barock in Perfektion. Hier passte nichts zusammen, aber leider alles ins Zimmer. Einzig ein überdimensionaler Black-Matrix-Fernseher störte die museale Ausstrahlung. Hinckeldeyn nahm hinter dem schweren Schreibtisch Platz und wies Julius einen alten Polstersessel zu.

»Was gibt es denn nun?«

Julius versuchte, den fordernden Augen des Alten standzuhalten, aber musste den Blick doch abwenden und in Richtung Bücherschrank schauen.

»Sie haben vom Mord an Siggi gehört?«

Hinckeldeyn nickte, sagte aber nichts.

»Sie haben bestimmt auch mitbekommen, dass Gisela verdächtigt wurde? Und immer noch wird?«

Der Notar schwieg. Sein Gesicht zeigte keine Regung.

»Sie ist schwer belastet worden, und das hängt mit einem Vertrag zusammen ...«

Hinckeldeyn gab wieder Laute von sich. »Die Polizei war hier. Ich weiß nichts davon. Es gab keinen Termin.«

Er log. Dr. jur. Harry Hinckeldeyn log. Hätte Gisela den Termin nicht bestätigt, Julius wäre darauf reingefallen. Es war nicht zu merken. Es war meisterlich. Er musste es in den vergangenen Jahrhunderten perfektioniert haben.

»Gisela hat mir erzählt, dass es einen gab. Und es stand in seinem Terminkalender.«

Einen solchen hatte Siggi zwar nicht geführt – er war stolz darauf gewesen, sämtliche Termine im Kopf zu behalten –, aber das würde Hinckeldeyn nicht wissen. Über so etwas sprach man mit ihm nicht.

»Ein Termin, der nicht eingehalten wurde, existiert nicht. Ich kann dir nicht helfen, Junge.«

»Die Polizei glaubt, Siggi wollte die Scheidung.«

Keinerlei Reaktion. Die Falten und Furchen wirkten wie in Stein gemeißelt. Ein Gesicht wie ein Gebirge. Ebenso unüberschaubar, ebenso abgrundtief.

»Das ist mir egal. Ich war *Siegfrieds* Anwalt. Niemandem sonst muss ich über seine Angelegenheiten Rechenschaft ablegen.«

Trotz dieser ablehnenden Antwort hatte Julius das Gefühl, dass Hinckeldeyn auf irgendeine Art und Weise Spaß am Gespräch fand. Vielleicht war ihm jede Ablenkung recht. Vielleicht wollte er sehen, wie Julius sich wand, um letztendlich doch keine Antwort zu erhalten. Ansonsten hätte er ihn ja jederzeit rauswerfen können.

»Herr Hinckeldeyn …«

»Doktor!«

»Herr Doktor Hinckeldeyn. Es ist von äußerster Wichtigkeit! Gisela könnte wieder im Gefängnis landen, wenn der Vorwurf nicht widerlegt wird. Es könnte Ihrer Reputation schaden, wenn Sie das nicht verhindern!«

Julius war sich nicht sicher, aber er meinte, ein angedeutetes Lächeln in Hinckeldeyns Gesicht zu erkennen. Um vollkommen sicher zu sein, musste man jedoch Geologie studiert haben.

»Gisela wird auch ohne meine Hilfe in Freiheit bleiben. Die Dinge werden ihren Gang gehen.«

»Also ist sie unschuldig?«

»Zweifelst du daran?«

»Zweifeln *Sie* daran?«

»Ich bin Anwalt. Ich werde nicht fürs Zweifeln bezahlt. Noch nie.« Das Gebirge gab seine Geheimnisse nicht preis.

»Sie sehen nicht den Ernst der Lage!« Es musste doch ein Gewissen in diesem Monolithen geben, an das er appellieren konnte.

»Mein *lieber* Junge. Ich sehe den Ernst der Lage viel deutlicher als du. Glaub mir. *Ich* sehe die wirklich wichtigen Dinge im Leben. Verschwiegenheit gehört dazu. Sie ist das Allerbeste für meine Reputation.«

Julius versuchte, ihn mit Blicken zu durchbohren. Genauso gut hätte er versuchen können, den Tisch mit der Handkante zu zerschlagen. Beides verursachte Schmerzen.

Julius' Blick schweifte ab, auf das Bücherregal, die schönen, alten Einbände, die verschnörkelten Titel. Er wollte sich schon aufmachen, klein beigeben, als er etwas sah, das ihm eventuell weiterhelfen konnte. Ein Kochbuch. War da nicht was? Kochte Hinckeldeyn nicht ebenso gern wie schlecht? Hatte er nicht in früherer Zeit, einmal im Jahr, in der Adventszeit, ein Essen für seine besten Klienten gegeben? Vielleicht tat er das ja immer noch?

»Steht das Menü schon für dieses Jahr?«

Hinckeldeyn blinzelte. Der Berg hatte geblinzelt!

»Nein. Noch nicht ganz. Aber bevor du fragst: Ich glaube kaum, dass du mir da helfen kannst. So einen Kokolores wie du koche ich nicht. Bei mir gibt es nur beste deutsche Hausmannskost.«

Julius war froh, dass Hinckeldeyn seine Küche als Kokolores betrachtete und daher niemals einen Fuß in die »Alte Eiche« gesetzt hatte. Dieses Vorurteil hatte Julius bestimmt viel Ärger und Erniedrigung erspart.

»Was fehlt denn noch?«

Plötzlich war Hinckeldeyn das Gespräch leid. »Das Dessert. – Aber ich denke, du solltest jetzt gehen. Ich habe heute noch viel zu tun!«

Wieder eine Lüge, wieder überzeugend vorgetragen. Julius setzte ein letztes Mal an. Danach würde er keine Chance mehr bekommen.

»Ich hätte da etwas ganz Traditionelles – und doch Raffiniertes: Geeister Lebkuchen mit Himbeersauce.«

Hinckeldeyn öffnete die Wohnungstür, ohne die Miene zu verziehen.

»Ist ganz einfach zuzubereiten!«

»Ich kann alles kochen, was andere auch kochen können. Ist ja schließlich keine Kunst!«

Jetzt wurde er mürrisch.

Julius blieb stehen. Hinckeldeyn würde das Rezept bekommen. Ob er wollte oder nicht.

»Man kauft einfach einen guten, saftigen Lebkuchen, schneidet ihn in Scheiben und legt ihn über Nacht ins Gefrierfach. Am nächsten Tag macht man mit hundert Gramm Himbeeren, zwei Esslöffeln Honig und, wenn man will, vier Esslöffeln Balsamico-Essig die Sauce. Nur noch schön dekorieren, Minze passt prima, und fertig ist der krönende Abschluss.«

Eine Hand drückte Julius gegen den Rücken und bugsierte ihn hinaus. Hinckeldeyn verriegelte die Tür. Julius beschloss, nie wieder Rezepte auf gut Glück herauszugeben. Dieses war so trickreich und auf dem Teller so beeindruckend. Perlen vor die Säue.

Die Tür öffnete sich wieder.

»Es ging nicht um Scheidung. Wäre es auch nie gegangen. Es ging um etwas völlig anderes. Sehr unerfreuliche Geschichte. Und zum Mörder: Ich glaube, ich weiß, wer es ist. Hätte zumindest einen Grund. Er wird niemanden mehr umbringen. Und irgendwann wird man ihm auf die Spur kommen. Irgendwann wird es schief gehen. Wie immer.«

Julius' Mund schnellte auf, um die so wichtige Frage zu stellen: Wer war es?

»Frag nicht, Junge. Über Mandanten kommt kein belastendes Wort von mir über die Lippen. Niemals.«

Die Tür ging zu. Bevor Julius sich umdrehen konnte, öffnete sie sich wieder einen Spalt.

»Und Siegfried hat niemals einen Terminkalender geführt!«

Sie fiel ins Schloss.

VI

»Katzensüppchen«

Es klingelte an der Tür.

Obwohl alle wussten, dass Julius ein Morgenmuffel und vor dem Frühstück nicht ansprechbar war.

Er hätte in diesem Moment etwas ahnen müssen, wissen, dass was in der Luft lag. Aber er war zu schlaftrunken, um die Alarmsirenen zu beachten, die im Unterbewusstsein heulten. Träge zog er sich den Morgenmantel über und schob die nackten Füße in die schon am Abend ordentlich bereitgestellten Birkenstocks. Kaum aus dem Schlafzimmer – das stete Klingeln wie zerbrechendes Geschirr im Kopf –, umschnurrte ihn auch schon Herr Bimmel. Julius nahm den Kater auf den Arm und streichelte ihm mehrmals über das Köpfchen. Schnell hatte Herr Bimmel genug davon und fing an zu strampeln. Es gab Wichtigeres, als gekrault zu werden – Fressen wäre das Erste. Julius war noch nicht aufnahmefähig für die subtilen Zeichen der Katze, die jetzt darin bestanden, laut maunzend zur Küche und wieder zurück zu rennen. Er wankte Schritt für Schritt weiter zur Tür, weiter zum Ursprung des Schmerzes, weiter zur Quelle des brutalen Klingelns. Des Klingelns zur Unzeit – auch wenn es bereits halb acht war. Für einen Koch wie Julius, der kaum vor ein Uhr ins Bett kam, galt noch Schonfrist. Endlich erreichte er die rettende Klinke und drückte sie herunter. Er blickte in ein bekanntes Gesicht, allerdings in einer zornigeren Ausführung. Julius hatte keine Lust sich zu ärgern. Er wollte wieder ins Bett.

»Kommen Sie später wieder!«

Er machte die Tür zu. Zumindest so weit, wie es der Schuh der Kommissarin zuließ. Sie stieß die Tür auf und rauschte an Julius vorbei Richtung Wohnzimmer. Als er schlurfenderweise eintraf, stand von Reuschenberg, die Hände in die Hüften gestützt, neben dem Tisch. Darauf lag eine Liste. Julius ließ sich in einen der Rattanstühle fallen.

»Was soll der Auftritt?«

»Sehen Sie die Liste?«

Julius stellte die Pupillen in einem Akt Herkulesscher Kraftanstrengung scharf.

»Ja.«

»Schauen Sie sie an!«

Es war eine Liste, die offenkundig Auskunft über die im Ahrtal lebenden Jäger gab. Zumindest fand sich dies als Überschrift auf dem Blatt.

»Na und?«

»Sehen Sie den Namen, neben dem ich ein Kreuz gemacht habe?«

»Ja, den Mann kenn ich. Netter Kerl.«

Von Reuschenberg näherte sich bedrohlich Julius' schlafverquollenem Gesicht. »*Warum haben Sie mir nicht gesagt, dass Sie auch Jäger sind*?«

Julius sah sie an, ohne eine Miene zu verziehen. Dazu fehlte noch die Kraft. Er brauchte vorher ...

»Kann ich erst mal frühstücken?«

»Sie haben vielleicht Nerven!«

»Nein, ich hab *Hunger*. Lassen Sie mich mal durch.«

Er schob sich an der Kommissarin vorbei, um in der Küche ein kleines Schälchen mit Schokomüsli zu füllen und sich einen Apfel zu greifen. Dieses Basis-Frühstück musste heute wohl reichen. Dann setzte er sich wieder und begann, den Jonagold zu essen.

Das Müsli brauchte noch, bis die Haferflocken die richtige Konsistenz angenommen hatten. Nach einigen Bissen fühlte er sich gestärkt genug, um grammatikalisch korrekte Sätze zu bilden.

»So, Frau von Reuschenberg. Ich bin Jäger, ja, wie viele andere im Tal. Und ja, es ist nicht das Erste, was ich einem Polizisten erzähle, wenn ich ihn treffe. Ich erzähle aber auch nicht direkt, dass ich Anne-Sophie Mutter für maßlos überschätzt halte und Bananen am liebsten grün esse. *Entschuldigung*!«

»Begreifen Sie nicht? Sie gehören von nun an zum Kreis der Verdächtigen!«

Dank des Morgens nahm Julius die Anschuldigung wie durch einen Schleier wahr. Sie kam daunenweich bei ihm an, wie ein schlechter Scherz, und störte nicht beim Weiteressen.

»Nur weil ich ein Gewehr habe? Siggi wurde doch gar nicht erschossen.«

»Sie sind verdächtig, *Markus Brück* umgebracht zu haben! Wie Sie wissen, vermuten wir, dass der Mörder ihn mit Waffengewalt in die Presse gezwungen hat. Sie haben eine Waffe, und Sie haben Markus Brück ›gefunden‹. Wer weiß, wie lange Sie schon da waren? Und Sie haben ein Motiv: Sie wollten Ihre Großcousine unbedingt aus der Haft haben. Das haben Sie mir oft genug gesagt! Und als Sie mich nicht überzeugen konnten, dass sie unschuldig ist …«

»… hab ich Markus um die Ecke gebracht. Und lass es dadurch so aussehen, als liefe der Mörder noch frei rum. Was für ein cleveres Kerlchen ich doch bin!«

Das Müsli hatte mittlerweile die richtige Saftigkeit. Julius begann, es genussvoll zu essen. Von Reuschenberg riss ihm den Löffel aus der Hand.

»Was soll das? Darf ich jetzt nicht mehr frühstücken?«

»Wissen Sie eigentlich, in welche Lage Sie mich gebracht haben? Meine Vorgesetzten wissen, dass ich Sie in den Fall einbezogen habe! Wie stehe ich denn jetzt da? Wie übertölpelt!«

»*Liebe* Frau von Reuschenberg. Erinnern Sie sich noch, dass ich selbst es war, der Sie auf die Idee mit den Jägern gebracht hat? Für wie dumm halten Sie mich eigentlich?«

Keine Antwort. Julius fuhr unbeirrt fort.

»Es tut mir Leid, wenn ich Sie da in die Bredouille gebracht habe, aber ich war's nicht, ich schwöre!« Er hob die rechte Hand.

»Wo waren Sie in der Nacht, als Siegfried Schultze-Nögel umgebracht wurde?«

»In meiner Küche. Und das kann Ihnen jeder bestätigen.«

»Die ganze Zeit?«

Julius musste lachen. »Natürlich! Wer soll denn sonst die Arbeit machen?«

Herr Bimmel pirschte über den Tisch Richtung Müsli.

»Das werden wir überprüfen.« Von Reuschenberg setzte sich und begann, den Kater ruppig zu streicheln. Dieser entzog sich schnell ihren Liebkosungen und nahm vor Julius Bettelpositur ein, den Kopf leicht zur Seite geneigt.

»Ich *will* Ihnen ja glauben, dass Sie nichts damit zu tun haben. Aber ich *darf* es nicht. Wenn noch etwas kommt, das Sie verdächtig macht, dann werde ich nicht anders können, als Ihnen die Hölle heiß –«

»Eine Warnung?«

»Nein. Schlicht und ergreifend eine Tatsache.«

Julius zog die Liste zu sich heran und studierte sie.

»Ah, der Herr Landrat, jaja … der Tommy, schießt wahrscheinlich für sein ›Himmel und Äd‹ … Gerdt und Hans-Hubert … Siggi selbst … August steht natürlich auch drauf … alles keine Überraschungen.«

Er schob die Liste wieder zu von Reuschenberg. »Kann ich Sie noch was fragen?«

»Versuchen Sie es.«

»Gibt es schon Neues von Bernard Noblet?«

Von Reuschenberg schaute ihn lange an, die Hände nach Dürer-Art gefaltet vor den Lippen. Als würde sie abwägen, ob sie Julius weiter Einblick in die Nachforschungen gewähren sollte.

Dann lächelte sie. »Nein, rein gar nichts.«

Julius überlegte. Einige Namen auf der Liste hatten ihn an eine weitere Spur erinnert.

»Haben Sie die Ermittlungen eigentlich auch in Richtung Restaurateure ausgedehnt?«

»Es gibt kaum eine Richtung, in die wir die Ermittlungen *nicht* ausgedehnt haben. Warum fragen Sie?«

Julius erzählte von Hans-Huberts Verdacht, dass die von Siggi Abservierten Rache geübt haben könnten. Von Reuschenberg machte sich Notizen.

»Haben Sie Namen?«

»Nein.«

»Und Sie selbst?«

»Hab den Keller voll.«

Julius schob Herrn Bimmel die leere Müslischale zu. Der Kater machte sich sofort über den feinen, schokoladensüßen Milchfilm her, der kaum sichtbar an den Seiten haftete.

»Sie verwöhnen ihn ja sehr.«

»Er hat es nicht anders verdient.«

Es glitzerte in den Weinbergen. Durch die tief stehende Sonne wirkte der Tau wie Diamanten, die ein verschwenderischer Milliardär über die Hänge verstreut hatte. Schieferlay, Kirchtürmchen, Forstberg, Rosenthal, Trotzenberg, Burggarten, alle glitten an Julius vorbei. Sie lagen fast ausnahmslos rechter Hand, nach Süden gerichtet. Die besten von ihnen waren steiler als Rampen beim Skispringen. In einer so nördlich gelegenen Region wie dem Ahrtal mussten Weinberge ein hervorragendes Mikroklima aufweisen, damit die Trauben große Tropfen ergaben. Wichtig war zudem der Boden, oder besser: das Gestein. Der dunkle Schiefer und die Grauwacke speicherten die Wärme des Tages wie Thermoskannen und gaben sie in der Nacht an die Reben ab.

Julius musste fast die gesamten fünfundzwanzig Kilometer fahren, die das Anbaugebiet ausmachten. Sein Ziel war eine der westlichsten Lagen des Tals: das Altenahrer Eck. Er suchte sich einen Parkplatz in Reimerzhoven und stieg die steilen Terrassen zum Weinberg hinauf. Es war nicht zu übersehen, dass die Lage für das Rotweinparadies Ahr ungewöhnlich war. Denn hier herrschte Weißwein vor. Julius' Blick war geschult genug, um auch ohne Trauben an den schon gelesenen Rebstöcken zu erkennen, was er größtenteils vor sich hatte: Riesling, nicht die roten Sorten Spätburgunder und Portugieser wie sonst üblich. Aber das konnte es nicht sein, was den Wanderer an dieser Lage interessierte. Julius suchte etwas Verräterisches. Was hatte der Alte bei der AhrWein gesagt? Der Wanderer sei wie ein Spürhund, mit der Nase nach unten, durch die Rebzeilen gegangen. Also forschte Julius penibel den Boden ab, den Kopf tief gesenkt, als nähere er sich dem Papst. Aber selbst das Scharren mit dem Fuß an ungewöhnlichen Stellen, wo die Erde kleine Erhebungen zeigte, brachte keine Ergebnisse.

Nach einer geschlagenen Stunde musste Julius sich eingestehen, dass dies eine Steillage wie viele andere an der Ahr war. Es gab nichts Bemerkenswertes. Nur den wunderschönen Blick, den man über die Burg Are mit der Doppelkapelle hatte, das weiße Kreuz, hoch auf dem blanken Felsen, und die Ahr, die geschmeidig zwischen Engelsley und Krähhardt hindurchfloss. Ein Zug fuhr friedlich über die Eisenbahnbrücke und in den Fels hinein, Richtung Altenahr. Es war, als wollte das Ahrtal seine Nerven beruhigen, ihm versichern, dass das Leben weiter seinen ruhigen Gang ging, auch wenn Blutspritzer an den Schuhen hafteten.

Julius zog die Windjacke aus und setzte sich darauf, schaute hinunter ins Tal, auf die Ahr, die unbeirrt weiterfloss, keinen Halt einlegend, ihr Ziel klar im Blick. Julius war sich seines Wegs nicht mehr so sicher. Was hatte er eigentlich gehofft, hier zu finden, was ihm bei der Aufklärung der Morde half? Doch wohl kein notariell beglaubigtes Geständnis. Und auch keinen Videofilm mit den grausamen Morden. Und natürlich auch nicht die Tatwaffe.

Stopp.

Die Tatwaffe! Das konnte es sein! Vielleicht hatte der Wanderer die Tatwaffe hier vergraben und zwischenzeitlich seinen Fehler bemerkt. Denn in den Weinbergen mussten viele Arbeiten durchgeführt werden, Bodendurchlüftung mittels Aufpflügen war nur eine davon. Dann würde die Waffe ans Licht befördert werden. Julius ging in die Hocke und versuchte Unebenheiten zu erkennen.

Und er erkannte welche.

Hunderte.

Wenn der Wanderer die Tatwaffe hier verscharrt hatte, würde es Tage dauern, sie zu finden. Warum musste alles so kompliziert sein? Und warum kam alles auf einmal? Der Mord an Siggi. Der Mord an Markus Brück. Der Michelin-Tester. Dass die Polizei nun auch ihn verdächtigte. Warum stellten sie sich nicht hintereinander und warteten, bis ihre Nummer aufgerufen wurde? Julius wurde so wütend, er hätte einen Rebstock ausreißen und in die Ahr schmeißen können. So fühlte er sich zumindest. Die Gesetze der Physik hätten etwas dagegen einzuwenden gehabt.

Plötzlich waren Schritte zu hören.

Jemand schlich die Rebzeile neben ihm hinunter. Na prima, dachte Julius, jetzt würde er sich auch noch die Standpauke eines Winzers anhören dürfen, was er unerlaubt im Weinberg machte. Die Schritte kamen näher. Das Tempo blieb konstant. Sehr langsam. Julius schaute stur weiter ins Tal und regte sich nicht. Rechts in seinem Blickfeld tauchte die Farbe Rot auf. Julius wendete den Kopf. Rote Socken. Die folgenden Geschehnisse vollzogen sich so schnell, dass Julius' Unterbewusstsein keine Zeit hatte, einige kluge Einwände zu machen. Beispielsweise darüber, dass es nicht nötig war, die Kleidung zu verschmutzen. Oder darüber, ruhig zu sein, statt zu schreien. Auch hätte es bestimmt angemerkt, dass der Raum zwischen den Rebstöcken und unter den hölzernen Rebrahmen sehr schmal für einen Mann von Julius' Umfang war. Aber das Unterbewusstsein bekam keine Gelegenheit. Julius schrie, sprang auf, oder besser, sprang flach auf den Boden, griff sich, weiter schreiend, den Knöchel des Wanderers, zog sich daran, Erde gleichmäßig in seine Kleidung einschmirgelnd, zur anderen Rebzeile, brüllte weiter wie ein kastrierter Stier, riss den perplex dreinschauenden Wanderer um, nahm bäuchlings Platz und konnte sich gerade noch zurückhalten, ihm eine zu verpassen.

Er hatte den Wanderer gestellt!

Julius' Hände waren aufgeschürft, das Herz schlug im Hals, die Kleidung war so versaut, dass das Rote Kreuz sie ablehnen würde.

Aber er hatte den Wanderer gestellt.

Julius schnaufte. Endlich war die Zeit gekommen für Fragen. Und Antworten. Allerdings fing der Wanderer nun seinerseits an zu schreien. Julius hielt ihm eine verdreckte Hand auf den Mund. Die andere hielt er zur Faust geballt im Anschlag.

»Wenn Sie noch einmal schreien, schlag ich zu! – Hören Sie auf?«

Der Wanderer nickte. Julius löste die Hand. Kein Mucks war zu hören.

»Wer sind Sie?«

Die Augen des Wanderers verrieten, dass dies die Frage war, die auch er gerne gestellt hätte.

»Adal… Adalbert Niemeier.«

»Was machen Sie hier?«

»Ich suche …«

Sag es, dachte Julius, *sag es*!

»Kräuter.«

»*Kräuter*?!«

»Ja, Kräuter.«

»Was für Kräuter?«

Eine kurze Pause entstand.

»Salbei.«

Da war Niemeier bei Julius an der falschen Adresse.

»Hier wächst kein Salbei. Und wenn Sie nur einen Funken Ahnung von Kräutern hätten, wüssten Sie das!«

Julius ballte wieder die Faust. »*Was* wollen Sie verbergen? *Was* haben Sie mit den Morden zu tun?« Er führte die Faust näher an Niemeiers Gesicht.

»Mit … mit den Morden? Nichts! *Nichts*! Was sollte ich denn …?«

»Und warum schleichen Sie dann um Siggis Haus herum? Und in seinen Weinbergslagen? Und warum haben Sie seinen Namen in Ihrem Notizbuch durchgestrichen?«

»*Sie* sind das! *Sie* haben mich am ›Hohenzollern‹ verfolgt!« Niemeier wirkte nun noch verängstigter.

»Ich … ich hab mich damals so erschrocken, dass ich vor lauter Angst weggelaufen bin. Und Sie sind wie ein Irrer hinter mir her! Sie haben bestimmt auch diese Plakate mit meinem Foto aufgehängt. Ich trau mich seitdem kaum mehr auf die Straße! Sie sind *verrückt*! Ich bin doch kein Verbrecher! Was *wollen* Sie von mir?«

»Erst mal gibst du dem *Verrückten* ein paar Antworten!« Julius war jetzt in Fahrt.

»Es geht Sie nichts an! Wirklich nicht!«

Die Faust berührte Niemeiers Nasenspitze.

»Keine Gewalt mehr! *Bitte*! – Gut. Eins noch zuvor. Trotz Ihres offenkundig kranken Geistes möchte ich Sie inständig bitten, es für sich zu behalten. Jahre von Arbeit hängen daran, Jahre!«

»Reden Sie schon!«

Niemeier wirkte, als müsse er etwas Großes, Schmerzendes hochwürgen. Dann kam es heraus.

»Ich bin Archäologe und auf der Suche nach einem römischen Beobachtungsturm. Hier im Altenahrer Eck. Das ist eine strategisch hervorragende Lage. Bitte sagen Sie es niemandem!«

»*Das* ist alles?«

»Wieso sagen Sie das so abschätzig? Das wäre eine Sensation! Und wer weiß, wie intakt er ist! Das könnte ein noch bedeutenderer Fund sein als 1980 das römische Herrenhaus in Ahrweiler. Aber so etwas kennen Sie natürlich nicht.« Er schien Julius augenscheinlich für einen entlaufenen Verrückten zu halten.

»Natürlich, wer kennt die Villa nicht?«

»Ist das nicht ein grandioses römisches Herrenhaus aus dem zweiten bis dritten Jahrhundert nach Christus? Und so gut erhalten! Fast wie in Pompeji! Der große Badetrakt! Die komplette Küche mit Herd, Backofen und sogar Räucherkammer! Die Fußbodenheizung!«

Der kindliche Enthusiasmus Niemeiers wirkte echt.

»Jaja, ich war auch schon im Museum Römervilla. Kenn ich alles: die Bemalung, den Schmuck, die Fußspuren von Tieren und Kindern. Das bedeutet nicht gleich, dass hier im Altenahrer Eck, einer von Siggis Lagen, ein Turm gestanden haben muss!«

»Aber so eine große Villa steht doch nicht *allein* irgendwo! Es muss noch mehr im Tal geben, viel mehr! Ich wollte Herrn Schultze-Nögel nach Ungewöhnlichem fragen. Aber nun ist er ja leider verschieden. Vielleicht hätte er mir etwas über die Verfärbungen im Hang sagen können.«

»Woher weiß ich, das Sie mich nicht wieder anlügen?«

Eine bekannte Stimme erklang hinter den beiden.

»Was macht ihr zwei denn da?«

Julius schaute sich um. August Herold. Er kam lachend näher.

»Was stellst du mit dem armen Adalbert an?«

»Du *kennst* ihn?«

»Schon ewig. Hat er dir erzählt, was er macht? Sein großes Geheimnis?«

»Er behauptet, er suche einen römischen Beobachtungsturm.«

»Wenn du mich fragst, eine fixe Idee. Wenn hier was wäre, hätten wir es schon längst gefunden.«

»Also ist er wirklich Archäologe?«

»*Archäologe*?« Herold lachte. »Nein – nun geh doch mal von dem armen Kerl runter, Julius! Er ist Lehrer, pensionierter Oberstudienrat aus Brühl. Ist doch richtig, Adalbert, war doch Brühl?«

»Ja, Brühl ist richtig. Brühl-Kierberg, um genau zu sein. – Du kennst diesen Verrückten?«

Julius und Niemeier erhoben sich.

»Verrückt? Das ist mir neu. Habt ihr euch noch nicht vorgestellt? Naja, sieht nicht so aus. Also: Das ist Julius Eichendorff, Chef und Eigentümer des besten Restaurants weit und breit. Es heißt ›Zur Alten Eiche‹. Und für gewöhnlich geht Julius mit anderen Menschen pfleglich um.«

Niemeier klopfte sich den Dreck von der Kleidung. »Ich werde Sie anzeigen! Mich einfach so anzugreifen!«

Das hatte Julius gerade noch gefehlt. »Es war ein Missverständnis!«

Herold schüttelte schmunzelnd den Kopf. »Nein, Adalbert, du wirst Julius *nicht* anzeigen. Erstens sagt er – und das glaube ich ihm –, es sei nur ein Missverständnis gewesen, und zweitens willst du doch nicht, dass der Landschaftsverband von deiner nicht genehmigten Suche erfährt?«

»Das ist Erpressung!«

»Das ist ein freundschaftlicher Tipp. Mit einem kleinen Druckmittel verbunden. Wir gehen jetzt alle zu mir und trinken einen zusammen. Ich muss nur erst noch meine Parzelle anschauen.«

»Augenblick, August«, sagte Niemeier. »Siehst du die Verfärbungen hier in den Reihen? Sie reichen nur wenige Meter weit. Es ist ungefähr die Größe einer Turmgrundfläche. Denkst du, es ist möglich, dass das Blattwerk anders aussieht, weil sich im Untergrund römische Steinreste befinden?«

Herold besah sich die Rebstöcke und grinste. »Nein. Tut mir Leid, Adalbert. Die sehen anders aus, weil sie anders sind. Es handelt sich um unterschiedliche Klone. Die hier sind kleinbeerig und dickschalig.«

Er kniete sich auf den Boden, wo noch eine verdorrte Rebe lag. »Scheint auch nicht viel zu tragen. Sieht nach sehr, sehr guter Qualität aus. Im Tal hab ich so wertvolle Burgunderklone noch nie gesehen. Sind in Deutschland auch kaum zu finden. Keine Ahnung, wo Siggi die wieder hergezaubert hat. Ihr müsst wissen, der Kuchen kann nur einmal verteilt werden, auch im Weinberg. Wenn ein Rebstock viel trägt, kommt von den Inhaltsstoffen, die einen guten Wein ausmachen, nur wenig in jeder Beere an. Trägt er dagegen schwach, sind die wenigen Beeren prall mit dem Besten gefüllt, was der Rebstock erbringen kann.«

»Und was meintest du mit dickschalig?«, wollte Niemeier wissen.

»Dazu wollt ich gerade kommen. Dicke Schalen ergeben dunkle Weine. Denn in den Schalen stecken die Farbstoffe. Der Most selbst ist ja auch bei roten Trauben durchsichtig. Verschiedene Klone haben nun verschiedene Ausprägungen dieser Eigenschaften. In Deutschland stehen leider viel zu viele von denen, die massig tragen. Da gilt es in den nächsten Jahren viel neu zu pflanzen. Die Zeiten, wo man laschen Wein verkaufen konnte, sind endgültig vorbei. Gott sei Dank!«

Niemeier holte ein Notizbuch hervor und strich energisch etwas durch. Er schien enttäuscht.

Herold stellte sich vor die beiden Streithähne. »So, jetzt klopft euch noch mal anständig den Dreck aus den Klamotten und reicht euch die Hände. Ich will nicht, dass meine Freunde sich streiten.«

»Nur wenn er die Plakate wieder abhängt!«, sagte Niemeier trotzig.

»Welche Plakate?«, fragte Herold.

Julius winkte ab.

»Auch egal. Das wird er bestimmt machen. Friede?«

»Friede«, sagten Julius und Niemeier im Chor.

Julius stellte den 6-fach-CD-Wechsler des Audis leiser. Das fiel ihm schwer, da gerade »Bach in Brazil« vom Ensemble Camerata Brazil lief. Ein Projekt, das den alten Eisenacher leichtfüßig nach Südamerika holte. Aber er musste mit François über Herold reden. Julius wusste von einer schlechten Angewohnheit des Südafrikaners, die sich nun nutzen ließ. Nach der Dreierrunde hatte er sich mit seinem Sommelier, der den Tag über in der Porzermühle geholfen hatte, auf den Rückweg gemacht. François musterte den Wagen kritisch.

»Gibt's den nicht auch mit Holz im Innenraum?«

»Ja.«

»Mhm.«

Dieses »Mhm« hieß, dass Holz die bessere Wahl gewesen wäre. Aber Julius hatte im Moment keine Lust auf ein Gespräch über unnötige Geldverschwendung.

»François, ich weiß, dass die Neugierde dir in die Wiege gelegt wurde. Du konntest es bestimmt nicht lassen und hast bei Herold herumgeschnüffelt. Wolltest wissen, ob du was Auffälliges entdecken kannst.« Der Sommelier verzog keine Miene. »Also: Was hast du herausgefunden?«

»*Herausgefunden*? Huh, das klingt ja, als wäre ich im Geheimdienst Ihrer Majestät tätig.«

»Zurzeit bist du noch in der ›Alten Eiche‹ tätig – aber der Job ist sehr begehrt!«

»Ist ja gut.« François ließ sich Zeit. »Wo fang ich am besten an?« Er schürzte die Lippen. »Mal sehen …«

Julius bremste abrupt. »Jetzt mach nicht so ein Bohei! Das ist kein Spiel! Das ist Ernst! Und von meinen Nerven ist nach dem Debakel im Altenahrer Eck nicht mehr viel übrig. Also erzähl jetzt *endlich*, ob du was in Erfahrung gebracht hast!«

Er fuhr wieder an, den Blick starr geradeaus. François richtete sein Haar, als wäre es gerade bei einem Kampf zerzaust worden.

»*Bon*. Die sechs verschwundenen Flaschen von Schultze-Nögel habe ich nicht gefunden. Aber die hätte er sicher längst weggeschmissen.«

Das mochte für normale Menschen gelten, dachte Julius. Aber Winzer waren Landwirte. Und Landwirte warfen nichts weg, das noch zu gebrauchen war. Wie sechs Flaschen Spitzenwein.

»Was sonst noch?«

»Er hat letztens sehr ausgiebig seine Gewehre geputzt. Aber mit Gewehren haben die Morde ja nichts zu tun.«

»Nein.«

Julius hielt es für besser, François nicht zu erzählen, dass die Polizei davon ausging, Markus Brück sei mit Waffengewalt in die Presse gezwungen worden.

»Was mich wundert, ist, wie viel Herold darüber redet, was mit

Schultze-Nögels Weingut passieren soll. Er redet nicht darüber wie jemand, der über den Vorgarten des Nachbarn spekuliert. Er redet darüber, als wäre es in Zukunft sein Vorgarten.«

Ein zufriedener Ausdruck erschien auf François' Gesicht. Er schien zu glauben, diese Information wäre von Bedeutung. Julius sah das anders.

»*Und*?«, fragte er.

François blickte beleidigt zum Seitenfenster hinaus, bevor er weitersprach.

»Herold zeigt keine große Anteilnahme. Im Gegenteil: Er redet nur darüber, was man womit bestocken müsste. Und welche Lagen er gemeinsam mit den eigenen ausbauen könnte. Sein Traum ist ein Spätburgunder-Cuvée aus allen großen Lagen der Ahr.«

»Meinst du, er wäre kaltblütig genug, um zu morden?«

François schaute Julius wieder an. »Absolut.«

»Und seine Frau wüsste dann etwas davon?«

»Bestimmt. Die beiden führen eine vorbildliche Ehe. Da weiß die eine Hand immer, was die andere tut.«

»Hast du was gehört von einem Termin in Koblenz, in der Nacht von Siggis Mord?«

»Koblenz? Warte …« François legte theatralisch einen Zeigefinger an die gesenkte Stirn. »Koblenz … das muss das Treffen bei der IHK-Sommelierschule gewesen sein. Das passt auch vom Zeitpunkt. Ja, da haben wir drüber geredet. Er hat mich gefragt, was ich von der Ausbildung dort halte, und meinte dann, er habe da ein Treffen gehabt, aber die besoffenen Köppe hätte er irgendwann nicht mehr ausgehalten und wär recht früh wieder zurückgefahren. Genau.«

Dann hatte Herold die Polizei in Sachen Alibi angelogen. Er war doch nicht lange auf dem Termin gewesen. Er musste darauf spekuliert haben, dass sich die angetrunkenen Schuloberhäupter nicht an die genaue Uhrzeit seiner Abfahrt erinnern würden. Riskant. Aber Herold war ein Pokerspieler. Er liebte das Risiko. Wie so viele Spitzenwinzer. Jeden Herbst galt es zu entscheiden, wann die Trauben zu lesen waren. Mit jedem Sonnentag erhöhte sich der Öchslegrad – und damit die Qualität und der Preis, den man für den Wein bekam. Regnete es jedoch, sogen sich die Trauben voll mit Wasser, und wenn es ungünstig lief, fingen sie an zu faulen. Julius wusste aus den letzten Jahren, dass Herold in dieser Zeit immer wie elektrisiert war. Er pokerte gerne hoch, obwohl er schon so manche Teilernte verloren hatte.

Es würde zu ihm passen.

»Und am Tag, als Markus …?«

»Da war er im Weinberg. Ich hab mit den Polen drüber geredet. Das Alibi ist bombenfest.«

Julius kam eine Idee.

»Wo war Christine?«

»Wo soll sie gewesen sein? Im Büro vermutlich, wie immer.«

»Und da ist sie …«

François konnte Julius Gedankengang folgen. »… allein. Da macht sie alles *allein*.«

Julius stellte die Musik wieder lauter. Das Allegro des sechsten Brandenburgischen Konzertes ertönte mit brasilianischem Schwung und ließ die verschnupfte Jahreszeit vergessen. Der dicke Leipziger Thomaskantor bewegte sich zum Choro wie ein junger Gott.

»Eins hab ich noch vergessen!«, fiel François ein. »Oder hat Herold dir eben von der Weinbruderschaft erzählt?«

»Nein. Was ist denn mit der Weinbruderschaft?«

»Nächste Woche Montag ist es so weit. Du wüsstest schon, was.«

Die Aufnahmezeremonie. Das hatte er völlig vergessen. In seinem mentalen Terminkalender machte Julius eine kurze Notiz. Montag: ins Haifischbecken springen.

Julius wollte sich nach dem Stress entspannen. Aber dafür fehlte die Zeit. Julius wollte ein neues Rezept ersinnen. Aber dafür fehlte die Muße. Doch er musste. Der Kritiker des Michelin konnte schon heute Abend auftauchen. Und das Menü war noch nicht komplett. Zurzeit stand auf der Karte eine wenig einfallsreiche

Cremesuppe von der Brunnenkresse. Die schmeckte zwar vorzüglich, war aber in der Spitzengastronomie häufiger anzutreffen. Das würde nicht reichen. Nicht in diesem Jahr.

Suppen hatte er stets aus Kochbüchern geholt. Natürlich variiert. Verfeinert. Doch waren es niemals *seine* Kreationen. Noch nie hatte er eine Suppe erfunden. Sie fehlte, wie Ivan Lendl Wimbledon. Darum wollte er sie umso mehr. Doch er hatte die passende Musik noch immer nicht. Julius stand auf und stellte die Bruckner-CD ab. Auch Bruckner konnte keine Suppe kochen. Enttäuscht ließ Julius sich in den über die Jahre weich gewordenen Ledersessel fallen. Sein Kopf war leer wie ein Frühstücks-Büfett nach dem Ansturm der Pauschaltouristen.

Julius presste die Augenlider zu und versuchte, sich irgendetwas Essbares vorzustellen. Einen Startpunkt für die Suppe. Aber er sah nichts. Nichts schien ihm geeignet. Kein Fleisch, kein Gemüse, kein Gewürz. Alles war falsch. Er stand auf und lief im Wohnzimmer umher, stützte sich gegen die Regalwand, schaute aus dem Fenster auf den Garten. Die nun kahlen Rebstöcke, die er zum Spaß gepflanzt hatte, die Blautanne, welche die Eltern zu seiner Geburt eingesetzt hatten, den selbst gemauerten Grill am Ende des Grundstücks vor dem hölzernen Geräteschuppen. Er dachte darüber nach, dass er schon längst einen neuen kaufen wollte, im Blockhausstil, wo man auch …

Julius wandte sich wütend ab. Warum konnte er sich nicht konzentrieren?! Die Zeit drängte, und er dachte an Gartenhäuschen! Da schaffte er es schon mal, *nicht* an den Mörder zu denken, und dann das! Es würde heute nicht funktionieren. Und er hatte keine Lust, einen weiteren Komponisten zu verheizen. Vor Bruckner hatte schon Mahler versagt. In dieser Stimmung würde keiner zum gewünschten Ergebnis führen. Er ließ sich wieder in den Sessel fallen, umkrampfte die Lehnen, bohrte die Fingernägel hinein. Tief ein- und ausatmen, dachte Julius, ist doch bloß eine Suppe. Was ist das schon? Doch bloß gequirlte …

Herr Bimmel sprang ihm auf den Schoß und drückte sein

Köpfchen gegen Julius' Brust. Er wollte gestreichelt werden. Julius fuhr mit beiden Händen an den Flanken entlang. Der Kater streckte den Schwanz kerzengerade empor und presste die Stirn fester an Julius. Dann begann er zu tritteln. Wie er es als Kind bei der Mutter gelernt hatte, um den Milchfluss anzuregen. Kleine, drückende Bewegungen mit den Vorderpfoten. Er tat dies nur, wenn er sich wohlfühlte. Nach einem letzten Tritt rollte Herr Bimmel sich auf Julius' Schoß zusammen, begann zu schnurren und hob das Köpfchen. Julius wusste, dass er besser über eine Suppe sinnieren sollte – aber der Kater ging vor. Er konnte dem kleinen Pelztier schließlich nicht erklären, warum es auf Streicheleinheiten verzichten musste. Also begann er, Herrn Bimmel zu kraulen, genau zwischen den schwarzen Ohren, bis vorne über das Näslein. Das Schnurren wurde tiefer und gutturaler. Julius kam ins Nachdenken. Der Kater würde keine Probleme haben, eine Suppe zu erfinden. Er würde einfach alles hineinschmeißen, was er mochte. Fertig. Huhn würde drin sein, klar. Und Milch, oder besser: Sahne. Das Schnurren begann einer eigenen Melodie zu folgen. Katze müsste man sein, dachte Julius, dann wäre das Leben so einfach. Er würde die Suppe natürlich viel raffinierter machen. Er würde zum mit Sahne verfeinerten Hühner-Consommé – ach besser: Bressehuhn-Consommé – Kohlrabi, Möhren, Sellerie, Paprika und Tomaten geben. Klein gewürfelt.

Der ganze Kater schien nun zu schnurren. Wohlig und zufrieden. Mit der Welt im Einklang, wie es wohl nur ein Tier sein konnte.

Das wäre dann schon eine spannendere Suppe als die einfache Herr-Bimmel-Variante, grübelte Julius. Aber sternekochreif wäre auch diese Kreation nicht. Dafür fehlte das Geniale, das Unerwartete. Herr Bimmel würde … Ja! Herr Bimmel würde bestimmt noch Äpfel hineingeben. Weil er die so gerne aß. Julius hatte noch von keiner anderen Katze gehört, die diesen Geschmack teilte. Aber Herr Bimmel liebte sie, schön kleingeschnitten natürlich. Als Katze von Welt hatte man für so was seine Leute. Also Äpfel …

dann würde noch etwas Zucker dazugehören und Zitronensaft. Und Pfeffer! Ja, *das* wäre eine Suppe! Natürlich müssten Äpfel verwendet werden, die jetzt im Herbst reif waren und einen guten Namen hatten.

Herr Bimmel schnurrte genüsslich. Die Hinterläufe bewegten sich, als jage er eine große, appetitliche Maus.

Ein grüner Apfel mit viel Säure. Ja, dachte Julius, ich würde einen Champagner Renette nehmen. Eine gute, alte französische Sorte. Fest, saftig, erfrischend. *Das* wäre eine Kreation! Sie würde »Pikante Champagner-Renette-Suppe« heißen. Natürlich würde noch ein kleiner Schuss Champagner dazugehören.

Das wäre wirklich raffiniert!

Der Kater drehte sich auf den Rücken und präsentierte sein Bäuchlein, das im Gegensatz zum sonstigen Fell weiß war und sich wie eine Schäfchenwolke bis über die Brust zog.

Julius konnte es nicht fassen. Das Menü war komplett! Endlich! Er blickte auf den Kater und herzte ihn. Da hatte er so lange nach der passenden Musik gesucht, wo er doch den besten Solisten von allen in der Familie hatte! Es hatte seiner wahren Lieblingsmusik gebraucht, um endlich eine Suppe zu kreieren: Katzenschnurren. Und Herr Bimmel, seines Zeichens ausgebildeter Bariton, war ein echter Meister dieser Kunst. Dafür würde es jetzt Käse-Rollis geben. Das Essen der Stars.

Bevor Julius die Suppe das erste Mal kochte, wollte er Kraft tanken, sich das Hirn durchpusten lassen. Er hatte einen Ort dafür, und er war auf dem Weg. Es hieß nur zweimal rechts abbiegen von der Landskroner Straße, dann folgte Wildnis. Die einsamste Wildnis des Ahrtals zumindest. Dort war weder mit bekannten Gesichtern noch mit unbekannten zu rechnen. Am ehesten noch mit pelzigen, aber die waren so scheu, dass sie wegsprangen, -rannten oder -hoppelten.

Julius blickte zum Seitenfenster hinaus, zu den Pfeilern der Autobahnbrücke, die das Ahrtal überspannte. Die A61 toste darüber, oben in der Ferne. Kein Anblick, den Ahrschwärmer schätzten. Wer ins Tal kam, der wollte sich der Illusion unberührter Landschaft hingeben. Idealerweise ohne Strom und fließend Wasser – außer natürlich in den Ausflugslokalen.

Julius nahm einen landwirtschaftlichen Weg in den Wald, der östlich der A61 hinter dem Heppinger Berg lag. Dann parkte er einfach an der Seite. Aus dem Kofferraum holte er ein Paar Gummistiefel. Ein kleines Messer und ein Korb lagen daneben. Das reichte als Ausrüstung. Zur Entspannung gab es nichts Besseres als Pilzesammeln. Auf dem Hinweg hatte Julius sich überlegt, dass er heute Herbsttrompeten suchen würde. Er wollte damit den Fasan mit Riesling-Sauerkraut und Maronen ein wenig aufpeppen. Nur für den Abend, zum Ausprobieren.

Julius stapfte über den weichen Waldboden. Jetzt hieß es Ausschau halten nach Buchen und Eichen. In deren Schatten lebte der würzige Pilz gerne, am liebsten mit der ganzen Großfamilie. Dicht wie ein Baldachin schloss sich das Blätterwerk über Julius, als er tiefer in den Wald glitt. Er wanderte im Zwielicht der durchscheinenden Sonnenstrahlen wie in einer verwunschenen, besseren Welt. Den Horror der zurückliegenden Morde und der bevorstehenden Aufnahmezeremonie hinter sich lassend wie unnützes Gepäck. Julius musste an die Zen-Weisheit denken, welches Geräusch ein fallender Baum macht, wenn niemand zuhört. Draußen mochte vorgehen, was wollte, er war nun hier.

Ein Satansröhrling prangte nahe einer Fichte. Ein prachtvolles Exemplar. Bestimmt zwanzig Zentimeter Durchmesser, schätzte Julius. Er ließ den seltenen, giftigen Pilz stehen. Auch die unzähligen Flaschenboviste, die überall verstreut blendend weiß aufschienen. Julius kam sich vor wie bei einem anderen Volk zu Gast. Kein Wunder, dass der Volksglaube Zwerge erfunden hatte. Irgendwie sah es aus, als würden sich kleine Männchen mit großen, bunten Hüten überall im Wald verstecken. Ganz still. Und es war tatsächlich still, denn der Wald verschluckte den Lärm der Autobahn, als wäre es nur das Brummen einer dicken Hummel. Julius begann zu pfeifen. Diese Augenblicke des Friedens hatte er wirklich nötig. Sein Glück komplett machend, tauchte in Sichtweite eine Kolonie Herbsttrompeten auf. Der dunkelbraune Pilz war gut zu erkennen, verdankte er den Namen doch seiner unverwechselbaren Form. Wie ein Spot beim Rockkonzert brach genau zu den Herbsttrompeten ein Lichtstrahl durch. Zwischen Moosen und verfärbten Blättern lugten sie nahe einer Buche hervor. Voller Vorfreude stiefelte Julius darauf zu, das Messer bereithaltend. Merkwürdigerweise ging von den Pilzen ein unangenehmer, modriger Geruch aus. Julius hockte sich hin, um zu sehen, ob etwas mit ihnen nicht stimmte, ob vielleicht ein Waldbewohner zu enthusiastisch gedüngt hatte. Aber die Pilze waren makellos. Julius schnitt sie ab und halbierte einige, um zu sehen, ob Maden sie befallen hatten. Die kleinen Köstlichkeiten waren kerngesund. Der stechende Geruch wurde stärker. Julius vermutete ein verfaulendes Tier, einen Fuchs vielleicht. Dann würde er den Jagdpächter, in diesem Fall Antoine Carême, den Chef des »Frais Löhndorf«, informieren müssen, damit sich Fuchsbandwurm oder Tollwut nicht ausbreiten konnten. Julius sah sich um. Nichts. Nur braungrüner Waldboden und Bäume, die stumm dastanden wie die Terrakotta-Armee des Ersten Kaisers.

Er ging um die große Buche vor ihm herum, vorsichtig bedacht, nicht auf die Ursache des widerlichen Geruchs zu treten. Er fand: Wurzeln, Moose, Pilze, Farne, Blätter. Sonst nichts. Der Gestank war hier so stark, dass Julius den Pullover über die Nase zog. Er trat auf einen kleinen Erdhügel, um einen besseren Überblick zu haben.

Der mit welken Blättern bedeckte Hügel war weich.

Viel zu weich.

Julius sprang herunter, fiel dabei unglücklich mit dem Gesicht voran in den feuchten Waldboden. Mühsam stand er wieder auf und griff sich einen herumliegenden Ast, um die Blätterdecke vom Hügel zu wischen. Der Gestank war nun so durchdringend, dass Julius unwillkürlich zurückwich. Doch dann fasste er sich ein Herz und stocherte mit dem Ast in der Erhebung.

Er stieß auf etwas Hartes.

Julius nahm eines seiner Menthol-Taschentücher, hielt es vor die Nase, beugte sich vor und schob die Blätterdecke großflächig weg.

Ein Schuh kam zum Vorschein. Merkwürdig zur Seite geknickt. Der helle, mit Neonstreifen verzierte Adidas-Treter schimmelte bereits.

Plötzlich schien der Wald zu verstummen. Julius hörte nichts mehr außer seinem keuchenden Atmen. Und das fiel ihm immer schwerer. Der beißende Geruch hatte sich wie ein hungriger Hund durch das dünne Papiertuch gefressen.

Julius schluckte, um die aufkommende Übelkeit zu unterdrücken, und stieß die Blätterdecke weiter fort. Ein Bein erschien. Die blaue Jeans dreckig und feucht. Schmutzige Schleifspuren liefen darüber.

Er stocherte weiter.

Die Gliedmaßen tauchten auf. Unnatürlich verdreht.

Er schloss die Augen, um das Bild wegzudrücken. Es blieb.

Julius warf das Taschentuch weg, trat näher an die Leiche und drückte hastig die restliche Blätterdecke fort. Legte sie frei. Ekel durchschauderte ihn. Doch er widerstand dem Drang, sich zu übergeben. Der Wald hatte längst begonnen, die Leiche in Besitz zu nehmen. Das Gesicht übersät mit Maden, Nase und Augen eingefallen, die Zähne unter den angefressenen Lippen wie zu einem Grinsen gebleckt.

Das Verlangen, diesen Ort zu verlassen, wurde übermächtig. Julius warf den Stock weit weg, als klebe der Tod an ihm, und ging hastig rückwärts Richtung Auto. Er traute sich nicht, dem Toten den Rücken zuzuwenden. Eine unerklärliche Angst war in ihm aufgestiegen. Allein zu sein mit dem Toten im Wald. Erst als die Leiche außer Sichtweite war, drehte er sich um und rannte zum Wagen zurück. Dort angekommen löste er das Handy aus der Halterung und wählte die Nummer der Polizei.

Jemand nahm ab.

Julius legte auf.

Er hatte keinen Zweifel, wer der Tote im Wald war. Turnschuhe, eine Jeans, eine jugendliche Statur: Bernard Noblet, der vermisste Franzose. Julius hatte auch keinen Zweifel daran, dass ihn dieser Fund in den Augen der Kommissarin noch verdächtiger machte. Denn damit waren es zwei Leichen, die er zufällig entdeckt hatte. Also würde er ihn nicht melden. Und doch würden sie irgendwann seine Fußspuren im nassen Waldboden nahe der Leiche entdecken, die Reifenspuren des Audis am Wegrand.

Er saß in der Falle.

VII

»Sippe En Surprise«

Julius' Schlafzimmer lag im daunenweichen Dämmerlicht des Morgens. Als er die Augen öffnete, wusste er, dass dieser Tag noch schlimmer werden würde als der letzte. Nicht, weil er mit dem linken Fuß zuerst aufstand – so etwas hielt er für Unfug. Auch nicht, weil er schlecht geschlafen und Alpträume über kulinarische Katastrophen gehabt hatte. Der Grund war: Herr Bimmel hatte noch nicht das Frühstück eingefordert. Er maunzte nicht vor der Schlafzimmertür. Das lag zweifellos daran, dass er sich gestern den Magen mit Käse-Rollis voll geschlagen hatte, änderte aber nichts an der Tatsache: Tage, an denen der Kater morgens schwieg, brachten nichts Gutes.

Julius vollzog stumm Morgenwäsche, Anziehen und Frühstück, ging dann die wenigen Schritte ins Restaurant und traf auch dort auf Schweigen. Franz-Xaver stand vor der Tür Spalier, den Kopf gesenkt, als erwarte Julius das Schafott. Aber auf einem der Tische des Restaurants fanden sich nur drei harmlose Zeitungen: Rhein-Ahr-Rundschau, General-Anzeiger und Rhein-Zeitung. Alle von Franz-Xaver in einem Anflug von Melodramatik auf Silbertabletts gelegt. Julius näherte sich ihnen wie giftigen Schlangen, die eingerollt darauf warteten, dass jemand die Hand zu weit ausstreckte.

Da stand es Schwarz auf Recycling-Grau, zusammen mit einem Foto, das nichts außer Wald und Polizeifahrzeugen zeigte.

Vermisster Franzose tot aufgefunden

Von unserem Korrespondenten Ignaz Wrobel

Bad Neuenahr. Der dritte Mordfall innerhalb von nur zwei Wochen erschütterte gestern das Ahrtal. Eine solche Serie gab es noch nie in der ländlichen Region. Bernard Noblet, Praktikant beim Weingut Porzermühle, wurde nahe der A61 bei Heppingen tot in einem Waldstück entdeckt. Der Tote befand sich bereits im fortgeschrittenen Stadium der Verwesung. Wie die Autopsie ergab, wurde der 27-jährige Franzose erschossen. Bernard Noblet war in Frankreich mehrfach vorbestraft wegen kleinerer Delikte, darunter Einbruch und Autodiebstahl. Die Leiche soll noch diese Woche in die Heimatstadt Dijon überführt werden. Die Eltern waren bisher zu keiner Stellungnahme bereit. Der Fall hat auch in Frankreich für großes Aufsehen gesorgt, da er in Verbindung mit den Morden an dem Winzer Siegfried Schultze-Nögel und dessen Kellermeister Markus Brück gebracht wird. Die Polizei wies solche Spekulationen jedoch weit zurück. Kommissarin von Reuschenberg sagte in einer kurzfristig anberaumten Pressekonferenz: »Noch gibt es keine sicheren Hinweise darauf, dass die drei Morde in Zusammenhang stehen. Zudem wurden die Tötungsdelikte im Weingut Schultze-Nögel nicht mit Schusswaffen verübt, wogegen Bernard Noblet mit drei Einschüssen eines Gewehres aufgefunden wurde.

Julius wusste, dass von Reuschenberg bluffte. Sie vermutete bestimmt, dass es sich um ein und denselben Täter handelte. Immerhin ging sie davon aus, dass Markus Brück mit vorgehaltener Waffe in die Presse gezwungen worden war. Julius las weiter, was die Kommissarin zum Besten gegeben hatte:

Zur Aufklärung der Fälle wurde unser Kommissariat aufgestockt. Wir arbeiten mit allen Mitteln daran, die Verbrechen schnellstmöglich aufzuklären. Es besteht keine Gefahr für die

Bevölkerung. Wir gehen nicht davon aus, dass mit weiteren Morden zu rechnen ist.«

Das musste sie wohl sagen, dachte Julius. Nach einem Absatz folgte der Teil, auf den er gespannt war:

Nachdem die polizeiliche Suche nach dem Franzosen erfolglos verlief, war es ein Wanderer, der die Leiche fand. Der nicht namentlich genannte Mann steht noch unter Schock.
Das Waldstück ist nicht Teil eines ausgewiesenen Wanderweges durch das Tal. Dadurch, vermutet die Polizei, blieb der Tote so lange unentdeckt. Jagdpächter Antoine Carême vom ›Frais Löhndorf‹ zeigte sich entsetzt. Auf Anfrage teilte er mit, das Waldstück sei seit Wochen nicht mehr kontrolliert worden, da sein Restaurant ihn so in Anspruch genommen hätte. Die Untere Jagdbehörde will ein Fehlverhalten seinerseits prüfen.

»Sie haben sich dran gehalten!«, sagte Franz-Xaver. »Unser Plan is aufgegangen!«

»Aber für wie lange?«, fragte Julius. »Irgendwas haben wir bestimmt vergessen, irgendwann kommen sie uns drauf. Ich glaube, von Reuschenberg vermutet bereits was. Sie hat mich so angeschaut …«

»Sie hat dir schöne Augen gemacht, Meisterkoch!«, scherzte Franz-Xaver.

»Wenn das schöne Augen waren, will ich nicht wissen, wie ihre bösen aussehen.«

Franz-Xaver klopfte seinem Chef freundschaftlich auf den Rücken. »Mach dir keine Sorgen, wir haben unsere Hausaufgaben brav gemacht: Das Körberl und alle Schwammerln eingesammelt, deine Fußabdrücke im Schmodder verschmiert. Na gut, den Stock, mit dem du die Leichen ausbuddelt hast, haben wir net gefunden, aber nach so was suchen die ja eh net.«

Julius sagte nichts, las stattdessen die Leitartikel der anderen beiden Zeitungen. Sie schrieben grob dasselbe. Er schüttelte den Kopf. »Es ist einfach zu offensichtlich, dass ich dich vorgeschoben habe.«

Franz-Xaver griff sich eine Flasche der Destillate, die um eine Säule im Inneren des Restaurants aufgestellt waren. »Jetzt trink erst mal ein Schluckerl Rheinischen Bohnapfel, um den Kopf klar zu bekommen. Was is schon dabei, wenn du deinen Maître d'hôtel zum Schwammerlsammeln schickst und ihm netterweise deinen Wagen und deine Gummistiefel zur Verfügung stellst? Für so was würd ein Angestellter normalerweise natürlich einen Sonderzuschlag erwarten …«

Julius kippte den Brand in einem Schluck runter. Ihm war nicht nach Späßen zumute. Franz-Xaver fuhr fort mit seinem kleinen Resümee des gemeinsamen Coups.

»Es kann auch niemand was dagegen sagen, dass wir die Polizei gebeten haben, net meinen Namen zu nennen. Es is ja ganz offensichtlich, dass des ein schlechtes Licht auf des erste Haus am Platze geworfen hätt.«

Julius hob sein Glas, andeutend, dass er Nachschub benötigte.

»Außerdem, Julius, gibt es auch gute Nachrichten. Du hast dir die Zeitung noch gar net richtig angeschaut. Auf der Seiten zwei findest du was wirklich Erfreuliches!«

Julius griff zögerlich nach der Zeitung und blätterte sie auf.

Er las.

Er hob sein Glas.

Franz-Xaver schüttete nach.

»*Mehr*!«, sagte Julius.

Franz-Xaver goss nach.

Julius trank und hob das Glas postwendend wieder.

»Ja, *freust* dich denn net?«

Neben Hans-Huberts Anzeige für den jetzt jeden Mittwoch angebotenen »Original Rheinischen Sauerbraten mit Pferdefleisch« stand ein Artikel unter der Überschrift »Die kulinarische Detektei«. Darin wurde über die »Alte Eiche« berichtet und dass deren Besitzer und Chefkoch Julius Eichendorff Nachforschungen anstellte, um die Unschuld seiner Großcousine zu beweisen. Ein echter Heldenartikel.

»Hast du etwa damit zu tun, mein Sohn Brutus?«

»Natürlich! Is des net eine fesche Werbung für die ›Alte Eiche‹? Ein *kochender* Detektiv, des is eine Schau!«

»Ich *bin* aber kein kochender Detektiv! Ich bin überhaupt kein Detektiv! Meinst du nicht auch, die Leute glauben jetzt, ich steh nicht mehr selbst in der Küche, weil ich ja Mördern nachjagen muss?!«

»I wo!«

»Glaubst du etwa nicht – schenk mir mal nach! –, dass sich die Presse jetzt auf mich stürzen wird? Und weißt du schon, dass du deinen viel zu gut dotierten Job verlierst, wenn du nicht jeden Einzelnen davon abwimmelst?«

»Du meinst wirklich, es war *keine* gute Idee?«

»Sag denen, das Detektivbüro sei für immer geschlossen, bei uns würde nur noch gekocht, und über nichts anderes sollen sie schreiben.«

Julius bewegte sich langsam Richtung Küche. »Das Beste an deinem Werbe-Gag, lieber Franz-Xaver, ist: Jetzt weiß der Mörder, dass ich hinter ihm her bin.«

Julius ging durch die Schwenktür in die Küche. Dann ließ er einen Schrei los. Jetzt ging es ihm besser. Franz-Xaver jedoch nicht, denn der hatte vor Schreck die Schnapsflasche fallen gelassen.

Die Lust am Ermitteln war ihm gründlich vergangen. Aber um Lust ging es schließlich nicht, dachte Julius, als er auf den Parkplatz vor dem Weingut Schultze-Nögel einbog. Zum Aufhören war es zu spät. Wer in einem Floß auf die Niagara-Fälle zutrieb, konnte nicht plötzlich aufhören, zu paddeln.

Es hieß weitermachen. Julius war eingefallen, dass er eine Informationsquelle bisher vernachlässigt hatte. Dazu noch eine, die für gewöhnlich gut unterrichtet war. Die Quelle stand zurzeit neben einem großen Inox-Stahl-Weinbehälter und säuberte ihn mit einem Wasserschlauch.

»Du bist lang hier dieses Jahr, Józef!«

Józef gehörte zum Inventar des Weinguts. Der polnische Erntehelfer machte jedes Jahr die Reise vom Riesengebirge an die Ahr, um sich etwas dazuzuverdienen. Er lächelte Julius an, wie er immer lächelte. Es war, als lächelte der ganze Józef, als sei der gesamte Körper des alten Mannes voller Freude. Julius hatte sich schon oft gewünscht, sich eine Scheibe von Józefs Glück abschneiden zu können. Aber Glück, das wusste Julius, war ein körpereigener Stoff. Man konnte ihn nur selbst produzieren.

»Schönen guten Tag, Herr Eichendorff! Viel Arbeit dieses Jahr, wo Chef doch ist gestorben …« Józef legte den Schlauch auf den Boden und reichte Julius die Hand. Sie hatte Bratpfannengröße.

»Und was sagt deine Familie dazu, dass du so lang weg bist?«

»Was soll schon sagen?« Er zuckte mit den Schultern. »Sind froh, wenn ich heimbringe mehr Geld, das sind sie.«

»Wer ist denn sonst noch dageblieben?«

»Nur Alte, Zbigniew und Piotr. Mein Sohn Aleksander musste wieder gehen, studieren. Der Junge hätt gut gebrauchen können das Geld.«

Genug der Vorrede, dachte Julius.

»Józef, ich wollte dich etwas fragen.«

»Nur immer heraus, Herr Eichendorff! Józef weiß immer Antwort!« Sein Lächeln wurde noch breiter, und er fügte hinzu: »Meine Frau sagt aber was anderes!«

Julius musste lachen. Er kannte Józefs Frau nicht, konnte sie sich aber mittlerweile gut vorstellen. Ein Hausdrachen sondergleichen, mit einem gut genährten Herz aus Gold.

»Als Siggi ermordet wurde, an dem Tag, bevor man ihn fand, ist dir da was aufgefallen? War da wer im Weingut, gab's da Streit?«

Józef überlegte und schob mit dem Fuß den Wasserschlauch

Richtung Gully. »Nein, kein Streit. War immer friedlich, nie eine böse Wort.«

»Kam denn noch jemand vorbei, um was zu holen oder so?«

»Nur Mann von dem ›Himmel und der Äd‹, ich den Namen nicht weiß …«

»Prieß.«

»Das kann schon sein.«

»Und der hat was gemacht?«

»Der wollt abholen Wein, hat er gesagt. Hat mich nämlich gefragt, wo Chef ist, er wollt ein paar Kisten von die Beste mitnehmen. Ist dann aber ohne gefahren. Sonst kam keiner. War viel Arbeit an den Tag.«

»Und als Markus …?«

»Oh, das weiß ich nicht. Da ich war im Mönchberg. Faule Trauben rausschneiden wegen die Eiswein.«

»Hast du vielleicht einen Verdacht, wer's gewesen sein könnte? Du hörst doch bestimmt viel?«

»Nein, nein, zwei so gute Chefs! Wer macht so was? Was sind das für Leute? Also, was einige Zeitungen schreiben, dass es gewesen sein soll die Frau Chefin. Nein!«

Er machte eine Bewegung, die klarstellte, was er davon hielt: In den Mülleimer damit. So was dachte man in Józefs Welt nicht einmal.

»Danke, Józef! Du hast mir sehr geholfen. Viele Grüße an die Familie! Und arbeite nicht so viel!«

»Ach, Herr Eichendorff! Ist noch so viel zu tun! Muss noch alles reinigen und nächste Woche auch richtig durchkehren, für Winter. Ist immer Arbeit da!«

»Das kenn ich nur zu gut. Tschüss, Józef!« Julius drehte sich um und ging zurück zum Wagen.

»Herr Eichendorff, tun Sie mir einen Gefallen bitte. Streicheln Sie den Moritz, wenn Sie gehen zum Auto. Der arme Hund ganz traurig daliegt, ist ganz allein, seit Chef tot. Rennt durch die Gegend wie Waisenkind. Gestern sogar bis Marienthal, auf der großen Straße! Hat ihn dann einer zurückgebracht. Gott sei's gedankt!«

Julius fand den Hund auf einer alten Karodecke in der Sonne liegend. Moritz schaute ihn aus seinen treuen Cockeraugen traurig an.

»Hat denn keiner Zeit, mal mit ihm zu spielen?«

»Spielen! Will nicht mehr spielen, seit Chef ist tot. Und sein alter Stock auch verschwunden. Wahrscheinlich hat der Herr Herold ihn geworfen weg. Der ist ja sehr, sehr ordentlich. Da darf ja nichts rumliegen in Weingut, was da nicht gehört hin.«

Als Julius den Hund kraulen wollte, senkte dieser den Kopf mit einem Schnaufen und schloss die Augen. Ein paar Streicheleinheiten bekam er trotzdem. Merkwürdig, dachte Julius, eigentlich hatte die Beziehung zwischen Hund und Herrchen nie sonderlich herzlich gewirkt. Aber man konnte eben nicht in die Herzen blicken.

Nach einem Zwischenstopp zu Hause machte sich Julius, standesgemäß eingekleidet, auf den kurzen Weg zum »Milsteinhof«. In dem Golfclub-Restaurant am Remagener Weg, fast genau in der Mitte zwischen Kirchdaun und Bad Bodendorf gelegen, war ein neuer Pächter eingezogen. Die Restaurateurs-Riege wollte testessen, feststellen, welche Konkurrenz sich da auftat. Julius machte sonst einen weiten Bogen um das Mekka der besseren Gesellschaft. Bei der Mitgliederaufnahme des Clubs gab es eine Warteliste bis nach Köln – aber Julius war sowieso nicht erpicht darauf, einen kleinen, unschuldigen Ball über eine große Wiese zu prügeln, um ihn schließlich in ein winziges, dunkles Loch kullern zu lassen.

Vorbei an schicken 7ern, blitzenden S-Klasse-Modellen und roten Porsche Carreras ging Julius zum Eingang, nicht ohne den ein oder anderen Blick auf die spielenden Damen zu erhaschen. Heute war Ladies' Day, und die weibliche Talprominenz schwang vergnügt die Golfschläger.

Am Eingang begrüßte ihn ein wohlbekanntes Gesicht.

»Herr Eichendorff, schön, Sie mal wieder zu sehen!«

»Uli! – Sag, als du noch bei mir gearbeitet hast, sahst du irgendwie entspannter aus.«

Die quirlige Brünette warf ihm einen leicht vorwurfsvollen Blick zu. Sie erinnerte eher an eine Hochspringerin als an eine Golferin. Julius kannte die Azubine gut, bis letztes Jahr war sie in seiner Restaurantbrigade tätig gewesen, bevor der Milsteinhof das hübsche Mädchen geködert hatte.

»Das kann ich mir kaum vorstellen, dafür waren die Zahlen auf meinem Gehaltsscheck einfach zu klein. Mein alter Chef wusste nicht, was er an mir hatte!«

Sie ist noch kesser geworden, dachte Julius. Schade, dass er sie an die Golfer verloren hatte.

»Dein alter Chef muss wirklich ein dummer Hanswurst gewesen sein. Leute gibt es …« Uli lachte und nahm Julius den Mantel ab. »Wenn ich deinen alten Chef sehe, werde ich ihm sagen, dass er dir bei Gelegenheit ein saftiges Trinkgeld geben soll. Das ist ja wohl das Mindeste!«

Julius erntete ein strahlendes Lächeln. »Die anderen sind schon da. Unser Koch ist ganz unruhig, hat ja nicht gewusst, was da heute auf ihn zukommt. Herr Rude hatte unter falschem Namen reserviert!«

»Gleiche Bedingungen für alle. Wir wollen nur das essen, was auch jeder andere Gast bekommt.«

»Ich hab das von Ihnen in der Zeitung gelesen. Find ich ganz prima, dass Sie sich so für Ihre Verwandtschaft einsetzen!«

»Ach, *das*. Es wird alles nur halb so heiß gegessen wie gekocht, Uli. Und wenn einer so was sagen kann, dann ich.«

Uli blickte in Richtung Restaurant. »Herr Carême und Herr Prieß nehmen das mit dem Testessen ja sehr ernst. Das muss ich schon sagen. Aber wir liegen natürlich auch in direkter Konkurrenz. Genau wie zu Ihnen!«

Julius war verwundert. »Wieso nehmen nur die beiden es sehr ernst? Haben die etwa wieder doppelte Portionen bestellt?«

»Neeeein. Die zwei waren vor knapp einer Woche schon hier.

Haben sich extra einen Tisch in der Ecke geben lassen, weit weg von den anderen Gästen. Wollten wahrscheinlich kein Aufsehen erregen, wenn Sie das Essen kritisieren. Das fand ich sehr höflich.«

»Ja, das ist es tatsächlich.«

Und untypisch für Prieß, dachte Julius. Höflichkeit stand bei diesem auf der Liste der unnützen Tugenden. Auf Platz 1. Und noch etwas war merkwürdig an der Sache. Es war nicht üblich, dass Mitglieder des Restaurateurs-Stammtisches ohne den Rest der Gruppe testessen gingen.

»Sie haben auch über den armen Herrn Schultze-Nögel geredet. Als ich servierte, sprachen sie gerade über ihn. Das ist ja eine ganz schlimme Sache. Mord hier im Tal. Und nicht nur einer! Wer denkt denn an so was?«

»Leider nur der Mörder. Hätten die Opfer dran gedacht, wären sie jetzt noch unter uns. – Wo sitzt die illustre Runde?«

Uli führte ihn zum Tisch und rückte den Stuhl zurück, damit er Platz nehmen konnte. Das Innere des Restaurants war so hell, dass Julius sich wie in einer Kalksteinhöhle vorkam. Im Hintergrund lief klinisch tote verpopte Klassik, aber davon bekam Julius im Augenblick nichts mit, denn Gerdt Bassewitz, Hans-Hubert Rude, Antoine Carême und Tommy Prieß klatschten ihm lachend Beifall.

»Da ist ja endlich unser *kulinarischer* Detektiv!«, sagte Prieß.

»Ich hoffe, du willst keinen von uns verhaften!«, rief Bassewitz prustend.

Jetzt wurde das Lachen noch lauter. Hans-Hubert reichte Julius die Menü-Karte.

»Setz dich erst mal. Wir haben schon für dich mitbestellt. Das Ahr-Menü.«

»Klingt verlockend!«, meinte Julius.

»Und? Rennen sie dir schon deine Restaurant ein? Wer will nicht bei ein *Meisterdetektiv* speisen?«, fragte Antoine.

»Lasst gut sein, Jungs! Vergesst das lieber ganz schnell. Ich hab mich nur ein bisschen umgehört, das war's auch schon. Ich bin weiterhin Koch.«

»Zumindest im Hauptberuf!«, ergänzte Bassewitz.

»Ich gäb was für so ein Ruf! Könnt ihr euch vorstellen, was bei mir los ist, seit den Zeitungen geschrieben haben, dass die Leiche in mein Pacht lag? Wie sieht denn das aus! Ich bekomm Absagen über Absagen! Von den Trüffelreise ins Languedoc, die ich im Januar anbiete, sind heut schon vier abgesprungen! Und ich hab doch den Hotel schon gebucht!«

Antoine gestikulierte so wild, dass er fast seine Champagnerflöte umschmiss. Julius legte ihm beruhigend die Hand auf den Arm.

»Das renkt sich schon wieder ein«, sagte er. »Wenn ich Pech habe, ist mein Haus demnächst komplett leer.«

Alle Blicke richteten sich auf ihn, als stünde sein Haarkranz in Flammen.

»Was soll das heißen, Julius?«, wollte Hans-Hubert wissen.

»Die Polizei hat mich in Verdacht wegen dem Mord an Markus Brück.« Julius war froh, im Kreis der Freunde darüber reden, es loswerden zu können.

»*Dich*?!«, stieß Bassewitz hervor, den Champagner, der sich zuvor in seinem Mund befand, als feinen Dunst über die Tischdecke verteilend.

Hans-Hubert setzte sich gerade hin. »Wieso denn dich?«

»Ich habe doch Brücks Leiche gefunden. Und ich hab von Anfang an verlangt, dass sie Gisela freilassen sollen. Jetzt denken die, ich hätte eine falsche Spur gelegt.«

»Und für so einen Schwachsinn zahl ich Steuergelder! Hart verdientes Geld!«, sagte Prieß kopfschüttelnd.

»Die spinnen doch, den Polizei!«

»Könnt ihr euch vorstellen, was los ist, wenn die Presse das spitzkriegt?«, fragte Julius in die Runde.

Alle nickten betroffen.

»Die Welt ist voll von unfähig Leuten! Wisst ihr schon, was den Herold jetzt macht? Ist ja nun zuständig für den Verkauf von die Wein von Schultze-Nögel.«

Das war für Julius keine Überraschung. Gisela hatte ihm erzählt, dass sie den Verkauf Herold übertragen hatte. Sie hatte immer nur Privatkunden betreut, die großen Fische wollte Siggi stets selber an Land ziehen und verspeisen.

»Jetzt will den Kerl nur Wein von Schultze-Nögel verkaufen, wenn man auch sein Wein abnimmt! Gleiche Menge!«

»Clever!«, sagte Prieß. »So stellt er sicher, dass kein Restaurant nur Schultze-Nögel-Weine führt. Aber Häuser nur mit Porzermühle wird es schon geben. Wundert mich, dass die Gisela nix dagegen sagt.«

»Die weiß bestimmt nichts von den Sache. Da bekommt man nun endlich Schultze-Nögel-Wein, und dann wird man so über die Ohr gehauen!«

Antoine sprach genau das aus, was Julius dachte.

Das Essen kam, und Uli stellte die Amuse-Bouche mit leuchtenden Augen zuerst vor ihren ehemaligen Chef. Dann annoncierte sie die »Schweinereien« in Miniaturgröße, die so übersichtlich auf den großen Tellern drapiert waren.

»Ein kleiner Gruß aus der Küche. Zu Ihrer Linken haben wir ein Schalottenschaumsüppchen, oben in Tempurateig ausgebackenes Seezungenfilet mit Curry-Mango-Chutney und direkt vor Ihnen auf dem Teller Rehnüsschen auf Maronen-Feigen-Omelett mit einer Brombeer-Port-Sauce. Einen guten Appetit wünsche ich den Herren!«

Julius' erster Griff im Wagen galt dem Handy. Er wollte keine Zeit damit verschwenden, den Gurt anzulegen, das Auto zu starten und sich auf den Heimweg zu machen. Es war schwer genug gewesen, das Mittagessen durchzustehen, ohne sich die in seinem Kopf bohrenden Fragen anmerken zu lassen. Bevor sich die zurzeit drängendste davon tiefer in Julius' Hirn fressen konnte, wählte er die rettende Nummer. Die Besitzerin der Zahlenkombination nahm den Hörer ab.

»Schultze-Nögel.«

»Hallo Gisela, hier ist Julius, vielleicht solltest du dich besser setzen!«

»Ich sitze.«

»Weißt du, dass August den Verkauf von Siggis Weinen an seine eigenen koppelt?«

»Du meinst, man bekommt unsere Flaschen nur, wenn man auch welche von der Porzermühle nimmt?«

»Genau.«

»Wer sagt so etwas?«

»Antoine Carême vom ›Frais Löhndorf‹. Er ist stinksauer, zu Recht!«

Es war Julius unangenehm, der Überbringer dieser schlechten Nachricht zu sein. Aber einer musste es tun, und dafür waren Freunde schließlich da.

»Der soll sich ruhig aufregen! Geschieht ihm recht!«

Julius verarbeitete die sperrige Information nur langsam. Hatte er sich verhört?

»Es stört dich nicht?«

»Warum sollte es? August hat mich doch gefragt, ob das in Ordnung ist.«

»*Wie bitte*?«

»Antoine hat die ganzen letzten Jahre versucht, unsere Weine zu bekommen. Aber Siggi wollte das nicht, konnte ihn nicht leiden, du kennst …«, Gisela korrigierte sich, als sie merkte, was sie gesagt hatte, »du kanntest ihn ja. Antoine hat dann angefangen, über unsere Weine zu lästern. Und jetzt, wo Siggi unter der Erde ist, denkt er, seine Zeit sei gekommen. *So* nicht! August hatte wohl auch Ärger mit ihm, dessen Weine wollte er nie auf die Karte nehmen. So was Hochnäsiges!«

Julius merkte, dass sein Mund trocken geworden war. Dermaßen nachtragend kannte er Gisela gar nicht.

»Aber es wirft ein schlechtes Licht …«

»Julius, es ist mir herzlich egal, was für ein Licht das auf das Weingut wirft. Sollen die Leute doch erzählen, was sie wollen!

Unsere Weine kaufen sie zum Schluss doch. Ich muss hier weitermachen. – Und noch was: Es war nicht nötig, der Polizei zu erzählen, dass die Familie dich um Hilfe gebeten hat. *Die kulinarische Detektei*! Das ist doch kein Spiel, Julius. Ich dachte, du wüsstest das.«

Die Uhren in Marienthal waren zurückgedreht worden, bis Stunden, Tage, Wochen, Jahre und Jahrzehnte vergangen, oder besser, niemals geschehen waren. Bis zu einer Zeit, als Menschen noch an Pocken starben und glaubten, am Rand der Welt fiele man herunter. Die Marienthaler Klosterruine war in die Zeit der Gilden und Zünfte zurücktransportiert worden. Die Fackeln an den kahlen, teils mit Moos bewachsenen Steinwänden kündeten von einer Versammlung unter dem dunklen Sternenhimmel. Das Dach des ehemaligen Gotteshauses war von der Zeit abgetragen worden, bis die Wände nur noch das dunkle Firmament stützten. Der Wind zog kalt durch das Gemäuer, ruhelos wie ein alter Bär auf der Suche nach einer Höhle für den Winterschlaf.

Die Menschen im Inneren der Ruine waren kaum zu erkennen. In dunkle Anzüge gekleidet, wurden nur ihre Gesichter spärlich von den flackernden Flammen erhellt. Am Platz, wo vor Jahrhunderten der Altar gestanden hatte, war nun ein großer Tisch, über den dunkler Stoff bis zum Boden hing. Dahinter standen die Hohepriester der heutigen Nacht, die Diener des Weines. Die obersten drei der Ahrtaler Weinbruderschaft von 1682 A.D., in würdevolle blaurote Robe gekleidet und mit Kopfbedeckungen, die aussahen wie brokatverzierte Kissen. Der Mann in der Mitte trug eine schwer wirkende Metallkette um den Hals, die aus achteckigen Gliedern bestand. Sie glühte wie frisch geschmiedetes Eisen im Fackelschein.

Es war ruhig. Unheimlich ruhig, in Anbetracht der vielen im Inneren stehenden Männer. Keiner sprach. Keiner traute sich zu sprechen, dachte Julius. Aber alle schauten. Alle blickten zu dem Neuen, der heute in die Reihen der Weinbrüder aufgenommen werden sollte. Julius spürte die abwägenden Blicke förmlich auf der Haut, wie prüfende Griffe eines Arztes. Er fürchtete sich vor dem, was ihm bevorstand, wusste er doch nicht, was es war. Herold hatte von einer Initiation gesprochen. Das klang nach Ritual, klang nach Prüfung, klang auch nach Blut.

Julius spürte, wie Ohren und Nase erkalteten, wie das Blut sich weigerte, in die dem Wind ausgesetzten Teile des Körpers zu fließen. Es sammelte sich im Herz und pumpte den Puls hoch, kochte das Adrenalin, schürte die Angst. Julius stand alleine auf dem Präsentierteller, alleine vor den drei Männern hinter dem Tisch. Der mittlere davon machte nun einen Schritt nach vorn, die neben ihm Stehenden ergriffen je eine Fackel und hielten sie vor sich. Julius konnte jetzt den Mann mit der Kette erkennen. Es war Landrat Dr. Gottfried Bäcker. Er blickte sehr ernst, hob ein dickes Blatt Papier vom Tisch und hielt es vor sich, als wäre es eine Proklamation des Königs.

»Verehrte Weinbrüder! Die Mutter der Weinbruderschaft ist die Sorge um die Ehrlichkeit und die Echtheit des Weines. Ihr Vater ist der frohe Mut zum guten Schoppen. Wir glauben an das endlich gute Schicksal des Ahrtaler Weines. Wir glauben an die Tüchtigkeit des Ahr-Winzers. Wir glauben an die Schoßkraft des uralten Schieferbodens. Der Geist des Weines, seine Güte, soll uns nicht mürrisch, sondern gütig machen, ermuntern zu guten Werken, aufrufen zur sittlichen Tat. Wir haben uns heute Nacht hier versammelt, weil die Ordensgemeinschaft einen Mann für würdig befunden hat, ihren Reihen beizutreten. Sein Name lautet Julius Eichendorff. Julius Eichendorff, tritt er vor!«

Julius machte einen Schritt in Richtung Tisch. Bäcker bedeutete ihm noch näher zu treten, so dass er in Armlänge des Ordensmeisters kam.

»Ich rufe auch seine Bürgen, die mit ihren Namen für Julius Eichendorff einstehen. Dies sind: Weinbruder August Herold und der Ordensmeister selbst.«

Rechts neben Julius tauchte Herold auf. Auch er in dunklem

Anzug, jedoch mit einer burgunderroten Querschleife am Kragen und einer auffälligen, goldenen Anstecknadel am Revers, welche die Burg Are zeigte.

Bäcker hob wieder die Stimme. »Julius Eichendorff ist Besitzer und Chefkoch des Restaurants ›Zur Alten Eiche‹ in Heppingen. Er wurde in Bad Neuenahr geboren. Seine Familie ist seit vielen Generationen dem Weinbau verbunden. Sein Bezug zum Wein ist beruflicher Natur, sind in seinem Haus doch viele der guten Ahr-Kreszenzen zu finden. Julius Eichendorff, will er nun über seine Verbundenheit zum Wein sprechen?«

Das hatte ihm vorher niemand gesagt.

Es entstand eine lange Pause. In Julius' Kopf flogen kreuz und quer Wortfetzen, aber sie trafen nicht aufeinander, um sinnvolle Sätze zu bilden. Hinter ihm räusperten sich die ersten Weinbrüder. Dies war die erste Prüfung, dachte Julius, und er drohte zu versagen. Dann fiel ihm ein, was er immer den Gästen seines Restaurants sagte. Er legte noch eine gute Portion Pathos obendrauf.

»Die wahre regionale Küche ist jene, die das, was eine Landschaft zu bieten hat, in höchster Perfektion vereint. Der größte Schatz unseres Tals ist der Wein. Ich sehe es als meine vornehmlichste Aufgabe an, Gerichte zu kreieren, die den Ahrwein in dem Licht erstrahlen lassen, das er verdient. Als einen der großen Rotweine Deutschlands.«

Stille.

Hatte er zu dick aufgetragen?

Dann begann der Ordensmeister zu klatschen, und die Weinbrüder stimmten ein. Ein Mann tauchte links von Julius auf. Es war der junge Geschäftsführer der AhrWein eG. Er hielt eine große Fahne in den Händen, welche die Insignien der Bruderschaft trug. Die goldene Burg Are umkränzt von Weinreben auf burgunderrotem Grund. Bäcker sah ihn durchdringend an.

»Julius Eichendorff, lege er seine Hand auf die Bruderschaftsfahne und sprich unseren Ordens-Eid nach: Ich gelobe …«

»Ich gelobe …«

»Die Weinkultur nach Kräften zu fördern, Unwissende in die Kunst des Weingenießens einzuführen, die Regularien der Ordensgemeinschaft zu beachten, ihr Treue zu bewahren und nicht ohne Not an einer guten Flasche Wein vorüberzugehen.«

Julius wiederholte den Sermon, vor allem den letzten Teil mit echter Überzeugung.

»In Vino Salvatio!«, stieß Bäcker laut aus.

»In Vino Salvatio!«

Dann hörte Julius den Sinnspruch hinter seinem Rücken erschallen wie aus einem Mund: »In Vino Salvatio!« Sein Kirchenlatein reichte gerade noch, um den Eid zu übersetzen. Er bedeutete: Der Wein erlöst von den Bedrängnissen des Lebens. Siggi würde das unterschreiben können. Schließlich war er *im* Wein von den Bedrängnissen des Lebens erlöst worden.

Gerade hatte Julius gedacht, die Prozedur hinter sich zu haben, als das Grauen auf ihn zukam. Ein Mann, ein Hüne von einem Mann, trug ein klassisches Römerglas in der Hand. Allerdings von der Größe eines Taufbeckens. Er baute sich vor Julius auf, mit sichtlicher Anstrengung das Glas haltend. Der Mann presste sich ein Lächeln heraus, es war Tommy Prieß.

»Julius Eichendorff, gönne er sich jetzt den Bruderschaftstrunk aus dem Großen Glas der Ahrtaler Weinbruderschaft von 1682 Anno Domini!«

Der Inhalt ließ sich schwer schätzen, aber fünf Liter waren bestimmt drin, fürchtete Julius. Damit konnte er duschen, trinken konnte er das nicht. Julius wich zurück. Eine Hand legte sich auf seine Schulter.

»Du musst nur *einen* Schluck nehmen!«, flüsterte ihm Herold ins Ohr. »Alle glauben zuerst, sie müssten das Große Glas alleine austrinken. Das gehört einfach dazu!«

Beruhigt nahm Julius einen Schluck. Es war ein leichter Spätburgunder, fruchtig und weich. Der zur Linken von Bäcker stehende Mann, wie Julius später erfuhr, handelte es sich um den Säckelmeister, trat vor und übergab die Insignien der Bruderschaft: eine Anstecknadel und eine burgunderrote Querschleife. Dazu die Regularien mit den Verhaltensregeln und Vorschriften. Der Ordensmeister gratulierte ihm als Erster.

»Schön, dich endlich dabei zu haben! Ich hoffe, du lädst uns alle bald mal in dein Restaurant ein!«

Applaus brandete auf, einige Weinbrüder riefen: »In Vino Salvatio!« Dann fingen sie an zu singen. Julius wurde ein Blatt in die Hand gedrückt. Der Text war bei den widrigen Lichtverhältnissen jedoch nicht lesbar. Allein die Überschrift war groß genug gesetzt: »Cantus der Ahrtaler Weinbruderschaft von 1682 A.D.« Julius konnte nur den Weinbrüdern lauschen, die alles gaben, was in ihren frisch geölten Kehlen steckte:

Macht der Wein die Herzen weit –
Warum ihn nicht preisen?
Woll'n, von Alltagslast befreit,
Ihm die Ehr' erweisen!
Bruderschaftlich pokulieren,
Diskutieren und probieren
Ist ein Stück vom Zecher-Paradies
Ist ein Stück vom Zecher-Paradies

Wer ihn liebt, dem schenkt der Wein
Freundschaft, Weisheit, Lachen,
Mag als beste der Arznei'n
Müde munter machen.
Weltenschmerz heilt an der Ahr
Guter Wein so wunderbar
Weil er Leib und Seel' zusammenhält
Weil er Leib und Seel' zusammenhält

Wenn der Geist, der nie verneint,
Aus der Flasche redet,
Was zerstritten war, vereint,

Und die sich befehdet –
Schnuppert unsre Kenner-Nase
Selig-kostend überm Glase
In Vino Salvatio! Trinkt! Trinkt!
In Vino Salvatio! Trinkt! Trinkt!

Wieder Applaus, wieder Rufe des Sinnspruches. Dann ging das Große Glas um. Julius wurde von allen Seiten gratuliert, er schüttelte unzählige Hände, bis das Büfett am anderen Ende des Kirchenschiffs eröffnet wurde und die Weinbrüder dorthin zogen.

»Jetzt hast du's hinter dir!«, sagte Herold, der plötzlich neben Julius auftauchte. »Komm, beim Brudermahl gibt's was Zünftiges zu essen und zu trinken. Die Nacht wird lang!«

Julius folgte ihm, vorbei an vielen gut gelaunten Weinbrüdern. Er folgte einem Mann, von dem er nicht mehr wusste, ob er ihn kannte. Ihm fiel auf, dass er es nicht mehr schaffte, sich unbefangen gegenüber Herold zu verhalten. Er stand auf der Verdächtigen-Liste ganz oben, genau wie die Weinbrüder, die ihm nun freundlich zuprosteten. Er würde an diesem Abend klären, was sie damit zu tun hatten. Julius wusste, dass die Chancen, etwas Brauchbares zu erfahren, mit jedem Glas Wein stiegen.

Herold drückte ihm einen Teller mit Sauerkraut und einem saftigen Stück Kasseler in die Hand. Dann ging er los, um sich selber eine große Portion zu holen. Er schien frohgemut wie ein Kind beim Geburtstag.

Julius war bei der Hinfahrt klargeworden, wenn es sich tatsächlich um einen Einzeltäter handelte, musste man nur wissen, was die drei Opfer verband. Hatte man die Verbindung, hatte man das Motiv. Hatte man das Motiv, hatte man den Mörder. Herold kam gerade mit voll beladenem Teller vom Büfett.

»August, sag mal, kannten sich dein Franzose, Siggi und Markus Brück eigentlich?«

»Wie kommst du jetzt darauf? – Ach ja, du spielst zurzeit Detektiv!«

Julius hatte ganz vergessen, dass alle Bescheid wussten. Er konnte nur abwiegeln, egal wie unglaubwürdig das klang. »Nein. Das war doch alles Blödsinn. Ich hab mich das nur so gefragt.«

»Ich mich auch schon, ist ja nicht so, dass du der Einzige wärst, den die Morde beschäftigen. Aber nein, soweit ich weiß, kannten sich die drei nicht. Bernard ist ja erst vor kurzem zu uns gekommen. Kann höchstens sein, dass die drei mal zusammen zurückgefahren sind, wenn wir zeitgleich im Altenahrer Eck gearbeitet haben – glaub ich aber nicht. Daran würde ich mich erinnern.«

Julius nickte stumm und stocherte lustlos in seinem Essen.

»Lass doch den Kopf nicht hängen, Julius! Die Polizei wird den Mörder schon fassen. Das ist doch bestimmt ein entlaufener Irrer. Wer steckt schon Menschen in Maischebottiche und Pressen? Lass die Sorgen mal hinter dir und trink mit deiner neuen Verwandtschaft! Wie fühlst du dich eigentlich als Weinbruder?«

Julius fiel ein Eichendorff-Vers ein, der ihm zu passen schien. »Wie so leichte lässt sich's leben!/Blond und rot und etwas feist/Tue wie die andern eben/Dass dich jeder Bruder heißt/Speise, was die Zeiten geben/Bis die Zeit auch dich verspeist!«

»Darauf trink ich einen!« Mit einem Zwinkern setzte Herold hinzu: »*Bruder*!«

Der folgende Tag war mit Arbeit in der Küche gefüllt. Erst am späten Nachmittag hatte Julius ein paar Minuten für sich. Er ging in den Garten des Restaurants, um sich zu sammeln, bevor die Türen geöffnet wurden. Es galt über so viel nachzudenken. Der gestrige Abend, die gestrige Nacht, ließen ihn nicht los. Mit wie vielen Brüdern hatte er gesprochen, auf wie viele Arten hatte er sich an das Thema herangepirscht, wie oft war er gescheitert? *Immer*, musste sich Julius eingestehen, nichts hatte ihn weitergebracht. Es war nicht genug Wein geflossen, um die Zungen zu lösen. Dabei war viel geflossen. Ein trinkfester Kreis. Und ein prominent besetzter. Vom DLG-prämierten Metzgermeister aus Rech bis zum Bad Neuenahrer Industriellen waren sie alle dabei. Julius war das Ausmaß der Vereinigung zuvor nicht klar gewesen. Wenn diese Männer sich einig waren, dann konnte niemand sie aufhalten. Auch Julius nicht. Besonders Julius nicht. Zwar war er nun einer der Ihren, aber auch bei den Weinbrüdern gab es Zirkel, in die man nur nach Jahren vordringen konnte. Der innerste Kreis, das Ordenskapitel, bestand aus nur wenigen Männern um Bäcker. Julius wusste noch nicht, wer und wie viele. Aber er wusste, dass es galt, in diese Runde einzubrechen, dort die schwache Stelle zu finden, sie zu bearbeiten, weich zu klopfen, bis das Wissen aus ihr heraustropfte wie aus einem undichten Fass.

Doch dies würde Ewigkeiten dauern.

Julius schlenderte weiter durch den Garten bis zur Beckenbauer-Bank, die er vor Jahren bei Obi erstanden hatte und die nur noch von Spucke und guter Hoffnung zusammengehalten wurde. Es knarrte, als er sich setzte.

Mindestens so viel Kopfschmerzen wie die Weinbruderschaft bereitete Julius, dass zwei seiner engsten Freunde nun zum Kreis der Verdächtigen gehörten: Antoine Carême und Tommy Prieß. Was hatte es mit deren merkwürdigem Verhalten auf sich, ohne die Gruppe in den »Milsteinhof« zu fahren und in einer verschwiegenen Ecke über Siggi zu reden? Es war sicherlich keine private Trauerfeier gewesen. Beide hatten nie einen Hehl aus ihrer Abneigung gegen den Rotweinmagier gemacht. Aber reichte das als Motiv für einen Mord? Nein, da musste mehr sein. Julius wusste nicht, wie es um die finanzielle Lage der beiden stand. Siggis Weigerung, ihnen Wein zu verkaufen, hatte sicherlich negative Auswirkungen auf den Publikumszuspruch. Die Frage war, wie negativ? Weitere Punkte machten die zwei verdächtig. Tommy Prieß war am Tag, als Siggi ermordet wurde, bei diesem gewesen, um Wein zu holen. Er wollte also trotz aller Abfuhren wieder einen Anlauf starten. Dazu musste er schon sehr verzweifelt gewesen sein. Denn der Besitzer des »Himmel und Äd« war stolz. Zu stolz für eine solche Aktion. Und wieder hatte er eine Abfuhr bekommen, verließ das Gut nach Józefs Aussage ohne Wein. Antoine wiederum hatte kaum die Schonfrist eingehalten, bevor er über

August Herold versucht hatte, die begehrten Flaschen zu bekommen. Auch ihm schien viel daran gelegen. Aber Mord? Und wie passte der Franzose in dieses Bild? Markus Brück konnte ein unliebsamer Mitwisser gewesen sein, aber Bernard Noblet? Zu viele Fragen, dachte Julius, zu wenig Zeit, sie zu lösen. Zumindest heute.

Er lehnte sich zurück und schloss die Augen. Julius konnte den Duft der Blautanne riechen, die hinter der Holzbank stand. Das war beruhigend. Und das brauchte er. Denn heute Abend war *er* da.

Eine Reservierung für eine Person. Ein Allerweltsname. In diesem Fall Schneider. Zu einer frühen Stunde. Wie jedes Mal. Am gestrigen Abend war er bei Antoine gewesen. Der Besitzer des »Frais Löhndorf« hatte am Morgen bei Julius angerufen. Unsicher. Ängstlich. Der Mann wäre ganz freundlich gewesen. Hätte ein ordentliches Trinkgeld gegeben. Sich nichts anmerken lassen. Antoine wusste über die wahre Identität des Herrn Schneider durch seinen Schwager, in dessen Hotel er abgestiegen war. Die Rechnung ging nach Karlsruhe – an Michelin.

Jetzt war Julius an der Reihe. Das Menü stand. Die Zutaten waren knackfrisch. Restaurant- und Küchenbrigade waren eingeschworen. Nichts würde schiefgehen.

Julius betrat die Küche, klatschte in die Hände und begab sich zum Platz an der Ausgabe, um noch einmal die Tellerdekorationen durchzugehen. Das war eigentlich nicht nötig, denn er hatte sie am Wochenende in mühevoller Kleinarbeit ausgetüftelt, immer wieder verworfen und neu kombiniert, bis Farben und Formen einen Tanz auf dem Teller ergaben. Aber es lenkte ihn ab. Er hatte etwas zu tun.

Der Kritiker kam früh, war der Erste. Er bekam den besten Tisch, weit von Küche und Eingangstür entfernt. Julius schickte Franz-Xaver, um die Bestellung aufzunehmen, und wartete ab. Es war einer der Momente, in denen selbst Nichtraucher wünschten, eine Zigarette zur Hand zu haben. War alle Mühe umsonst gewesen, oder schluckte der Kritiker den Köder?

Franz-Xaver kam niedergeschlagen zur Schwenktür herein.

Julius drehte sich weg. Verdammt! Der Kritiker hatte à la carte bestellt, um auch die Gerichte zu erwischen, bei denen der Koch nicht brillierte, sondern nur »gut« war. Auch Julius hatte Schwächen. Kalbsbries gehörte in irgendeiner Form auf die Karte eines Klasse-Restaurants, doch Julius war mit der Thymusdrüse des Kalbes nie warm geworden. Aber Gourmets erwarteten es, und der Gast war König. Das eiserne Gesetz im harten Markt der Spitzengastronomie. Julius' großes Menü, in dem er alle Stärken vereint hatte, war nicht verlockend genug gewesen, um den Kritiker von seiner Stichproben-Methode abzuhalten. Die erste Schlacht war verloren.

Jemand tippte ihm auf die Schulter. Julius drehte sich um und sah in Franz-Xavers lachendes Gesicht, die Bestellung hielt er wie eine Trophäe in die Höhe.

»Er hat des große Menü genommen!«

Julius ballte die Faust. »Du bist mir schon ein Wiener Würstchen!«

»Ich muss doch sehr bitten!«

Die weitere Kriegstaktik sah wie folgt aus: Jedes Gericht wurde für den Kritiker zweifach gekocht. Julius würde dann das optisch einen Tick weniger ansprechende auswählen und probieren. Wenn irgendetwas nicht stimmte: Retour. Diese Sicherung musste sein. Und natürlich konnten ein wenig extra Beluga und Albatrüffel hier und da auch nicht schaden.

Bis zur Herr-Bimmel-Suppe lief alles hervorragend.

Der Kritiker schlemmte, ließ nichts übrig, wirkte zufrieden wie die Made im Speck.

Dann brach das Chaos los.

Die Landplage kam über Julius' Reich wie die Dämmerung über den Tag. Onkel Jupp führte die neun Reiter der Apokalypse an: Tante Traudchen, Kusine Anke mit Anhang, Großtante Käthe, Vetter Willi mit Frau Gertrud, und auch die beiden Heiligen aus dem Sauerland waren dabei, Norbert und Heike. Von der Sippe so genannt, weil sie sich auf einem immer währenden Kreuzzug für die einzig heilversprechende Kirche befanden – ihrer Meinung nach die Neuapostolische.

Julius konnte die Truppe bis in die Küche hören. Wenn es einen Gott gab, so hatte er ihn in diesem Moment verlassen. Franz-Xaver stürmte herein.

»Deine Familie will dich sehen! Soll ich's rauswerfen?«

Julius schüttelte traurig den Kopf und trat hinaus. Er kam nicht zum Sprechen, er kam auch nicht dazu, ein paar Schritte zu gehen, denn Onkel Jupp hatte sich aus lauter Unruhe, drei Sekunden warten zu müssen, selbst auf den Weg zur Küche gemacht.

»Julius, wir sind es! Hol das beste Geschirr raus, schlachte dein fettestes Schwein! Jetzt wird gezecht, alter Bursche! Die Sauertöpfe aus dem Sauerland sind bei uns eingefallen! Denen muss mal wieder gezeigt werden, was das Leben so zu bieten hat.«

Das ganze Restaurant spitzte die Ohren.

Onkel Jupp hielt eine Hand vor den Mund und fuhr im Flüsterton fort. »Tu mir einen Gefallen und sprich nicht die Sache mit Siggi und Markus an. Das ist schon tagein, tagaus Thema, muss ja nicht auch noch beim Feiern sein. Also, kein Wort, auch wenn es dir schwer fällt, mit deiner *kulinarischen Detektei* hinterm Berg zu halten. Setzt das sogar in die Zeitung! Du alter Angeber!«

Gertrud kam auf ihn zu, die Hände erhoben, um an Julius' Kleidung herumzuzuppeln. »Wie siehst du denn wieder aus! Halt dich doch mal gerade! Und zieh die Kochjacke nicht so in den Rücken! Du müsstest auch mal wieder zum Frisör gehen. Siehst ja aus wie ein Zottel! Schön, dich zu sehen!«

Niemand aß mehr.

Die Heiligen begrüßten Julius mit ernster Miene.

»Julius! Wir freuen uns sehr darauf, bei dir zu speisen. Aber dürfen wir dir sagen, dass du kein Kreuz über deinem Eingang hängen hast? Wir werden dir eins aus unserer Sammlung senden, wenn wir wieder daheim sind. Und mach dir keine Gedanken – es ist ein Geschenk, von uns für dich.«

Franz-Xaver schritt hilfreich ein. »Ich darf die Herrschaften dann in unseren Blauen Salon bitten!«

Der Blaue Salon war für größere Gesellschaften. Julius bedauerte nun, dass er ihn nicht durch eine Tür vom Restaurant abgetrennt hatte. Der Schall konnte sich ungehindert ausbreiten. Und das tat er im Laufe des Abends auch. Die Sippe feierte lautstark und nahm Julius allzu wörtlich. Fühlt euch ganz wie zu Hause!

Die Küche ächzte wie ein zu schwer beladener Marktkarren. Der Service brach bald unter den Extrawünschen zusammen. Die Heiligen hatten um einfache Kost gebeten. Kartoffelsalat mit Würstchen. Julius biss sich auf die Hand, stellte aber einen der Köche ab, um sich darum zu kümmern. Es war schließlich die Familie. Und auch dieser Abend würde vorbeigehen. Dieses Fegefeuer, durch das er gehen musste. Leider wurde er ständig zur heißesten Stelle gerufen. An den Tisch im Blauen Salon.

»Bleib doch bei uns, Julius! Setzt dich hin und lass dich mal verwöhnen! Kannst doch nicht immer nur arbeiten!«, sagte jovial Vetter Willi.

»Nu halt den Julius doch nicht von der Arbeit ab! Der muss doch schließlich Geld verdienen!«, hielt seine Frau dagegen. »Damit er seiner Zukünftigen auch was zu bieten hat!« Sie knuffte Julius in die Seite. Der sagte nichts, lächelte nur und kochte innerlich. Äußerlich jedoch nicht mehr, denn die Zeit ging fürs Organisieren drauf. Er schaffte es auch nicht länger, die Gerichte des Kritikers zu kontrollieren, denn ständig trottete ein interessierter Verwandter in die Küche, um nachzuschauen, ob auch fleißig gearbeitet wurde. Es war, als hätte Julius eine Horde Erstklässler auf Schulausflug im Haus. Onkel Jupp war nun an der Reihe, in der Küche aufzutauchen.

»Julius, könntest du mir vielleicht ein paar Fritten zum Steak machen? So was habt ihr doch bestimmt! Ich mag dieses Kartoffelgratingedöns nicht. Ist mir zu fettig, weißt du, das haben die Damen nicht so gern!«

Er streichelte stolz seinen Bierbauch. »Nicht, dass du denkst, das wäre Fett. Samenstränge, mein Junge, alles Samenstränge!«

Julius nickte wie ein Wackeldackel im Heck eines alten Benz.

»Ein Anruf für dich!«, brüllte Franz-Xaver über den Lärm in der überforderten Küche.

»Ich hab jetzt wirklich keine Zeit!«, erwiderte Julius. Wenigstens zu Franz-Xaver konnte er barsch sein.

»Sie sagt, es sei dringend.«

»*Wer* sagt das?«

»*Des* sagt sie net.«

Julius stampfte zum Apparat im hinteren Teil der Küche. Er würde der Unbekannten, wer immer es war, eine Abfuhr erteilen.

»Eichendorff.«

»Herr Eichendorff, ich habe es bereits der Polizei erzählt, aber Sie ermitteln ja auch. Gisela Schultze-Nögel war es. Sie hat es schon einmal versucht.«

Es war dieselbe Frauenstimme, die Julius auch bei der Kripo gehört hatte. Wieder verstellt, wie durch einen Strumpf vor dem Hörer, und die Stimme unnatürlich hochgedrückt.

»Wer sind Sie? Ich spreche mit niemandem, dessen Namen ich nicht kenne.«

»Sie hat es letztes Jahr schon einmal versucht! In der Steillage hat sie ihn umgeworfen, damit er sich das Genick bricht!«

Julius wusste von dem üblen Sturz. Aber es hieß, Siggi sei mit dem Fuß umgeknickt.

»Ich hab der Polizei schon eine Zeugin genannt. Also hören Sie auf, die Gisela zu schützen! Die ist es nicht wert, das Miststück!«

Klacken. Besetztzeichen.

Von draußen war wieder stürmisches Gelächter zu hören. Wenn Pferde lachten, konnte das nicht tierischer sein. Julius reichte es, er würde jetzt schnurstracks in den Blauen Salon gehen, um der Sippe Bescheid zu sagen. Seine Geduld war am Ende. Wütend stieß er die Schwenktür zum Restaurant auf – und Franz-Xaver ins Gesicht. Der landete mitsamt dem abgeräumten Geschirr, das er in Händen gehalten hatte, auf dem Boden. Mit lautem Scheppern. Und ebenso lautem wienerischen Fluch. Alle blickten auf das Elend. Auch der Kritiker, der bereits viel zu lange auf das Dessert wartete. Julius sah, dass er nun eine Handbewegung in Richtung Kellner machte. Er verlangte die Rechnung. In Julius' Kopf brach das klapprige Gerüst zusammen, das seine geistige Gesundheit gestützt hatte.

»*Bist du blind?*«, schnauzte er Franz-Xaver an.

»Na, *du* bist blind!«, erwiderte der niedergestreckte Maître d'hôtel in unangemessener Lautstärke.

Keiner der zwei rührte sich. Keiner gab nach. Schließlich war es François, der seine beiden unter Starkstrom stehenden Vorgesetzten in die Küche bugsierte. Der Schaum stand ihnen vor den Mündern. Franz-Xaver fand als Erster wieder die passenden Worte. Wenn auch keine freundlichen.

»Du und deine depperte Sippschaft, ihr steht's mir bis hier!« Seine Hand zeigte deutlich an, dass sich dieser Punkt weit über der Schädeldecke befand.

»Das sind genau *die* Situationen, in denen sich zeigt, wer ein guter Oberkellner ist!«, konterte Julius.

»Ich bin kein damischer Oberkellner, ich bin ein *Maître d'hôtel*, und zwar der beste weit und breit!«

»Ja! Von hier bis zur anderen Straßenseite!«

Franz-Xaver warf sein dunkles Sakko mit Schmackes in die Ecke. »Ich geh jetzt! Vielleicht hat sich der Herr ja morgen früh wieder beruhigt. Dann erwart ich eine Entschuldigung! Und noch etwas, Herr Detektiv, ich sollt's dir eigentlich net sagen nach deinem Verhalten hier. Worüber wir heut Nachmittag kurz gesprochen haben. Ich weiß mittlerweile, was die Verbindung zwischen den Opfern is!«

»Ach ja, und was soll das bitte sein, du neunmalkluger Wiener Wichtigtuer!«

»Herold! August Herold is die Verbindung! Wünsche noch einen schönen Abend gehabt zu haben!«

VIII

»Kalter Hund«

Es galt, diesen Abend zu vergessen, die Erinnerung daran vollständig aus dem Gedächtnis zu entfernen wie ein eitriges Geschwür. Julius entschied sich, ihm wegzulaufen. So lange zu gehen, bis er an nichts mehr dachte außer an den nächsten Schritt.

Es wurde eine lange Nacht.

Zudem eine sternenklare. Und eine stille. Julius war bis zu diesem Moment, als ihn die Füße schon bis Rech getragen hatten, nicht klar gewesen, wie laut seine Schritte waren, wie geräuschvoll der Kies unter den Schuhen schmirgelte, als trage er immer ein kleines Stück Boden ab. Bei all den Touristen, die Jahr für Jahr kamen, musste das Ahrtal folglich immer tiefer werden und die Weinberge stetig höher. Julius blickte auf die mit Silberfarbe bestrichenen Hänge, die sich leicht wie Glitter an einem Weihnachtsbaum bewegten. Das Tal wirkte nun, in der Mitte der Nacht, wie unter Wasser liegend. In der Tiefe blieben nur die Blautöne.

Julius ging und ging, vor den Sorgen fliehend.

Die B267 behielt er immer im Blick, denn er wollte allein, aber nicht einsam sein. Die Autos, die ab und an vorbeifuhren, gaben ihm die Sicherheit, dass er nicht der letzte Mensch auf diesem Planeten war. Auch wenn eigentlich alles danach aussah. Julius besah sich die stummen Häuser, wie Kulissen einer Filmstadt nach Drehschluss. Das Tal schlief.

Die Füße hatten ihn unbemerkt weg von der Bundesstraße getragen, durch Mayschoß Richtung Mönchsberg, wo August Herolds Weingut Porzermühle lag. Es ruhte im Talkessel wie eine schlafende Schöne, das Licht des Mondes auf den Wangen spiegelnd. Julius schlich zum gusseisernen Eingangstor, strich eine Weinrebe, die unordentlich darüber hing, zur Seite und blickte hinein in den Vorgarten mit dem kleinen Flüsschen vor dem Wintergarten, der wie ein großer, dunkler Diamant in seiner Fassung ruhte. Viele Spuren führten hierher. Sogar mehr als zu den Weinbrüdern und dem Duo Prieß/Carême. Vieles deutete darauf hin, dass die Blutströme hier ihre Quelle hatten. Einen Augenblick dachte Julius daran, in das Gut einzubrechen und nach Hinweisen zu suchen. Zum Beispiel den sechs gestohlenen Flaschen. Aber das war nicht seine Art. Außerdem hatte Herold eine teure Alarmanlage installieren lassen. Die rote Signalleuchte, die an der Hauswand klebte wie ein dickes Insekt, machte dies allen unerwünschten Besuchern klar.

Plötzlich waren laute Schritte aus dem Haus zu hören. Julius duckte sich instinktiv neben das Eingangstor. Die Haustür wurde aufgeschlossen, Herold kam im Schlafanzug heraus und ging in die Kelterhalle. Julius sprang auf. Vor lauter Angst, erwischt zu werden, nahm er den kürzesten Weg und rannte laut knirschend über den Kies. Er hörte, wie Herold wieder aus der Kelterhalle kam, etwas rief und sich dem Tor näherte.

Doch Julius war schnell. Er schlug wie ein Hase Haken durch die verwinkelten Gässchen des Ortes. Wieder auf der B267 lehnte er sich an ein nahes Haus. Kein Herold zu sehen. Kein Herold zu hören. Julius war so außer Puste, dass er anfing zu husten. Schnell zurück nach Hause ins Bett, dachte er.

Erst als die Sonne aufging, kam Julius am Restaurant an. Gerade rechtzeitig, um die Post direkt vom Briefträger entgegenzunehmen. Noch frisch. Es war ein ganzer Packen, viel Werbung von Lebensmittellieferanten und Weinhändlern. Die bunten Umschläge schrien geradezu nach Papierkorb. Erfreut stellte Julius fest, dass auch eine Ausgabe der »Wein + Wirtschaft« dabei war, die er in der Hoffnung bestellt hatte, etwas über Mostkonzentration zu erfahren. Wenn das der Grund sein sollte, warum Siggi getötet worden war, dann musste er so viel wie möglich darüber wissen. Wie das Titelbild verriet, fand sich tatsächlich ein solcher Artikel im Inneren. Julius blätterte schnell dorthin, Berichte überfliegend, die sich mit den Zukunftschancen der italienischen Schaumweinregion Franciacorta, Rebstockdiebstählen beim berühmten burgundischen Weingut Domaine de la Romanée-Conti und der im Februar bevorstehenden Handelsmesse ProWein beschäftigten. Dann fand er endlich, was er suchte. Dort war tatsächlich Siggis Edelstahl-Spielzeug abgebildet! Darunter alle Pros und Contras zum Thema. Julius begann zu lesen, spürte jedoch bald, wie seine Lider schweren Rollladen gleich über die Augen fielen. Der Körper forderte Nachtruhe, auch wenn es längst Tag war.

Als Julius schon fast zur Tür hinein war, fiel ihm auf, dass im Briefkasten etwas steckte. Hatte der Postbote Zeit gehabt ein Schreiben einzuwerfen, bevor Julius ihn begrüßt hatte? Schnell schloss er die weiße Plastikbox auf. Es war kein Brief. Denn es gab keine Briefmarke, keinen Adressaten, keinen Absender. Es war nur ein DIN-A4-Blatt. Einfach gefaltet. Er las es:

»Hör auf rumzuschnüffeln!
Sonst passiert dir was!
Gezeichnet: Einer, der es gut mit dir meint«

Und das auf nüchternen Magen, dachte Julius. Ein neuer Punkt erschien auf der heutigen To-do-Liste: Der Drohbrief musste zur Polizei. Aber erst einmal würde er schlafen, und zwar ohne den Wecker zu stellen. Da konnte der Drohbriefschreiber wohl kaum etwas gegen haben. Und falls doch, dachte Julius, habe ich ja immer noch eine dicke Kampfkatze.

»Das muss tatsächlich ein Irrer sein!«

Von Reuschenberg besah sich intensiv den anonymen Brief, während sie mit Julius durch den Kurpark Bad Neuenahr spazierte, wie all die Kurgäste mit ihren Schatten, die kranken Körper der gesunden Luft aussetzend. Julius hatte bei der Polizei angerufen und erfahren, dass die Kripo-Beamtin zurzeit vor Ort war. Nach einem kurzen Telefonat übers Handy stand die Verabredung für den späten Nachmittag im Kurpark. Julius hatte am Eingang an der Kurgartenbrücke gewartet, der so viel Charme versprühte wie eine Kaufhallen-Fassade. Nachdem von Reuschenberg eine halbe Stunde zu spät gekommen war, hatte sie sich sofort den Drohbrief geschnappt. Jetzt blickte sie ungläubig darauf.

»Der hat doch tatsächlich ein Komma ausgeschnitten, damit die Zeichensetzung korrekt ist. In einem *Drohbrief*!« Sie lachte. »Das *muss* ich den Kollegen zeigen!«

Julius war brüskiert. »Wenn Sie das nicht so auf die leichte Schulter nehmen würden, wäre ich Ihnen sehr dankbar. Immerhin geht das gegen mich!«

»Herr Eichendorff, die Sache ist doch ganz einfach. Sie müssen eben aufhören ›rumzuschnüffeln‹. Ich kann nicht verantworten, Sie länger in Gefahr zu bringen. Außerdem glaube ich, dass wir dem Mörder dicht auf den Fersen sind.«

Sie warf ihm einen merkwürdig kühlen Blick zu. Als wollte sie ihm dadurch etwas sagen. Julius wurde das Gefühl nicht los, dass er mittlerweile eine Spitzenposition in der Liste der Verdächtigen einnahm.

»Ach ja?«

»Ich darf darüber nichts sagen, das könnte Sie zusätzlich in Gefahr bringen. Übrigens: Ohne Sie wären wir niemals auf die richtige Spur gekommen. Und jetzt lehnen Sie sich zurück und warten einfach ab. Es wird sich alles aufklären. Ich habe übrigens einen Kollegen zu Ihrem Haus geschickt, um Ihre Waffen zu untersuchen. Reine Routine, wegen dem Mord an Bernard Noblet. Wir müssen das machen.«

»Glauben Sie etwa immer noch, dass ich ...?!«

»Da haben wir doch schon drüber gesprochen. Wir machen nur unsere Arbeit, und das gehört eben dazu. Wir wollen uns doch keine Schlamperei vorwerfen lassen.«

Diese Kaltschnäuzigkeit regte ihn auf. Aber er hatte keine Lust, darüber zu reden. Es gab Wichtigeres.

»Wann kriege ich Personenschutz?«

»Gar nicht.«

Die beruhigende Atmosphäre der langsam vor sich hintrottenden Kranken verlor ihre Wirkung auf Julius. Er fühlte sich nicht ernst genommen.

»Was soll das heißen?!«

»Glauben Sie wirklich, wir hätten für Personenschutz Personal übrig? Sie halten sich raus, er lässt Sie in Ruhe. Punkt.«

»Und Sie wollen *nichts* tun?«

»Nein.«

»Aber Sie werden den Brief untersuchen lassen? Da sind bestimmt Spuren drauf.«

»Ja, mit Sicherheit. Und ich sag Ihnen schon mal, welche: Die Buchstaben – und das Komma! – wurden aus der Bild-Zeitung ausgeschnitten, die wird am liebsten für so was genommen, da sind die Lettern nämlich schön groß und bunt. Der Kleber ist handelsüblich, Uhu, vielleicht auch ein Pritt-Stift. Das Papier ist stinknormal, hochweiß, chlorfrei gebleicht, achtzig Gramm DIN-A4 ...«

Julius war verdutzt.

»... und es werden sich keine Fingerabdrücke finden. Außer meinen natürlich und Ihren.« Sie lächelte. »So ist das nämlich immer. Aber natürlich werd ich es durchchecken lassen. Immerhin werden die Kollegen im Labor dafür bezahlt.«

Sie steckte den Brief in ihre rote Umhängetasche, holte eine kleine Apollinaris-Flasche hervor und nahm einen großen Schluck.

»Das tat gut. Möchten Sie auch?«

Julius schüttelte den Kopf.

»Okay, an die Arbeit: Was glauben Sie, worauf Sie gestoßen sind, dass plötzlich so ein Brief auftaucht? Wem sind Sie denn auf der Spur?«

Julius' Verdacht erhärtete sich. Der Tonfall verriet sie. Die Koblenzer Kommissarin nahm ihn nicht ernst. Aber was blieb ihm anderes übrig, als seinen Verdacht zu äußern? Es würde niemandem helfen, wenn er ihn für sich behielt.

»Herold ist die Verbindung, ohne Zweifel!«

Von Reuschenberg blieb stehen und hielt nach einer Bank Ausschau. Als sie eine freie ausgemacht hatte, steuerte sie darauf zu.

»Die *Verbindung*? Was meinen Sie damit?«

»Zwischen den Opfern. Herold war der Einzige, der alle drei kannte. Er ist das verbindende Element, er hat ein Motiv. Alles deutet darauf, dass August für die Morde verantwortlich ist. August und seine Frau!«

Von Reuschenberg lachte wieder. »Guter Versuch! Aber Herold war es nicht, da bin ich mir sicher. Wir haben seine Waffen schon untersucht. Keine Hinweise, dass sie für den Mord an Noblet gebraucht wurden. Und dass Herold alle Opfer kannte, sagt gar nichts aus. Vielleicht gibt es ja noch jemanden, der alle drei kannte, von dem Sie nur nichts wissen. Herold hat auch kein Motiv, seinen Praktikanten zu ermorden. Der fehlt ihm doch jetzt an allen Ecken und Enden. Und was soll das mit seiner Frau?«

Julius erläuterte seine Vermutung, Christine Herold stecke gemeinsam mit ihrem Mann drin und habe Brück auf dem Gewissen, da ihr im Gegensatz zum Herzallerliebsten ein Alibi für den Mord fehle.

»Das reicht nicht. Bei weitem nicht! Wenn wir alle verdächtigen würden, die kein Alibi haben«, sie hob die Hände abwehrend hoch, »dann könnten wir uns vor potentiellen Mördern nicht mehr retten!«

Eine alte Frau in beigem Kostüm und Dauerwelle setzte sich zu ihnen auf die Bank.

»Selbst die junge Frau neben mir könnte eine blutrünstige Mörderin sein«, spottete von Reuschenberg.

Die so Angesprochene schien pikiert und stand wieder auf, etwas von »Unverschämtheit! Was man sich alles gefallen lassen muss!« vor sich hinbrummelnd.

Von Reuschenberg war in einer merkwürdigen Laune, dachte Julius.

»Was führt Sie eigentlich heute ins Tal?«

»So dies und das. Ich sag Ihnen lieber nichts, *zum eigenen Schutz.*«

Von der Bank gegenüber warf ein dicker Jogginganzug-Träger Körner auf den Weg. Die Tauben stürzten über Julius' Kopf wie eine alttestamentarische Plage Richtung Futter. Einer grauen, giftigen Wolke gleich landeten sie auf dem Boden und ätzten die Körner sekundenschnell weg.

Julius kam plötzlich eine Idee, was von Reuschenberg aus dem Koblenzer Beamtenschlag herausgelockt haben könnte.

»Sie haben mit der neuen Zeugin gesprochen, wegen dem angeblichen Mordanschlag in der Steillage.«

Nun war die Kommissarin an der Reihe, verdutzt zu sein. »Woher …?!«

Er erklärte es ihr. »Ich weiß, dass die anonyme Anruferin Ihnen eine Zeugin genannt hat. Sie hat mich auch angerufen. Die blödsinnige Geschichte passt natürlich prima in Ihre abwegige Theorie, dass es Gisela war!«

»Die Zeugin ist glaubwürdig. Über jeden Zweifel erhaben. Und ihr Arbeitgeber ist sogar die Unschuld in Person!« Sie lachte laut auf.

Es reichte.

»Den Namen wollen Sie mir wohl nicht sagen?«

»Richtig.«

»Na, das ist ja eine Überraschung! Und bestimmt wollen Sie mir auch nicht sagen, was die Autopsie am Franzosen ergeben hat.«

Sie kam mit ihrem Gesicht ganz nah an seins. »Doch!«

Erst jetzt wurde Julius klar, was mit von Reuschenberg nicht stimmte. Oder besser: Was mit ihr stimmte. Sie war euphorisch, im Hochgefühl, den Fall so gut wie gelöst zu haben, und nicht bereit, etwas von ihrem exklusiven Wissen abzugeben. Auch nicht an Julius. Oder erst recht nicht. Nur mit unnützen Infos würde sie rausrücken, also erwartete er nicht viel.

»Ich höre.«

»Er wurde zur gleichen Zeit wie Siegfried Schultze-Nögel getötet. Plus minus vierundzwanzig Stunden. Unser Pathologe meint aber, höchstwahrscheinlich am selben Tag. Er hat das mit allerlei ekligen Details begründet«, sie schüttelte sich, »aber ich will Ihnen als Koch nicht den Appetit verderben.«

Sie lachte wieder. Julius war nun endgültig klar, dass sie den Punkt erreicht hatten, an dem sich ihre Wege trennten.

»Das war es dann wohl mit unserer Zusammenarbeit?«

Sie tätschelte Julius auf den Rücken.

»So ist es. Ab jetzt gehen Kochtopf und Pistolenhalfter wieder getrennte Wege.«

Julius gab sich der gesprächigen Ruhe hin. Dem Fluss aus Flüstern, der von den hohen Wänden ins Unendliche gespiegelt wurde. Alles wurde leise und behutsam ausgesprochen. Es fanden sich keine anzüglichen Begriffe, keine Schimpfworte, keine rohen Gedanken. Es waren makellose, unschuldige Worte, denn niemand traute sich, den Herrn durch unbedacht Gesagtes zu erzürnen.

Julius wollte etwas Ruhe finden, abseits sein vom Trubel, an anderes denken, vielleicht auch ein wenig Hoffnung tanken, Zuversicht finden in den Worten einer Predigt.

Auf dem Rückweg vom Treffen mit von Reuschenberg war er an der Rosenkranzkirche vorbeigefahren. Und hatte angehalten. Er sah, wie die Menschen hineinströmten, und etwas trieb ihn, es ihnen gleichzutun. Da die ›Alte Eiche‹ Ruhetag hatte, würde ihn niemand vermissen. Die Kirche war gut gefüllt. Je näher die Adventszeit rückte, desto mehr abtrünnige Schäfchen kehrten zur Herde zurück. Noch waren es einige Wochen hin, aber das Gewissen meldete sich bereits lautstark zu Wort. Es wollte ins Gotteshaus getragen werden, sich erleichtern.

Julius mochte diese Kirche, sie war eine einzige optische Täuschung. In großem Maßstab. Ein architektonischer Bluff, der dem eiligen Besucher verborgen blieb. So fiel das schlicht-moderne äußere Mauerwerk durch die kleinen Flankentürmchen nicht auf. Im Inneren taten Konsolen mit Figurenplastiken, Kapitelle mit Fröschen und Greifvögeln oder die prachtvollen Rosenkranzbilder am Altar alles, um den Besucher nicht merken zu lassen, dass er sich in einer neuromanischen Kirche aus dem 20. Jahrhundert befand. Es wurde langsam dunkel. Die Fenster wurden kaum noch durch das dämmrige Abendlicht erhellt und wirkten wie Augen, die ihren Glanz verloren hatten.

Das Raunen erstarb langsam, denn die Pastoralreferentin kam von der Sakristei aus zum Altar. Julius hatte sie schon des Öfteren gesehen und kannte ihren Namen aus den Pfarrmitteilungen. Er schätzte Erika Salbach auf Ende dreißig, aber damit konnte er auch schwer danebenliegen, denn sie tat augenscheinlich alles, um älter zu wirken. Sie trug ein graues Kleid. Eine hellrosa Strickjacke streng darüber. Die farblose Kleidung konnte nicht verbergen, dass es sich um eine attraktive Frau handelte. Sie begrüßte die Gläubigen und verlas die Gemeindemitteilungen. Wer in der Woche verstorben war, wem heute gedacht wurde, wer ein Sechs-Wochen-Amt gelesen bekam oder ein Jahrgedächtnis. Dann kamen die erfreulichen News:

»Die Wanderung der KFD findet am Elften statt. Treffpunkt ist der Bahnhof um 14 Uhr 20. Wir fahren mit dem Bus nach Esch/Grafschaft und besuchen dort die neue Lourdes-Grotte. Interessenten melden sich im Pfarramt. Eine herzliche Einladung geht an alle Versöhnungskinder zum Versöhnungstag am Samstag in St. Pius. Zum Schluss noch ein Hinweis zur Kolpingfamilie: Die

Bezirksmitgliederversammlung ist am Donnerstag um 19 Uhr 45 im Pfarrheim.«

Die melodische, rheinische Sprachführung der Pastoralreferentin gefiel Julius. Diese Eigenheit seiner Landsleute war ihm erst bewusst geworden, als es ihn während der Ausbildung in nördlichere Gefilde verschlagen hatte. Rheinländer ließen keine Chance aus zu singen, sie taten es sogar beim Sprechen. Und Erika Salbach machte es mit großem Enthusiasmus.

Julius fiel etwas auf.

Und seine Laune änderte sich schlagartig.

Es gab also doch noch positive Wendungen für ihn!

Er freute sich nun auf das Ende der Messe, konnte es kaum abwarten.

Pfarrer und Messdiener marschierten ein. Das Spektakel begann. Julius betrachtete jeden Gottesdienst als Theaterauftritt, mit genau festgelegten Rollen. Und seine Sippe liebte die Theaterkritik. Wenn neue Pfarrer oder Kapläne kamen, wurden sie danach bewertet, wie ihnen das liturgische Gewand stand, ob sie eine sympathische Ausstrahlung hatten, eine schöne Stimme, nett predigen konnten und insgesamt für eine gelungene Messe sorgten. Um ihre Interpretation der Bibel ging es nicht. Neben der Theaterkritik gab es für die Sippe einen weiteren wichtigen Grund für den Kirchenbesuch, und als Julius sich in der Bankreihe umblickte, war nicht zu übersehen, dass ein Großteil der Anwesenden dies genauso sah. Die Damen nutzten die Chance, ihre gute Garderobe – zurzeit waren Pelzmäntel en vogue – Gassi zu führen und die Herren der Schöpfung mal wieder in die Sonntagsanzüge zu quetschen. Julius schmunzelte, er fand das sympathisch. Das Nötige wurde mit dem Angenehmen verbunden. Ganz pragmatisch. Wenn man schon in die Kirche musste, konnte man den Nachbarn wenigstens zeigen, was man zu bieten hatte.

Der Pfarrer lieferte eine gute Vorstellung. Er predigte über den zwölfjährigen Jesus im Tempel. Die Szene war auch in einem der prächtigen Rosenkranzbilder dargestellt: »Das Kind wuchs heran… nach drei Tagen fanden sie ihn im Tempel; er saß mitten unter den Lehrern.« (Lk 2,40). Der Pfarrer referierte darüber, dass man, um von den Kindern lernen zu können, nur ein offenes Ohr bräuchte. Da hatte er tatsächlich Recht, dachte Julius. Ein offenes Ohr konnte der Schlüssel zu wichtigen Antworten sein. Wie lang dauerte die Messe noch?

Endlich kamen Kommunion und Schluss-Segen.

»Gehet hin in Frieden!«

»Dank sei Gott dem Herrn!«

Die Gemeinde begab sich in christlichem Schneckentempo zum Ausgang, um draußen über Mäntel, Frisuren und zugelegte Pfunde klönen zu können.

Julius blieb.

Dann war die Kirche leer.

Die Zeit war gekommen, um in die Sakristei zu gehen. Er fand Pastoralreferentin und Pfarrer in ein Gespräch vertieft. Sie bemerkten Julius erst spät. Dann sahen sie ihn überrascht an.

Ein Blick genügte.

Hektisch verabschiedete sich Erika Salbach vom Seelsorger, nahm Julius am Arm und ging mit ihm hinaus auf den seitlichen Kirchenvorplatz. Es war mittlerweile dunkel geworden. Nur die nahen Straßenlaternen erhellten die Szene.

»Wie haben Sie es rausgefunden?«

»Ihr rheinischer Singsang war einfach zu schön.«

Die anonyme Anruferin wurde sich der Konsequenzen ihrer Entlarvung klar.

»Werden Sie es der Polizei …?«

»Selbstverständlich.«

»*Bitte nicht*, wenn das rauskommt! Wenn die Affäre bekannt wird, dann …« Die schmalen Ärmchen an sich gedrückt, wirkte sie wie ein Vogel, dem man die Flügel ausgerissen hatte.

»Das hätten Sie sich vorher überlegen müssen. Und erwarten Sie bloß kein Mitleid von mir! Sie haben Gisela angeschwärzt, wollten ihr den Mord anhängen!«

Erika Salbachs Gesicht zeigte nun eine Entschlossenheit, die Julius nur aus den Augen von olympischen Kugelstoßerinnen kannte.

»Sie war es! Sie hat mir Siggi weggenommen!«

»Welche Beweise haben Sie denn dafür? Die Sache mit der Scheidung und dem Anwaltstermin können Sie vergessen, die hab ich überprüft.«

»Sie lügen! Der Siggi wollte sich trennen. Das hat er mir immer wieder gesagt. Und die Gisela hat ja schon mal versucht, ihn umzubringen!«

Julius kam eine Idee.

»Stimmt, dafür haben Sie der Polizei sogar eine Zeugin genannt: sich selbst!«

»Woher …?«

Julius triumphierte innerlich. Das war, dachte er sich, brillant kombiniert. Es war eigentlich nur ein kurzer geistiger Schluckauf gewesen, dass die Anruferin sich selbst als Zeugin benannt hatte, ohne die Maske der Anonymität fallen zu lassen.

»Ich weiß es halt.«

»Es ist so gewesen! Ich hab es mit eigenen Augen gesehen. Ich hätte sie damals direkt hinterherstoßen sollen!«

»Das ist alles, was Sie an Beweisen haben?«

»Reicht das nicht? Sie *wollen* es einfach nicht sehen!«

Liebe machte wohl in vielen Bereichen blind.

»Wie lange waren Sie eigentlich mit Siggi zusammen?«

»Fünf Jahre. Fünf wundervolle Jahre.«

Das Glück dieser Zeit lag in ihren Augen eingeschlossen wie eine Goldader. Julius dachte darüber nach, was wäre, wenn sich diese Liebe in Hass verwandelt hätte.

»Man könnte Ihnen übrigens genauso gut unterstellen, Siggi ermordet zu haben.«

»Mir?!«

»Als Sie merkten, dass er sich nicht wirklich von Gisela trennen wollte und Sie über all die Jahre nur ausgenutzt hat.«

»Blödsinn!«

Das klang echt.

»Oder noch eine andere neben Ihnen hatte.«

»So was hätte er niemals getan! Er war treu.«

Merkwürdige Vorstellung von Treue bei einem Ehebrecher.

»Wo haben Sie sich eigentlich mit ihm getroffen, dass das keiner mitbekam?«

»Das geht Sie wirklich nichts an.«

Da hatte sie Recht. Julius sah die Pastoralreferentin an, wie sie in Abwehrhaltung, die Arme über die Brust gekreuzt, die Augen auf den Boden gerichtet, vor ihm stand. Sie war nur ein Spielzeug gewesen. Eine unter wahrscheinlich mehreren Geliebten, die der Rotweinmagier ganz nach Belieben mit ins Bett genommen hatte. Nach seinem Tod stand sie mit gestorbenen Träumen da. Mit Enttäuschung und Wut, die irgendwohin musste und Gisela getroffen hatte.

Und doch gab es keinen anderen Weg für Julius.

»Ich werde das der Polizei melden müssen.«

»*Bitte nicht*! Es darf niemand von Siggi und mir erfahren!«

Er schüttelte den Kopf. Sie weinte und hielt sich die Hände vors Gesicht.

Aber es musste sein. Wenn die Polizei denselben Eindruck von ihr gewann wie Julius, war die Aussage nichts mehr wert. Dann war es nur noch das Hirngespinst einer enttäuschten Geliebten. Und Gisela wäre nicht mehr verdächtig, ihren Mann den Hang hinuntergestoßen zu haben.

»Bitten Sie besser die Polizei, dass sie die Sache unter der Decke hält. Ich lege ein gutes Wort für Sie ein. Aber ich würde mich an Ihrer Stelle fragen, ob ich mit so einer Doppelmoral noch in die Kirche gehöre. Ich will hier nicht den großen Unschuldigen rauskehren, ich hab mir auch schon Sachen rausgenommen, die Il Papa in Rom nicht gutheißen würde. Aber ich arbeite ja auch nicht für den Laden.«

Es fiel ihm schwer, die Pastoralreferentin in dieser Stimmung zurückzulassen. Aber was sollte er tun? Julius bog um die Ecke auf den Vorplatz der Kirche, wollte zum Wagen gehen, als ein dunkel gekleideter Mann auf ihn zukam. Er trug einen teuren Anzug, der Schnitt topmodern, Hemd und Krawatte genau dem aktuellen Trend entsprechend. Der Mann war nicht von großer Statur, eher klein und schmal, aber die Art, wie er sich bewegte, mit großer Körperspannung, verriet, dass es sich um einen menschlichen Pitbullterrier handelte. Jeder Kubikzentimeter Körper war gestählt, Fäuste und Füße warteten wie gespannte Federn darauf, ihre geballte Kraft in ein Ziel zu führen.

Zackig blieb er vor Julius stehen.

»Kommen Sie *bitte* mit!«

Eine Hand fasste Julius am Oberarm. Ein Daumen stach in den Bizeps hinein. Der Schmerz breitete sich aus wie heißes Öl. Der Pitbull zog ihn auf den Parkplatz zu einem schweren Mercedes, schwarz lackiert. Julius konnte das Wageninnere nicht erkennen. Aber etwas bewegte sich darin.

»Ich lasse mich doch von Ihnen nicht dazu zwingen!«

Julius versuchte, sich aus dem Griff zu befreien. Der Pitbull nahm die linke Hand vom Oberarm und setzte sie am Nacken an. Julius ging in die Knie, krümmte sich wie ein Fisch an Land.

»Ich hab dir doch gesagt, du sollst ihn her*bitten*!«

Julius konnte nicht sehen, von wem die Stimme stammte, denn seine Augen waren mit Tränen gefüllt.

»Er wollte nicht.«

»Lass ihn los!«

Die Hand des Pitbulls löste sich von Julius' Nacken, und das Blut zirkulierte wieder. Die Verkrampfung fiel von ihm ab wie nasse Kleidung.

Zwei andere Hände, vorsichtigere, berührten ihn unter den Achseln und zogen ihn hoch. Den Blick immer noch verschwommen, konnte Julius zumindest erkennen, dass er zum Wagen verfrachtet und hineingesetzt wurde.

Der Innenraum roch nach Leder und teuren Zigarren. Ein Humidor war in den Spalt zwischen den Vordersitzen eingelassen.

Der Wagen fuhr an, und Julius drehte den Kopf, um den Mann rechts neben ihm zu sehen.

»In Vino Salvatio, Julius! So war das nicht gedacht. Er hat einfach keine Geduld, weißt du.«

Es war Dr. Bäcker, und er plauderte, als hätten sie sich zufällig auf dem Wochenmarkt getroffen.

»Was soll das?«, brachte Julius hervor.

»Wir machen einen Ausflug. Betrachte es als inoffizielle Veranstaltung der Weinbruderschaft. Exklusiv für dich, und ohne Selbstkostenbeteiligung.«

»Wie komme ich zu der Ehre?«

Bäcker lächelte wie ein Haifisch, der seinem Opfer die Mordwerkzeuge präsentierte. Kalt. Julius erkannte, dass der Pitbull hinter dem Lenkrad saß und in hohem Tempo über die Straßen raste.

»Du hast sie dir redlich verdient, Julius. Warte es ab. Es wird sich alles bald klären für dich. All deine Fragen sollen beantwortet werden – Zigarre?«

Julius schüttelte den Kopf. Ihm war nicht danach, und in Verbindung mit dem Fahrstil des Pitbulls würde der Rauch verheerende Auswirkungen auf seinen Mageninhalt haben.

»Ich bin so frei!«, sagte Bäcker gut gelaunt, nahm sich eine dicke Tabakrolle aus dem Humidor, knipste sie ab und begann, die Spitze nahe der Flamme seines vergoldeten Feuerzeugs entlangzuführen. Die Zigarre fing langsam an zu glühen und zu knistern, wie ein kleines Lagerfeuer.

»Sag mir doch bitte, was das hier soll!«, forderte Julius.

Bäcker schüttelte den Kopf, lächelte wieder und sog genüsslich an der Zigarre.

»Habt *ihr* den Brief geschrieben?«

»Welchen Brief?«

»Die Warnung.«

»Wir haben andere Methoden als Briefe.«

Das klang nicht gut. Julius dachte in einem Moment des Größenwahns daran, aus dem Wagen zu springen. Aber der Mercedes fuhr zu schnell, hielt auch nicht an roten Ampeln, sondern raste darüber. Es war Julius schleierhaft, wie der Pitbull es schaffte, keinen Unfall zu bauen. Rechterhand tauchte das Kloster Calvarienberg auf, wenig später war zu erkennen, dass der Mercedes durchs Hungertal fuhr. Dann ging es ab von den offiziellen Straßen, auf die Wanderwege, durch den Wald, alle Schranken waren geöffnet. Diese Fahrt war bis ins Letzte geplant. Plötzlich wurde der Wagen langsamer, fuhr fast behäbig an der einsam gelegenen Antoniuskapelle vorbei. Kein Mensch war unterwegs. Vielleicht war auch dies vorbereitet worden, vielleicht hatte die Bruderschaft alle Wege gesperrt, weil ihr Ordensmeister mit Julius allein sein wollte.

Plus den Pitbull.

Während der Fahrt war die Nacht hereingebrochen. Der Ahrweiler Stadtwald wirkte nun undurchdringlich, wie aus einem Märchen, in dem sich Kinder verliefen und Hexen Häuser aus Nürnberger Gebäckspezialitäten bauten. Es war unheimlich.

Der Wagen hielt. Julius wusste nicht, warum. Dieses Stück Weg war wie alle zuvor. Der Pitbull stieg aus und öffnete Dr. Bäcker die Tür, dann Julius.

Sie gingen ein paar Schritte. Wortlos. Der Pitbull lief voraus, sprang auch in die angrenzenden Waldstücke, sah sich um. Niemand. Die Spitze von Bäckers Zigarre glühte wie die Nase von Rudolf dem Rentier. Aber Julius war gar nicht weihnachtlich zumute. Er hatte Angst. Noch mehr, seit er beim Aussteigen gesehen hatte, dass der Pitbull eine Beule unter der linken Schulter hatte. Eine Beule von der Größe einer Pistole.

Bäcker blieb stehen. »Da wären wir!« Er breitete die Arme aus. »Ich bin immer wieder gerne hier!« An den Pitbull gewandt fügte er hinzu: »Bereite alles vor.«

Julius rannte los und schrie. Brüllte um Hilfe. Stürzte sich in den Wald. Er kam nicht weit. Der Pitbull brachte ihn zu Fall, zog ihn hoch und schlug ihm in die Magengrube.

»Entschuldigung, Dr. Bäcker. Ein Reflex«, rief er seinem Herrchen zu.

Julius wurde zurückgezerrt, den linken Arm auf dem Rücken verdreht. Ein steter Schmerz in der Schulter.

»Du machst es dir selber schwer, Julius. Wir wollen doch nur etwas klarstellen.«

Der Pitbull ließ los, ging zurück zum Wagen und holte riesige Maglites aus dem Kofferraum, die er an verschiedenen Stellen auf den Boden legte. Julius konnte nun erkennen, dass es sich um fünf Wege handelte, die sternförmig auf ein dunkles Kreuz zuliefen. Das Schwarze Kreuz. Es ragte bedrohlich aus einem Haufen Steine hervor. Julius musste die Inschrift nicht lesen, um zu wissen, was darauf stand. Nach mehr als drei Jahrhunderten kündete das alte Basaltlavakreuz immer noch von einem Todesfall in Heckenbach im Sommer 1682: »Stephanvs Mohr aus H. Bach TOD«. Was sollte das alles? Was hatte er bloß getan, dass Bäcker ihn hierher schleppte?

»Dieser Ort atmet Historie, nicht wahr, Julius?«

»Die Historie eines Todes.«

»Die auch, die auch …« Bäcker legte einen Arm um ihn. »Du weißt bestimmt, dass die Weinbruderschaft alt ist. *Sehr* alt.«

Natürlich wusste Julius das, schließlich trug sie ihr Alter im Namen: »Ahrtaler Weinbruderschaft von 1682 A.D.« – Die Übereinstimmung war ihm nie aufgefallen! Bäcker schien Julius' verblüffter Gesichtsausdruck zu gefallen, denn er fuhr nickend fort.

»Es ist nicht nötig, dir zu erzählen, warum die Ordensväter sich damals zusammenfanden. Du bist nicht in der Position, das zu erfahren. Nur so viel: Es waren fünf Männer, die sich trafen. Sie kamen auf den fünf Wegen hierher gewandert, um die Bruderschaft zu gründen. Eine Vereinigung ehrbarer Männer, die sich um das Wohl des Tales kümmert. Und so ist es seitdem.«

Julius wusste nicht, was der Vortrag sollte. Wenn Bäcker einen Schlussstrich ziehen wollte, dann konnte er ihm wenigstens das Palaver ersparen. Doch der machte weiter, nur bedeutend bedrohlicher.

»Julius, ich muss dir sagen, dass du nichts begriffen hast. Nichts von der langen Geschichte der Bruderschaft, nichts über die Unantastbarkeit unserer Vereinigung. Der Einzelne zählt keinen Pfifferling, nur das Ganze ist wichtig.«

Der Pitbull hatte neben dem Kreuz Aufstellung bezogen und blickte unruhig in alle Richtungen, während Bäcker mit seinem Sermon fortfuhr.

»Das oberste Gebot ist, die Bruderschaft zu schützen. Du hast sehr viele Fragen gestellt nach deiner Initiation. Fragen nach Siggi, nach Markus, nach dem Franzosen und nach dem Fass. Du hast Unruhe in die Vereinigung gebracht. Du musst nicht glauben, wir wüssten nicht, wohin deine Fragen zielen. Du verdächtigst uns, verdächtigst mich, einer grauenhaften Tat. Die Antwort, die ich dir in den Thermen gegeben habe, hätte dir genügen sollen. Aber du musstest ja weiterschnüffeln. Und dich mit deinen Ermittlungen in der Presse groß tun. Was hätte da demnächst gestanden? Weinbruderschaft in Mordkomplott verwickelt – vom kulinarischen Detektiv enthüllt?!« Er spuckte auf den Boden. »Das ist nicht die feine Art, Julius. Beileibe nicht.«

Julius sagte kein Wort. Bäcker würde eh nichts gelten lassen. Denn Bäcker hielt Gericht.

»Wir haben dich hierher gebracht, damit du, an den Wurzeln der Bruderschaft stehend, ihr Ausmaß begreifst. Ihre Größe. Ihre Stärke. Die Bruderschaft ist mächtiger als wir, Julius, viel mächtiger. Komm mit!«

Er führte Julius zu dem dunklen Steinkreuz, legte seine Hand darauf und bedeutete ihm, dasselbe zu tun.

»Hier haben sie sich geschworen, das Tal, die Weinbruderschaft *und* die Weinbrüder zu schützen. Ich möchte, dass du das verstehst, Julius. Wir würden niemals und unter keinen Umständen einen der Unseren töten.«

Aber Siggi, dachte Julius, war keiner davon.

»Wir wollen, genau wie die Polizei, genau wie du, den Mörder von Markus finden. Auch den des Franzosen und selbst Siggis.

Obwohl wir unsere Probleme mit ihm hatten. Die Morde haben dem Tal geschadet, es in ein falsches Licht gerückt. Weniger Touristen werden deshalb kommen. Das trifft uns alle. Du glaubst, wir hätten das Fass beschriftet. Und damit hast du Recht. Wir haben ein Exempel an Siggi statuiert, und das Fass war ein Teil davon. Markus Brück, der dafür zuständig war, hat uns zudem noch die letzten Flaschen von Siggis Versteigerungswein gebracht. Mit dem wollte er den IHK-Kammerpreis gewinnen. Da haben wir ihm einen Strich durch die Rechnung gemacht. Jetzt lagern sie in meinem Keller – was kann sich ein Wein mehr wünschen?«

»Du weißt, dass ich der IHK vier Flaschen von dem Wein zur Verfügung gestellt habe?«, fragte Julius.

»Ja. Und wäre Siggi nicht gestorben, hättest du deswegen Ärger bekommen. Jetzt ist das egal.«

»Wusste Herold von dem Exempel?«

Bäcker lächelte, ging aber nicht darauf ein. »Das Exempel ist ein typisches Beispiel, wie der Hase bei uns läuft. Markus wollte zuerst nicht. Hatte kalte Füße. Wollte nichts gegen seinen Chef unternehmen. Aber er musste. Die Interessen der Bruderschaft stehen über denen der Mitglieder.«

Julius dachte an den Zettel, den Brück ihm zugespielt hatte. Mit dem Hinweis auf den Viaduktpfeiler im Adenbachtal. Kein Wunder, dass er ihn auf die Spur der Weinbrüder bringen wollte. Er hatte ein schlechtes Gewissen, wollte ihnen einen Dämpfer verpassen, ohne selbst in Verdacht zu geraten.

Der Ordensmeister fuhr fort.

»Ich sag dir auch den Grund für die Aktion. Siggi trieb ein falsches Spiel. Er hatte eine Anlage für Mostkonzentration. Und er hat sie benutzt. Wenn das rausgekommen wäre, hätte dies für alle Winzer im Tal große Einbußen bedeutet. Der gute Ruf wäre dahin gewesen, der gute Ruf des ganzen Anbaugebiets!«

Bäcker strich sich die fettigen Haare aus dem Gesicht. »So viel zu unserer Strafaktion. Niemand hätte davon erfahren, wenn nicht der Mord gewesen wäre. Vielleicht erinnerst du dich: Als die

Spurensicherung da war, nach Siggis Tod, haben wir uns in der Kelterhalle getroffen. Ich hatte gerade das Fass mit dem Schriftzug umgedreht, damit kein Verdacht auf uns fällt. Hättest du der Kripo nicht gesteckt, dass es da wäre – niemandem wäre es aufgefallen, und wir hätten es später verschwinden lassen können. So waren wir genötigt, einige Hebel in Bewegung zu setzen, damit niemand dumme Fragen stellt. Wir mussten ein paar Gefallen eintreiben, die wir uns lieber aufgespart hätten.« Er nickte dem Pitbull zu. »Ich fasse zusammen: Wir haben keinen der drei getötet. Und ich verlange, dass du die Bruderschaft raushältst! Wenn nicht, Julius, kann es böse für dich enden! Das ist die letzte Warnung! Noch bist du ein Bruder, aber dein Ausschluss ist nahe. Und dann kann ich für nichts mehr garantieren! Wir haben uns verstanden, Julius. Vorerst bekommst du nur einen Denkzettel.«

Der Pitbull trat vor.

Julius wollte nicht mehr an das Geschehene denken, es ausradieren wie einen fehlerhaften Satz. Wieder zurück im Auto, fand er eine Nachricht auf der Mailbox. Von Gisela. Er solle zum Neubau des Weinguts kommen, es wäre etwas Schreckliches passiert. Julius hätte große Summen dafür hingeblättert, wenn Gisela etwas präziser gewesen wäre. Aber das war alles, was sie sagte. Und jetzt war sie nicht zu erreichen. Es war ständig besetzt, obwohl er das Handy auf Wahlwiederholung geschaltet hatte. Julius machte es wie der Pitbull, raste über die Straßen, bis das hell erleuchtete Gebäude links vor ihm auftauchte. Nachts sah es noch mehr aus wie ein gelandetes Raumschiff, als einziger erleuchteter Punkt im dunklen Weinberg. Das flackernde Blaulicht der fünf Polizeiwagen tat sein Übriges dazu, den Eindruck einer außerirdischen Invasion zu verstärken.

Man hatte ihn wohl gehört, denn eine Frau kam auf ihn zugelaufen. Es war Gisela. Sie fiel ihm in die Arme.

»Ich halt das nicht mehr aus, Julius! Ich schaff das nicht mehr!«

Von Reuschenberg tauchte hinter ihr auf. Auch sie wirkte geschafft, ging nur schleppend. Ihre Wangen glänzten feucht. Sie strich beruhigend über Giselas Schulter, wandte sich dann zu Julius.

»Ich dachte, Sie wollten sich aus dem Geschäft zurückziehen?«

»Ein vorschneller Entschluss, wie mir scheint. Außerdem war das nur *Ihr* Vorschlag.«

Gisela trocknete sich die Tränen am Ärmel ihrer Bluse. »Schau es dir an, Julius, schau es dir an. Aber ich bleib hier. Ich will das nicht wieder sehen!«

Julius blickte fragend zu von Reuschenberg, ob sie ihn begleiten wolle. Aber sie schüttelte den Kopf.

»Das tu ich mir nicht noch mal an! Ich hab ja schon einiges gesehen, aber das hat mich wirklich unvorbereitet getroffen.«

»Und? Haben Sie den Mörder schon gefasst?«

Sie lächelte matt. »Abwarten. Noch ist er unter uns, sonst hätte er ja nicht wieder zuschlagen können.«

Noch ein Mord? Julius wollte nicht schon wieder eine Leiche sehen. Markus Brück und Bernard Noblet hatten ihm gereicht. Für immer. Von Reuschenberg sah sein Zögern.

»Gehen Sie schon. Für Sie als Koch ist das wahrscheinlich halb so schlimm.«

Sie winkte ihn durch, wie ein Verkehrspolizist einen Schwertransport. Julius ging näher auf das Eingangstor zu, die Stimmen dahinter überschlugen sich. Ihnen war die Verwunderung anzumerken. War das Gemurmel in der Kirche von einer meditativen Kraft durchdrungen gewesen, manifestierte sich in diesem Stimmengewirr Ekel.

In Julius kroch die Angst hoch. Er hatte nicht gedacht, dass nach dem Gratis-Ausflug mit der Weinbruderschaft noch Reserven davon existierten.

Die Halle war grell erleuchtet. Edelstahltanks warfen das Neonlicht zurück, blitzten kalt. Eine grüne Menschentraube aus Streifenpolizisten hatte sich gebildet, doch er konnte nicht erkennen, worum sie standen. Józef war auch dabei und schüttelte den Kopf, hörte gar nicht auf damit. Julius tippte ihm auf die Schulter. Józef schaute auf, aber kein erfreutes Lächeln umspielte seine Lippen, kein Wort kam über sie. Er drückte Julius nur mit wenig Kraft in die Menschentraube.

Dann sah er es.

Die Italcom Abbeermaschine Alfa 160/15 war das Zentrum des Interesses. Julius hatte der Maschine nie besondere Aufmerksamkeit geschenkt. Sie war dafür verantwortlich, die Beeren von den Stielgerüsten zu trennen. Sie trennte das wertvolle Gut ab, ohne es dabei aufzureißen. Allerdings hatte dieses Modell, wie Siggi Julius einmal stolz erzählt hatte, eine Quetsch-Nichtquetsch-Einrichtung. Man konnte frei wählen. Als er noch näher trat, sah Julius, dass sich jemand für die Quetsch-Variante entschieden hatte. Aus gutem Grund. Schließlich ging es darum, ein rund vierzehn Kilo schweres Stück Fleisch samt Knochen und Fell zu zermahlen. Siggis Cockerspaniel Moritz hing grotesk verdreht im Einfülltrichter der Maschine. Sein schönes dreifarbiges Fell war an vielen Stellen gerissen und mit Blut durchtränkt. Er war zu rund einem Drittel in die Maschine gezogen worden, Hinterläufe und Schwanz waren nicht mehr zu sehen. Der Hund musste sehr gelitten haben, bis die Maschine ob des großen Stücks ins Stocken geraten war. Moritz schaute in Richtung Julius. Ein vorwurfsvoller Blick aus den treuen Augen. Sie waren glasig und leblos. Julius übergab sich.

IX

»Schlachtplatte für zwölf Personen«

Die Nacht war noch nicht vorbei. Als er zu Hause ankam, saß auf den Stufen zur Tür ein alkoholgetränkter Oberkellner. Er sagte etwas. Es klang wie »Hallavam gniopr Tstu!«

Aber Julius konnte sich auch verhört haben.

Franz-Xaver, eingerollt in seinen Mantel wie ein Igel in Laub, bewegte sich langsam, um ein zerknittertes Blatt Papier von irgendwo aus seinem Igelinneren zu holen. Schlingernd reichte er es Julius.

»S Kndnung!«

Julius nahm das Blatt. Es war so mit Rotweinflecken übersät, dass der Eindruck entstand, es handele sich um ein gedrucktes Muster. Der Text war handschriftlich verfasst. Nun hatten Kellner von Geburt an eine Schreibe, gegen die der Enigma-Code wie die Einstiegsübung für Analphabeten aussah. War der Schreiber zudem noch betrunken, konnte selbst die Berufsgenossenschaft der Kellner, Ober & Köbese den Buchstabensalat nicht entziffern. Julius schaffte es, ein Datum ausmachen. Es schien das heutige zu sein. Und er konnte ein Wort erkennen, das Franz-Xaver in Großbuchstaben gesetzt, zweifach unterstrichen und mit fünf Ausrufezeichen – eins größer als das andere – versehen hatte. Das Wort hieß Kündigung.

»S tut mir s Lei!«, kam von dem sternhagelvollen Igel, der sich anschickte, zu einem anderen Platz auf dieser traurigen Erde zu kriechen.

Julius half ihm auf. »Komm erst mal rein, dann …«, er überlegte, aber es fiel ihm kein besseres Wort ein, »… dann *reden* wir weiter.«

Drinnen angekommen holte er einen Waschlappen, machte ihn nass und fuhr Franz-Xaver damit durchs Gesicht. Das wirkte sich positiv auf dessen Sprachfähigkeit aus.

»Dnke, Julus! 'tschuldigung, dassich so platze!«

Das, dachte Julius, würde er bei aller Freundschaft nicht entschuldigen. Reinplatzen ging aber in Ordnung. Er nahm die Kündigung und riss sie in ordentliche quadratische Schnipsel, die er auf den Wohnzimmertisch rieseln ließ.

»Hier wird nicht gekündigt!«

»Dubis su gut mir! Su gut!«

Eine warme Hühnerbrühe würde Franz-Xaver wieder auf die Beine bringen. Julius hatte immer etwas Fond in der Küche, falls mal eine Erkältung im Anmarsch war. Der Igel schlürfte sie lautstark. Nach dieser Kräftigung rollte er sich vollends auseinander und saß fast so gerade wie ein richtiger Mensch.

»S tut mir Leid, Julus! Unser Streit! Su was darf mir net passieren! Des war so … unprofessorell! Du has einen besseren Maître d'hôtel verdient, einen viel besseren, weißt!«

»Aber ich hab nun mal dich, und einen Besseren kann ich mir nicht leisten!« Er grinste.

Franz-Xaver musste auch grinsen. »Du Sauhund!« Er stand klapprig auf, um sich im Badezimmer Wasser ins Gesicht zu spritzen. Erst bei seiner Rückkehr fielen Julius die zwei Flaschen auf, die in den Seitentaschen von Franz-Xavers Mantel steckten.

»Was hast du denn vernichtet? Oder sollte ich besser fragen, was hat *dich* vernichtet?«

Franz-Xaver zog seine beiden Begleiter heraus. Er wirkte jetzt deutlich klarer. Sein Gesicht war noch feucht vom Wasser.

»Zuerst hab ich mir ganz, gaaanz stilvoll eine von mein Flaschen zweiundachtziger Comtesse gegönnt. Ich wollt feierlich die Kündigung schreiben, mit großer Gesten untergehen, net wahr. Große Gesten! Und dann hab ich mit einer halbvollen Flaschen Lagavulin, des war sogar eine Distillers Edition, nachgelegt. Die hat mir dann in einem Vier-Augen-Gespräch auch gesagt, es wär eine prima Idee, dir die Kündigung noch heut Nacht zuzustellen.«

»Ist noch was davon da?«

»Na, die desinfiziert jetzt meinen Magen.«

»Schade, ich hätte was davon gebrauchen können.«

»Wieso?«

Julius erzählte vom Ende des hochprämierten Jagdhundes.

»Weiß man, wer's war?«

»Woher? Keine Fingerabdrücke, keiner ist gesehen worden, und das Tor stand sowieso auf, damit der Hund reinkommen konnte, wenn's ihm draußen zu kalt wurde.«

»Mehr kann sich ein Mörderherz net wünschen ...«

»Wahrlich nicht.«

»Und mehr kann sich ein Journalistenherz auch net wünschen, oder? Die werden sich über den toten Hund schön freuen.«

Julius schüttelte den Kopf und stand auf, um den Suppenteller zur Geschirrspülmaschine zu tragen.

»Das glaub ich nicht. Der Hund läuft als Verschlusssache. Die Polizei will nicht noch mehr Aufsehen. Und ich will jetzt wirklich ins Bett. Mein Tag war nämlich unter aller Kanone. Erzähl ich dir alles morgen. Ich schlag vor, du machst es dir auf dem Sofa bequem. In deinem Zustand kann ich dich nicht mehr auf die Straße lassen!«

»Dann hab ich wohl keine andere Möglichkeit.«

»Und noch was.«

»Ja?«

»Ich hab mich zu entschuldigen. Tut mir Leid, dass ich dich gestern so angeraunzt habe. Und die Flasche Comtesse ersetz ich dir.«

»Die trinken wir dann aber zusammen!«

»So soll es sein!«

Jemand zog die Rollladen hoch, öffnete das Fenster und stellte ein Tablett mit Frühstück aufs Bett. Rührei mit Schnittlauch, gebratene Champignons mit Speck, eine Tasse Tee, ein Croissant.

»Morgen, Maestro!«

Julius fiel auf, dass es taghell war. Er blickte auf die Uhr: 12.17!

»Wie konnte …?!«

»Ich hab deinen Wecker ausgestellt. Ich dachte, du könntest eine große Mützen Schlaf gebrauchen!«

»*Wieso*?«

»Du hast ziemlich unruhig geratzt, hast auch geredet, na ja, eigentlich hast gegrölt. So laut, dass ich auf dem Sofa wach geworden bin.«

»Und was hab ich so von mir gegeben?« Julius nahm sich das Croissant und biss hinein, den Happen mit einem Schluck heißen Tee hinunterspülend.

»Viel Genuschel, und du hast immer wieder ›Hilfe!‹ gerufen, und ›Nein!‹ – weiß der Himmel, was du geträumt hast. Ich hab dich dann ja auch geweckt.«

»Kann ich mich gar nicht dran erinnern …«

»Hast danach auch merkwürdigen Kram vor dich hinplappert. Von wegen, des unterschreib ich net, des kann doch net dein Ernst sein – so was in derer Art. Und von einem harten Schneuz hast was gesagt, da musst ich schon ziemlich lachen. Aber des kann auch was anderes geheißen haben, vielleicht schwarzes Zeugs …«

»Kreuz.«

»Oder so.«

Julius begann, den warmen, knusprigen Speck zu essen. Es war ein Hochgenuss.

»Wieso Schwarzes Kreuz?«

»Da hat mir die hochverehrte Weinbruderschaft einen Denkzettel verpasst.«

Franz-Xaver musste gar nicht erst nachhaken, sein Gesicht war Frage genug. Ein auf die Stirn tätowiertes Fragezeichen hätte nicht deutlicher sein können. Julius erzählte von der Begegnung mit Erika Salbach und dem anschließenden Waldspaziergang mit Dr. Bäcker. Er erzählte ihm vom Ärger des Landrats über das Ausquetschen der Weinbrüder bei der Initiationsfeier und dessen Versicherung, niemand sei von der Bruderschaft ermordet worden.

»Und was war des für ein Denkzettel?«

Julius stand auf und suchte etwas in seiner Jacke. »Die Frage ist nicht *was*, sondern *wie hoch*.«

Er fand den kleinen, rechteckigen Zettel und reichte ihn Franz-Xaver. Dann ging er zurück ins Bett und machte sich über das noch dampfende Rührei her.

»Was soll ich denn mit dem Überweisungsdurchschlag …?« Franz-Xaver las die Worte, las die Zahlen. »Zweitausend Euro? Du hast der Bruderschaft zweitausend Euro überwiesen?«

»Ich *musste* ihnen zweitausend Euro überweisen. Ich dachte zuerst, Bäcker wollte mich zusammenschlagen lassen. Na gut, eigentlich dachte ich, er wollte mich umbringen. Aber auf diese Weise hat er mir erstens geschadet, zweitens keine Spuren hinterlassen und drittens die Vereinskasse gefüllt.«

»Autsch!«

»Du sagst es! Sehr lecker übrigens, wär aber alles gar nicht nötig gewesen.«

Franz-Xaver fiel etwas ein.

»Ich hab noch was vergessen!« Er verschwand kurz und kehrte mit den neuesten Zeitungsausgaben zurück. »Du hattest mal erzählt, die gehören zum Frühstück dazu.«

»Also, Franz-Xaver …«, brachte Julius zwischen zwei Happen hervor, »… wenn ich eine Frau wäre, würde ich dich heiraten!« Mit erhobenem Zeigefinger fügte er hinzu: »Obwohl du Wiener bist!«

»Ich bevorzug gazellenhafte Frauen. Mit so einer elefantösen Person wie dir würd ich des Bett net teilen!«

Grinsend verließ er das Schlafzimmer, um sich selbst Frühstück zu machen. Julius griff nach den Zeitungen. Es stand diesmal viel über die Ahrprominenz darin: August Herold hatte beim Kammerpreis der IHK Koblenz die Kategorie »Edelsüße Weine« gewonnen, der erste Platz bei den Spätburgundern war ans Weingut Schultze-Nögel gegangen – die von Julius spendierten vier Flaschen hatten also ihren Zweck erfüllt –, Hans-Hubert Rude musste sich mit den radikalen Tierschützern von »Animal Peace« rumschlagen, die gegen den »Original Rheinischen Sauerbraten« protestierten, die Weinbruderschaft kündigte ihr öffentliches Sommerfest rund ums »Altenahrer Eck« an, Antoine Carême hatte eine kleine Weinhandlung in einem Nebenraum des Restaurants eröffnet, und der liebe Landrat Dr. Bäcker sollte doch tatsächlich das Bundesverdienstkreuz erhalten. Julius las sich die Artikel in aller Ruhe durch, während er genüsslich den Rest des Frühstücks verspeiste.

Etwas passierte mit Julius. Es war, als fülle sich sein Schädel mit Gas. Doch es fehlte ein Funke zur Explosion.

Dann las er die Zeitung noch einmal.

In einer Ecke des Kopfes war ein Glimmen zu erkennen.

Und ein letztes Mal.

Bumm!

Er sagte nur ein Wort.

»Heureka …«

Franz-Xaver erschien in der Tür.

»Hast du was gesagt?«

»Kannst du mir bitte die Zeitungen und Magazine bringen, die in dem Korb neben dem Sofa liegen?«

»Schon geschehen!«

Julius nahm sich Stift und Papier aus der Nachttischschublade. Franz-Xaver kam mit dem Gewünschten und legte es aufs Plumeau.

»So, Maestro, jetzt muss ich aber selber mal Essen fassen.« Er verschwand wieder.

Julius begann. Es war nur eine Idee. Es waren nur Erinnerungen. Nun hieß es sie zusammensetzen, sehen, ob sie ineinander griffen und ein Ganzes ergaben, ein Bild. Das Bild des Mörders.

Der Block wurde voller und voller. Mit Fragen und Antworten. Und es wurden immer weniger Fragen und immer mehr Antworten.

»Ja was haben wir denn hier?«, fragte Franz-Xaver, der plötzlich in der Tür auftauchte. »Du kritzelst ja wie im Fieberwahn!«

Julius sah ihn an. »Ich mache das Restaurant zu.«

»*Was*?!«

»Heute Abend bleibt die Küche kalt.«

»Sag mal, bist narrisch?«

»Nein. Ich hab heut keine Zeit zum Kochen. Ich muss nachdenken. Lange nachdenken.«

»Du kannst doch net einfach die Leute vor den Kopf stoßen! Wir sind komplett ausgebucht!«

»Gib ihnen einen anderen Termin und sag, sie bekommen einen Aperitif aufs Haus. Erzähl, ich bin krank, oder dass eine tragende Wand im Restaurant eingestürzt ist. Mir egal.«

»Du kannst sie *wirklich* net mehr alle haben!«

Julius nahm noch einen großen Schluck Tee. »So, und jetzt hau ich ab! Muss doch den Mörder festnageln, oder?«

Er fand Józef in einem der so genannten Polenzimmer des Weinguts. Das waren Räume, die speziell für die Saisonarbeiter eingerichtet waren. Spartanisch, aber sauber. Ein kleiner, ausgedienter Schwarzweißfernseher flimmerte in der Ecke, während Józef seine Habseligkeiten in einem rissigen Koffer verstaute.

»Geht's nach Hause, Józef?«

Der Pole drehte sich nicht um, packte weiter seine Sachen zusammen. »Was soll ich denn noch hier? Wo selbst die Hunde gemordet werden? Vielleicht ist Józef der Nächste?«

»Gibt es keine Arbeit mehr?«

»Arbeit ist immer da, Herr Eichendorff, *immer*! Aber von nun an ohne mich! Die Chefin ist nette Frau, aber kann nicht verlangen, dass ich bleibe. Nein! Das war letzte Mal für Józef. Ist vielleicht Fluch, der auf Gut liegt. Wer weiß …«

»Dass du gehst, ist ein schwerer Verlust für den Betrieb.«

»Schon so viele Verluste, so viele. Józef nur der Kleinste.«

Da hatte er Recht, dachte Julius. Da hatte er Recht.

»Hast du schon Zeit für den großen Winterputz gehabt? In der neuen Halle?«

»Nein, keine Zeit da gewesen. Soll anderer machen. Tut mir Leid, Herr Eichendorff, aber ich muss los. Zug geht um Punkt.«

»Ich fahr dich.«

Die Verabschiedung am Bahnhof fiel kurz aus. Julius war für so etwas nicht zu haben. Er dachte darüber nach, Józef einen Hunderter zuzustecken, hielt sich dann aber zurück. Geld hätte Józef nur in seinem Stolz verletzt.

Erst kurz vor der Abfahrt stellte er ihm die Frage.

»Weißt du noch, wer den Hund wiedergebracht hat, als er ausgebüxt ist?«

Und Józef sagte es ihm. Und Julius nickte. Das hatte er sich gedacht. Der erste Nagel.

Vom Bahnhof fuhr Julius direkt zur neuen Halle des Schultze-Nögelschen Weinguts und durchsuchte sie. Besonders gründlich die Traubenpresse, hob die in der Nähe liegenden Schläuche hoch, drehte die Eimer um. Nichts. Julius wusste nicht, wonach er suchte, aber er kannte die Frage. Wie hatte der Mörder Markus Brück in die Presse bekommen? Die Theorie der Polizei sagte Waffengewalt. Das war möglich, aber unwahrscheinlich. Julius hatte noch einmal darüber nachgedacht und war zu dem Entschluss gekommen, dass Brück den Braten gerochen hätte. Er hätte versucht, den Angreifer zu überwältigen. Denn der Kellermeister war nicht nur Fan des Bodybuildings, sondern auch von der Art Actionfilmen, in denen der Held stets siegte. Mit ein paar Schrammen im Gesicht, klaftergroßen Fleischwunden, vielleicht mit einem Unterschenkel weniger, aber die lebenswichtigen Organe blieben schön unverletzt. Brück wäre nicht einfach in den Tod gestiegen. Erst recht nicht, nachdem sein Chef zuvor ermordet worden war. Er hätte den Täter angegriffen oder wäre geflohen. In die Presse wäre er nicht gestiegen.

Julius beschloss, die Ecken abzugehen. Doch da fand sich nur Schmutz. Das übliche Gemisch aus Staub, Blättern und Putz, das in Lagerhäusern zu finden war. Julius quetschte sich durch die schmalen Zwischenräume, welche die Stahltanks von den Wänden trennten, schaute unter die Paletten, klopfte gegen die Fässer, um zu prüfen, ob sie voll waren. Die letzte Ecke lag vor ihm. Er untersuchte sie, schon entmutigt, mit überhöhter Geschwindigkeit, rutschte aus und fiel genau auf den Steiß.

Er hörte ein Kullern.

In Weingütern kullerte nichts.

Mit einer Hand die schmerzende Stelle am Rückenausgang befühlend, kam er ächzend auf die Beine. Das Kullern verstummte. Er sah sich um. Aber der Ursprung des Geräuschs war nicht zu entdecken. Julius musste wieder auf den Boden. Es kostete ihn große Überwindung, sich mit dem Bauch auf den dreckigen Beton zu legen und damit auch die Vorderseite seiner Kleidung zu verschmutzen. Langsam senkte er seinen Körper auf Normalnull. Unter dem Rotovator leuchtete etwas auf. Weiß. Das gehörte bestimmt nicht dorthin. Da Julius mit dem Arm nicht heranreichte, stand er auf, nahm sich den nahe am Eingangstor lehnenden Besen und gab dem weißen Etwas einen Schubs. Es kullerte. Und kullerte. Und kullerte schließlich auf der anderen Seite hervor. Julius sprang auf und nahm es in die Hand. Zu spät fiel ihm ein, dass er das besser nicht getan hätte. Wenn sich die Fingerabdrücke des Mörders darauf befanden, so hatten sie gerade Gesellschaft bekommen.

Julius ließ den Gegenstand in ein Taschentuch fallen und besah ihn wie Gestein von einem anderen Stern.

Was hatte ein Golfball hier zu suchen?

Er blickte auf die in der Nähe stehende KVT Maxipress und wieder auf den Golfball. Er musste nicht lange grübeln, bis er die

Antwort wusste. Es war die gleiche wie auf die Frage, warum Markus Brück in die Traubenpresse gestiegen war.

Der zweite Nagel.

Julius musste sie rufen lassen. Das bedeutete mehr Aufsehen, als ihm lieb war. Überrascht kam sie auf ihn zu.

»Herr Eichendorff! Ich hätte nicht gedacht, dass Sie so bald wieder spionieren kommen!«

Leider, dachte Julius, lag sie damit richtiger, als ihr bewusst war.

»Kann ich dich sprechen? Unter vier Augen?«

Uli nickte der Kollegin am Empfang zu, die daraufhin den Eingangsbereich verließ.

»Warum so geheimnisvoll?«

»Hast du die Mitgliederliste vom Golfclub im Kopf?«

Sie schaute ihn verwundert an, die junge Stirn in Falten legend. »Dafür reicht der leider nicht aus. Aber wieso …?«

»Kann ich dir nicht sagen, wäre noch zu früh. Habt ihr die denn irgendwo ausgedruckt?«

»Die Liste darf keiner einsehen, der nicht Mitglied im Verein ist.«

»Kann nur noch Stunden dauern, bis ich dazugehöre«, sagte Julius mit einem Zwinkern.

»Und ich hatte schon gedacht, Sie möchten mich abwerben …«

»Deswegen wollte ich ein andermal kommen.«

»Und *warum* wollen Sie die Liste einsehen?«

Julius gab pantomimisch einen Pfeifenraucher.

»Jetzt verstehe ich! Sherlock Eichendorff, der kulinarische Detektiv ist wieder unterwegs!«

Julius gratulierte ihr wortlos zu dieser Erkenntnis.

»Wer kann da schon widerstehen?«, fragte Uli mit larmoyantem Unterton.

»Niemand!«, antwortete Julius mit einem Lachen.

Uli sah sich um. Dann öffnete sie die Tür zu einem der Nebenräume, lugte hinein und bedeutete Julius, ihr zu folgen. Es war das

Büro aus dem Ikea-Katalog: schmucklose, weiß lackierte Aktenschränke, ein grauer L-förmiger Arbeitstisch, auf dem ein 20-Zoll-Monitor prangte. Und ein paar Farne in der Ecke. Die beiden traten ein, und Uli schloss die Tür.

»Wir müssen leise sein. Unser Geschäftsführer würde das gar nicht gerne sehen.«

»Ist der wirklich so jähzornig, wie man sagt?«

Uli verdrehte die Augen. »Gegen ihn ist Rumpelstilzchen ein ausgeglichenes Gemüt.«

Sie fuhr mit der Maus über das Pad, und nach einigem Klicken hatte sie das Gesuchte gefunden.

»Voilà, hier ist die Liste! Als alphabetisch geordnete Excel-Tabelle. Beeilen Sie sich, *bitte*!«

Er ging zum Computer und scrollte die Liste durch.

Der gesuchte Name war darunter.

Julius hatte es sich gedacht, aber er wollte die Bestätigung, wollte es schwarz auf weiß, oder Lichtpunkt auf Mattscheibe.

Der dritte Nagel.

Die Tür ging auf.

Der Choleriker.

»Was ist denn *hier* los? Was hat das zu bedeuten, Frau Magd? Was macht Herr Eichendorff hier? Zeigen Sie der Konkurrenz etwa unsere Zahlen? Das ist geschäftsschädigend, das ist *grob* geschäftsschädigend!« Sein Gesicht hatte die Farbe einer professionell produzierten Hollandtomate angenommen. Julius vermutete, dass sich im Inneren ebenfalls nur Wasser befand. Uli suchte nach Worten, Julius fand die richtigen. Er ging mit ausgestreckter Hand auf den Geschäftscholeriker zu.

»Also, ich muss Ihnen wirklich zu diesem Computersystem gratulieren! Frau Magd hat mir so davon vorgeschwärmt, dass ich einfach mal schauen kommen musste. Eins a! So was brauchen wir in der ›Alten Eiche‹ auch!«

Nach einem kurzen Knuff in die Seite seines Gegenübers fügte er hinzu: »Leider hat Frau Magd mich ständig unter Kontrolle gehabt, damit ich mir nicht die wirklich interessanten Daten anschaue …«

Der Choleriker schien noch nicht ganz überzeugt. Julius setzte nach.

»Seien Sie der Frau Magd nicht böse! Ich hab ihr gesagt, sie soll Sie wegen meiner Neugierde nicht belästigen. Ich weiß ja, dass Sie hier im Haus viel zu tun haben. Aber falls das wirklich ein Problem darstellt: Ich nehme sie mit Kusshand zurück, so gute Mitarbeiterinnen sind selten. Da beneid ich Sie wirklich drum!«

Das Gesicht des Geschäftsführers erhellte sich. »Tja, bei uns arbeiten nur die Besten. Aber Sie können mich in Zukunft ruhig stören, wenn Sie Fragen haben, wie Probleme in einem gut geführten Haus gelöst werden.«

Dies war der beste Ort zum Nachdenken. Dies war der Platz, um eine Lösung zu finden. Eine Lösung, wie der Mörder fachmännisch festzunageln war.

Die Klimatür war geschlossen, im Inneren des Weinkellers der »Alten Eiche« herrschten kühle zwölf Grad. Um Julius herum lagen die flüssigen Schätze in Holzregalen, die bis zur Decke reichten. Ein wenig des teuren Weines verdunstete jedes Jahr. Zu riechen war dies nicht, aber es war ein gutes Gefühl zu wissen, was für Luft man atmete. Vor Julius stand ein Glas Wein. Ein Teil befand sich noch in der Flasche, einer im Glas, doch der größte in Julius' Magen. Und dieser Teil hatte bereits Auswirkungen auf die Denkprozesse.

Sie wurden klarer.

Das kleine Tischchen mit dem Hocker davor gehörte nicht zur notwendigen Einrichtung eines Weinkellers. Aber für Julius waren es die wichtigsten Gegenstände im Raum. Hier konnte er sich setzen, ein Glas abstellen, die Flaschen anschauen, die seit Jahren, Jahrzehnten – zwei sogar seit mehr als einem Jahrhundert – darauf warteten, getrunken zu werden. In diesem Raum herrschte eine andere Zeit, sie stand nahezu still, wurde so weit abgekühlt, bis sie sich fast nicht mehr bewegte.

An der Wand hing ein Foto von Julius' Traumkeller. Leider würde er einen solchen niemals haben, es sei denn, die Klimakatastrophe kam schneller und vollkommen anders, als die Zukunftsforscher erwarteten. Julius musste wieder an die Geschichte hinter dem Bild denken: Die Winzer aus dem Val d'Anniviers im Schweizer Kanton Wallis hatten eines Tages in ihren Kellern keinen Platz mehr für die Weinfässer. In einem Anflug von Innovation und Wahnsinn beschlossen sie, die Überzähligen in einer Eisgrotte unter dem Rhône-Gletscher einzulagern. Blau schimmerten die vereisten Wände über den hellen Fässern. Julius machte eine weitere Flasche des Weines auf, der dort gereift war. Auch wenn er damit den heimischen Gewächsen untreu wurde. Der »Gemma« war ein köstlicher Dessertwein, und Julius bildete sich ein, den Gletscherschmelz darin zu schmecken.

Er nahm einen großen Schluck.

Seine Gedanken waren mit einem Mal kristallklar.

Julius wurde sich bewusst, dass er nur eine Idee und ein kümmerliches Indiz hatte. Das war alles, und es würde niemals reichen. Von Reuschenberg würde ihn belächeln.

Er musste den Mörder eigenhändig stellen.

Keiner würde ihm dabei helfen. Denn er durfte niemanden außer sich in Gefahr bringen.

Julius wusste, dass es hieß, schnell zu handeln. Aber er wusste auch, während er sich ein weiteres Glas eingoss und den Blick im Blau des Bildes ruhen ließ, dass er kein Polizist war, kein Privatdetektiv, ja noch nicht einmal jemand in der nötigen Verfassung für die Bundesjugendspiele. Der Mörder wäre ihm körperlich überlegen. Vor allem, da er mittlerweile Übung darin hatte, anderen Gewalt anzutun.

Julius stand auf und ließ seine Finger über die Holzkisten mit den Bordeaux gleiten. Die dollarschweren Namen der Châteaux waren darauf eingebrannt: Petrus, Latour, Lafite, Le Pin, Valandraud, Angelus, Ausone, Cheval Blanc, Haut Brion. Er ging hinüber zu den Burgundern, den weißen wie den roten, den Bouteillen aus Übersee, weiter zu den Spaniern und Italienern, bis er bei den deutschen Weinen landete und schließlich bei jenen von der Ahr. Die Spätburgunder, Frühburgunder oder Portugieser warteten hier seelenruhig auf den Tag ihrer Reife. Unter Staub fand sich auch eine Kiste zehn Jahre alter Syrah. Im Versuchsanbau in Dernau gepflanzt, war die Sorte nie offiziell zugelassen worden. Die Rebstöcke wurden schließlich wieder herausgerissen. Sie hatten im Tal einfach nicht das richtige Klima gefunden. Ab und an fragten neugierige Gäste nach dem Exoten – zufrieden waren sie mit dem Tropfen in ihrem Glas dann jedoch nie. Der Winzer hatte sich mit der Traube auf fremdes Territorium begeben, um die internationale Konkurrenz zu schlagen. Es war misslungen. Denn er hatte sich von dem abgewandt, was er wirklich gut konnte.

Julius strich liebevoll den Staub von der Kiste.

Das war es!

Wenn er dem Mörder eine Falle stellen konnte, dann nur auf seinem ureigenen Terrain. Der Küche. Das war der Ort, an dem er sich auskannte, das war der Platz, an dem ihm niemand – oder zumindest nur sehr wenige, und die standen Hunderte von Kilometern entfernt hinter ihrem Herd – etwas vormachen konnte.

Die Küche war *sein* Spielfeld, und er diktierte dort die Regeln. Die wichtigste Regel, die er für den Mörder erlassen würde, hieß: Friss *und* stirb.

Natürlich nur im übertragenen Sinne.

Er begann, zwei Listen zu machen. Eine mit Namen, eine mit Lebensmitteln. Die erste hatte er schnell fertig, die zweite forderte sein ganzes Können. Er strich Gemüse durch, fügte Meeresfrüchte hinzu, addierte Gewürze und subtrahierte Beilagen. Die Sache begann, ihm Spaß zu machen. Es würde ein kulinarisches Fest werden! Ein Menü, wie es keiner der Anwesenden jemals gesehen hatte.

Mit einem Mal ging die Tür auf. Herein traten Franz-Xaver und François, gefolgt von der kompletten Küchen- und Restaurantbrigade. Der Raum wurde proppenvoll. Julius war umzingelt.

Franz-Xaver stand so nah bei Julius, dass ihre Beine aneinander stießen. Der Maître d'hôtel zog eine Holzkiste aus einem der Regale und stellte sich darauf.

»Die Belegschaft will bittschön wissen, warum des Restaurant geschlossen wird!«

Julius blickte in eine Runde fordernder Blicke. Seine Mitarbeiter sahen aus wie Kinder, die lange keine Schokolade mehr bekommen hatten und nun so lange die Luft anhalten würden, bis sich diese unannehmbare Situation änderte.

»Hast du es Ihnen nicht erklärt?«

»Was weiß *ich* denn schon?«, gab Franz-Xaver beleidigt zurück.

»Na gut«, begann Julius, »wenn ihr es unbedingt wissen wollt: Ich bin auf Mörderjagd. Und morgen Abend werde ich das Wild erlegen!«

Der Raum war so mit gespannter Stille gefüllt, dass diese sogar das Rauschen der Klimatür übertönte. Die Kinder hatten ihre Schokolade bekommen. Aber nun, da sie sahen, dass Mutti eine Wagenladung Pralinen hatte, wollten sie diese auch noch.

»Ich kann euch nicht mehr sagen. Tut mir Leid. Das wär einfach zu gefährlich. Geht für heute nach Hause, genießt den freien Abend. Euch wird nichts vom Lohn abgezogen.«

Freudiges Klatschen war zu hören.

»Können wir denn gar nix machen?«, fragte Franz-Xaver. Und aus den hinteren Reihen war zu hören: »Ja, wir wollen bei dem Spaß dabei sein!«

Julius war sich nicht sicher, ob es ein solcher werden würde.

»Eine Sache gibt es, bei der ihr helfen könntet. Jeder schnappt sich ein Telefon. Und dann ruft ihr die Leute an, die auf dieser Liste stehen.« Julius hob das entsprechende Blatt hoch. »Sie sollen morgen Abend zu einem Gala-Diner ins Restaurant kommen. Wir machen den Blauen Salon für sie auf. Sagen wir, um acht.«

Er gab die Liste an Franz-Xaver, der die Namen laut vorlas und sie einzelnen Mitarbeitern zuwies. Auf dem Papier fanden sich folgende Personen:

– Robert Stressner (Geschäftsführer der AhrWein eG)
– August und Christine Herold
– Hans-Jürgen Zimmermann (IHK Koblenz)
– Gisela Schultze-Nögel
– Landrat Dr. Bäcker
– Restaurateurs-Stammtisch (Bassewitz, Prieß, Rude, Carême)
– Adalbert Niemeier (Telefonnummer über Herold, pensionierter Oberstudienrat)
– Erika Salbach (Pastoralreferentin Rosenkranzkirche)

»Das ist ja alles gut und schön«, sagte François, »aber *was* sollen wir den Herrschaften erzählen, warum sie so kurzfristig kommen sollen? Die haben doch bestimmt alle schon was vor!«

François war sichtlich stolz auf seinen Einwand, von dem er annahm, dass er den Plan ad absurdum führte.

Julius grübelte nur kurz.

»Erzählt ihnen, wir feiern unseren ersten Stern.«

Jubel brach aus, der so laut war, dass François um die Gesundheit der ihm anvertrauten Weinflaschen fürchtete. Immerhin mussten sie nicht nur bei konstanter Temperatur und hoher Luftfeuchtigkeit gelagert werden, sondern auch erschütterungsfrei.

»Könntet ihr bitte ruhig sein! Der Wein schläft!«

Einige Kollegen konnten ein Lachen nicht unterdrücken.

»Ich muss da leider etwas klarstellen«, war kleinlaut von Julius zu hören. »Wir haben natürlich keinen Stern bekommen. Das ist nur eine Finte …«

Enttäuschtes Grummeln erklang. Es war wieder jemand aus den hinteren Reihen, der rief: »Dann wird's wohl nix mit der Gehaltserhöhung!«

»Ihr Fetznschädl arbeitet erst mal besser, bevor ihr nach einer Gehaltserhöhung fragt!«, sagte Franz-Xaver.

Gelächter brach aus.

»Das musst du gerade sagen!«

Franz-Xaver hatte die Augen offen gehabt. »Ich hab genau gesehen, dass du des warst, Tilman Schlothauer! Du kannst morgen eindecken!«

»Immer ich …«

Julius stand auf. »So, und jetzt alle raus hier! François hat Recht, ihr seid schlecht für den Wein. Treibt auch langsam die Temperatur hoch. – Noch etwas zu den Telefonaten: Sagt allen, mir wäre ihr Besuch unglaublich wichtig, und Essen und Getränke gingen natürlich aufs Haus. Wenn es dann noch nicht langt, erzählt, es sei Presse anwesend. Stimmt zwar nicht, aber wenn sie das merken, ist es zu spät.«

Die Karawane zog weiter, der Sultan hatte immer noch Durst und goss sich den letzten Rest »Gemma« ein. Franz-Xaver blieb bei ihm.

»Und du denkst, dein Plan – *den du mir ja net erklären willst* – funktioniert?«

Julius drückte seinem Maître d'hôtel die leeren Flaschen plus Korken und Glas in die Hand, um mit einem Taschentuch den kleinen Tisch abzuwischen. Was natürlich vollkommen unnötig war.

»Es ist nur der Plan eines kleinen Kochs. Aber wenn der sich auf seine großartigen Mitarbeiter verlassen kann, wird's schon werden.«

Mit jedem Schritt hinauf in den Restaurantbereich war Julius stärker der Farbe ausgesetzt, die er in der letzten Zeit viel zu oft gesehen hatte. Blau. Aufblinkendes Blau. Ausgesandt von Polizeifahrzeugen. Julius' Mannschaft stand an den Fenstern wie beim Rosenmontagszug. Als ihr Chef kam, machte sie einen Platz frei. Julius konnte zwei Streifenwagen sehen. Am Vorderen stand von Reuschenberg. Ein Polizist kam aus dem Restaurantgarten. Er hielt eine durchsichtige Plastiktüte in Händen, aus der ein Stück Holz hervorlugte. Julius sah alles wie in Zeitlupe, denn während es geschah, wurde ihm klar, was es bedeutete.

Der Beamte ging auf von Reuschenberg zu, blitzlichtartig erhellt vom Blaulicht der Einsatzfahrzeuge. Er gab ihr das Stück

Holz, vorsichtig wie einen kostbaren Schatz. Von Reuschenberg schaute es sich an. Die Rinde abgewetzt. Oder abgenagt. Die Kommissarin besah sich lange das in der transparenten Plastiktüte steckende Ende. Dann nickte sie und schlug den Weg zum Restaurant ein.

Die Bilder wurden wieder schneller.

Als von Reuschenberg an der Tür klingelte, war Julius wieder im Hier und Jetzt.

Er öffnete selbst.

»Haben Sie das schon einmal gesehen?«

Julius schüttelte den Kopf.

»Wissen Sie, was das ist?«

Er nickte.

»Können Sie sich denken, *wo* wir das gefunden haben?«

Julius brachte die Antwort erst nach einigen Sekunden über die Lippen.

»In meinem Garten.«

Von Reuschenberg hob die Plastiktüte hoch, so dass die Blutflecken genau auf Augenhöhe waren.

»Und jetzt geben Sie mir eine verdammt gute Erklärung, wie es dahin kam.«

X

»Fünf mörderische Kostbarkeiten«

Julius bat von Reuschenberg herein, führte sie in die Küche und schickte alle anderen raus.

Dann zuckte er mit den Schultern.

Von Reuschenberg stemmte die Arme in die Hüften: »Was soll das heißen? Dass Sie es nicht wissen?«

Julius griff der Kommissarin an die Nase.

Dann zog er ein Geldstück heraus.

»Der einzige Zaubertrick, den ich jemals gelernt habe.«

»Und was soll das jetzt? Ist Ihnen wirklich zum Spaßen zumute?«

»Die Münze gehörte nicht in Ihre Nase und der Stock nicht in meinen Garten. Wo war er eigentlich genau?«

»Zwischen den Holzscheiten für Ihren Kamin …«

»Ein gutes Versteck.«

»Sagen Sie bloß.«

Julius lehnte sich an eine der Arbeitsplatten und zog sein Kochhemd stramm über den Wanst.

»Wenig überraschend möchte ich Ihnen jetzt sagen, dass ich nicht wusste, dass der Stock, mit dem Siggi erschlagen wurde, dort lag. Ich habe ihn nicht dorthin gelegt. Aber ich weiß, *warum* ihn jemand dort deponierte.«

»Lassen Sie mich raten: Jemand will Sie belasten?«

Julius nickte lächelnd. »Das wollte ich sagen.«

»Und wollten Sie mir auch sagen, *wer*?«

Julius überlegte. Lange.

»Nein.«

»Das hat aber gedauert. Sie haben doch bestimmt jemanden in Verdacht, Sie *Unschuldslamm*?«

»Sie würden mir eh nicht glauben.«

Von Reuschenberg lugte in einige der Töpfe. Sie waren leer.

»Das stimmt. – Bleibt die Küche heute kalt?«

»Ja. Mir geht es nicht so gut.«

Sie stellte sich vor Julius, so dass ihre Nasenspitzen einander fast berührten. Durch den Größenunterschied war es jedoch eher ein Nase-Adamsapfel-Stelldichein.

»Mein *lieber* Herr Eichendorff, Sie hängen ganz tief in der Sache drin. Soll ich Ihnen sagen, was *ich* glaube?«

Ihre Stimme hatte ein Volumen angenommen, das man der schlanken Frau gar nicht zutraute.

»Ich glaube, Sie haben die Morde zusammen mit einer weiteren Person geplant und ausgeführt. Und jetzt, wo wir Ihnen beiden auf der Spur sind, will Ihr Kompagnon Sie den Wölfen vorwerfen. Hat mal eben anonym bei uns angerufen und haargenau beschrieben, wo wir den Stock finden. Er war allerdings so unklug, die Tatwaffe von dem Mord zu nehmen, für den Sie ein Alibi haben. Ansonsten würde ich Sie mit Freuden sofort mitnehmen. Aber so ein Fehler passiert Ihrem *Freund* bestimmt nicht noch mal. An Ihrer Stelle würde ich ganz schnell auspacken! Das würde sich strafmildernd auswirken …«

Auch Julius war der Meinung, dass dem Mörder ein Fehler unterlaufen war. Und zwar ein gewaltiger. Jetzt hatte er kaum noch Zweifel an dessen Identität. Woran er zweifelte, war von Reuschenbergs Zurechnungsfähigkeit. Er konnte nicht fassen, was sie soeben gesagt hatte.

»Das kann nicht Ihr Ernst sein!«

»Keine Spielchen mehr, *Herr* Eichendorff. Diese Zeit ist vorbei!«

»Sie halten mich wirklich für fähig, einen Mord zu begehen?«

»Nicht nur einen.«

Das war zu viel.

»*Raus*!«

Julius' Gebrüll schob von Reuschenberg zwei Schritte rückwärts. »Wenn Sie mich einbuchten wollen, dann machen Sie es. Wenn nicht, verlassen Sie *sofort* mein Haus! Ich lasse mich nicht eines Mordes bezichtigen. Von niemandem!«

Das Feuer in von Reuschenbergs Augen loderte wie in einem offenen Grill. Die Kohlen glühten. »Ich krieg Sie noch! Und dann werde ich Sie genüsslich durch den Fleischwolf drehen!« Sie stampfte zur Tür hinaus.

»Als wüssten *Sie*, wie das geht!«, rief Julius ihr nach.

Als er ins Restaurant trat, starrte ihn seine Mannschaft ungläubig an.

Er war in keiner guten Laune. Löwenbändiger hätten keinen Käfig mit ihm betreten.

»Was macht ihr noch hier, an die Telefone!«, brüllte er. »Ihr könnt doch sonst die Finger nicht von euren Handys lassen!«

Die Nacht wurde lang. In diesen Stunden verwandelte sich die Küche in ein alchemistisches Labor. Julius wollte Gold erschaffen. Dafür hatte er aber nur Substanzen, die nicht zueinanderpassen wollten, die sich sträubten, gemeinsam in einem Ofen zu landen, in einer Pfanne zu braten oder gar in einem Topf verrührt zu werden.

Doch sie mussten zusammenfinden.

Die Ingredienzen standen wie Ritter bei einem Turnier an der linken Flanke und sollten gemeinsam auf den Menütellern der rechten Flanke landen. Auf dem Weg dahin beharkten sie sich und versuchten, einander mit den Lanzen die Brustkörbe zu durchbohren. Julius musste sich jede separat vornehmen, mit ihr in Einzelgespräche gehen und herausfinden, mit welcher der anderen sie noch am ehesten konnte.

Nach und nach gelang es ihm, Frieden zu stiften.

So konnte er nun einen neuen Kessel aufsetzen und die Kamillenblüten klein hacken. Julius jagte das Wiegemesser wie ein Besessener durch die Blumen.

Ihm war das Ziel klar, er wollte den Mörder aus der Reserve locken. Er wollte ihm Feuer unter dem Hintern machen, aber nicht mittels Chili und Sambal Oelek, sondern durch die *Bedeutung* der Lebensmittel. Die Speisen sollten die Indizien enthalten, die Tatwaffen, die Beweise. In essbarer Form. Würde der Mörder sie sehen, würde er wissen, dass Julius ihm auf die Schliche gekommen war. Dann würde er Stellung beziehen müssen.

Der Dampf hing wie ein drohendes Gewitter über der Küche. Julius stand der Schweiß auf der Stirn. Er hatte erst drei der fünf Gänge zusammen.

Er nahm noch einmal die Liste zur Hand, die er im Keller geschrieben hatte. Was galt es noch unterzubringen? Baumkuchen, Kaninchen … und dazu … Er hatte sich keine Gedanken über die Weine gemacht!

Julius lief nach Hause, schnappte sich Herrn Bimmel, setzte sich in seinen Lieblingssessel und wartete auf Eingebungen. Der Kater war zuerst verwirrt und sprang von Julius' Schoß, beschloss dann jedoch, die unverhoffte nächtliche Chance zu nutzen und sich von seinem Ernährer kraulen zu lassen. Und die Weine kamen zu Julius wie Träume zu einem Schlafenden. Ein Wein von Schultze-Nögel musste natürlich dabei sein, einer von Herold und zum Schluss … kein Wein, ein Trester! Schließlich wurde dieser Brand aus dem gemacht, was in der Presse zurückblieb, wenn die Trauben ihren Saft vergossen hatten. In genau so einer Presse, in der Markus Brück sein Ende gefunden hatte.

Julius trug Herrn Bimmel in die Küche und gab ihm eine große Portion Futter. »Gut gemacht, Dicker!«

Nach einem kurzen Ausflug in den Weinkeller, um die nötigen Bouteillen zu holen, kreierte Julius in der Küche mit neuem Schwung – unter Zuhilfenahme des ein oder anderen Probeglases –

die letzten fehlenden Gerichte und machte die Probe aufs Exempel. Julius fraß sich durch sämtlich Speisen und soff zu jeder den passenden Wein, bis er sich nicht mehr auf den Beinen halten konnte.

Das dauerte bis zum Morgen.

Dann hatte er alles kulinarische Gold gewonnen, das er für den Abend brauchte.

Julius wandelte wie eine leere Hülle nach Hause, den Weg ins Bett nehmend wie den Aufstieg zu einem Achttausender. Jeder Schritt war schwerer als der vorherige. Doch schließlich erklomm er den Mount Himmelbett. Julius zog sich aus und legte alles ordentlich an seinen Platz, bevor er rücklings ins weiche Plumeau sank.

Als er am Nachmittag erwachte, war sein Kopf breiter als der Rhein bei Bingen. Jetzt hieß es fit werden. Julius wusste nicht, wie Boxer sich auf einen großen Kampf vorbereiteten. Aber er wusste, was Köche zu tun hatten. Ein Abend in einer heißen Küche, mit vollem Haus und viel Stress – da war eine gut geölte Stimme Grundvoraussetzung. Die hatte er bereits. Durch viele Abende in einer heißen Küche, mit vollem Haus und viel Stress.

Am Tag selbst ging es darum, »vom Kopf her mental gut drauf zu sein«. Julius schaffte das, indem er sich pflegte, es sich gut gehen ließ. Er nahm als Erstes ein heißes Bad. In Milch. Oder zumindest in einem Pulver aus einem Beutel, dessen Aufschrift andeutete, bei Kontakt mit Wasser verwandele sich der weißliche Inhalt in Milch. Oder etwas Ähnliches. Naturidentisches.

Es sah aus wie verdünnte Milch.

Es war so cremig wie Milch.

Es roch wie Milch. Vielleicht mit einem Löffel Honig drin. Julius fühlte sich wohl wie Kleopatra zu ihren besten Zeiten. Er spielte mit den Zehen U-Boot-Auftauchen. Für das Haar nahm er sein bestes Shampoo, das er nie benutzte, weil es so wahnsinnig teuer gewesen war. Heute drückte er es großzügig in die Handfläche. Heute würde er duften wie eine Frühlingswiese!

Nach dem Frühstück ging es zum Frisör, wo er sich den verbliebenen Haarkranz in absolute Topform bringen ließ. Und weil er gerade da war, ließ er sich aufs Feinste maniküren und pediküren.

Aber all das konnte die Angst nicht vertreiben.

Die erste Hiobsbotschaft traf Julius, als er danach das Restaurant wieder betrat. Franz-Xaver kommandierte atemlos seine Brigade und warf Julius die Nachricht zwischen zwei gebellten Befehlen ins Gesicht.

»Der Bäcker hat grad abgesagt!«

»Was soll das heißen?«

»Sein persönlicher Referent hat angerufen und gesagt, es sei ein wichtiger Termin übersehen worden.«

»Aalglatt … hast du das tragbare Telefon?«

Franz-Xaver zog es aus der Seitentasche und warf es Julius zu. »Sollen wir alles auf morgen verlegen?«

Julius schüttelte den Kopf und wählte die Nummer. Besetzt. »Sonst alles klar?«

»Tja, sag du's mir! Die Küchen weiß noch net, was sie heute Abend kochen soll. Und meine Leut net, was es zu servieren gilt.«

»Briefing in der Küche. Jetzt!«

Niemand gab einen Mucks von sich. Alle lauschten auf Julius' Worte. Er erklärte die Gerichte. Ausführlich. Aber nicht deren Bedeutung. Jeder dachte sich seinen Teil oder versuchte es zumindest. Nachdem die Restaurantbrigade die Küche verlassen hatte, wandte er sich an die Köche und bereitete vor ihren Augen alle Speisen zu. Nur einmal. Doch das genügte. Niemand wagte nachzufragen. Jeder schien zu fürchten, der unter Hochspannung stehende Chef könnte einen Kurzschluss bekommen.

Julius füllte die Zeit bis zum Abend mit allem, was er finden konnte. Er pfuschte jedem, der das Pech hatte, ihm über den Weg zu laufen, in die Arbeit. Selbst dem Praktikanten brachte er noch einmal detailliert bei, wie man den Müll *richtig* zur Tonne brachte. Nur einer entkam seiner Arbeitswut: der Kellner, den er nach Bad Neuenahr geschickt hatte, um in einem Elektrofachgeschäft eine Besorgung zu machen.

Die meiste Zeit verbrachte Julius am Schleifblock. Er schärfte sein Wüsthof-Messer so lange, bis man damit eines der legendären Schnitzel seiner Großmutter selig hätte zerschneiden können. Kein menschliches Wesen hatte jedoch jemals den Wunsch danach verspürt. Unterbrochen wurde diese Arbeit nur durch wiederholte Griffe nach dem Telefon, meistens um Dr. Bäckers Büro zu erreichen. Julius führte aber auch ein sehr langes und wenig erfolgreiches Gespräch mit von Reuschenberg, bis er um sechs Uhr beim Landrat durchkam.

»Büro Dr. Bäcker, Hüttmann-Rosentreter am Apparat, guten Abend.«

»Hier ist Eichendorff, kann ich bitte Herrn Dr. Bäcker sprechen.«

»Herr Dr. Bäcker befindet sich in einer Besprechung.«

»Können Sie mir vielleicht sagen, wie lang die noch dauern wird?«

»Das ist schwer abzusehen. Und danach fährt Herr Dr. Bäcker auch direkt nach Hause. Am besten, Sie versuchen es morgen früh wieder.«

»Ich muss ihn aber *jetzt* sprechen.«

»Da kann ich Ihnen leider nicht helfen.«

Bäckers Vorzimmermaschine hatte gesprochen. Wahrscheinlich trat der alte Strippenzieher im Stadtwald wieder jemandem auf die Füße.

»Vielen *herzlichen* Dank!« Julius legte auf. Dann wählte er die Nummer von Herold.

»In Vino Salvatio, August!«

»Ja, dir auch.«

»Du, ich bräuchte schnell mal eine Handynummer von dir.«

»Hat das nicht Zeit bis heute Abend? Da komm ich doch eh zu dir, ich bin grad wirklich im Brassel.«

»Es muss *jetzt* sein.«

»Na gut. Was für eine Zahlenkombination schwebt dir denn vor?«

»Die von unserem Landrat.«

»Die Handynummer von Dr. Bäcker, Herrscher über Flora und Fauna?«

»Nun tu nicht so, als ob du die nicht hättest! Es gibt keine wichtige Nummer im Tal, die nicht in deinem Handy gespeichert ist.«

Herolds Verbindungen waren Legende. Julius spekulierte darauf, dass der Mythos einen wahren Kern besaß.

»Wer sagt denn so was?«

»Alle.«

»Na, wenn das alle sagen …«

Und er hatte die Nummer.

Und wenige Sekunden später hatte Julius Bäcker am Rohr.

»Hallo?«

»Hallo, Ordensmeister!«

»Julius, was für eine Überraschung!«

Das konnte er sich denken.

»Überraschungen geben dem Leben doch erst die richtige Würze! Mir ist mitgeteilt worden, du könntest heute Abend nicht?«

»Ja, leider, leider. Ich wäre natürlich sehr gern gekommen, aber der Terminplan hat mich fest im Griff.«

»Wenn nicht du, wer kann sich dann über einen Terminplan hinwegsetzen?«

»Dein Wort in Gottes Ohr, Julius! Wenn es doch nur so wäre!«

»Wo geht's denn hin, wenn ich fragen darf?«

Bäcker stockte. »Eine … persönliche Angelegenheit.«

»Tja, das ist sehr schade. Der heutige Abend wird für die Weinbruderschaft nämlich große Bedeutung haben. Aber wenn ihr Ordensmeister das verpassen will …«

»Was redest du von großer Bedeutung? Ich dachte, es wäre nur eine einfache Feier?!«

»Es gibt eine *große* Überraschung. Aber dann wirst du davon eben erst morgen erfahren. Nach all den anderen. Da kann man nichts machen.«

»Ist das ein Spiel, Julius? Willst du dich für unseren kleinen Ausflug revanchieren?«

»Nein. Aber es wird unseren *kleinen* Ausflug in ein anderes Licht rücken.«

»*Julius*!«

Bäckers Betonung sagte Folgendes aus: 1. Rück endlich mit der Sprache raus!; 2. Was erlaubst du dir mir gegenüber?!; und 3. Am liebsten würde ich dir auf der Stelle den Hals umdrehen!

Julius tat, als wüsste er nichts davon.

»Komm vorbei, oder erfahr es morgen aus der Zeitung. Das ist deine Entscheidung. Nur du weißt, wie wichtig die *persönliche* Angelegenheit ist.«

Er legte auf.

Jetzt fühlte er sich besser.

Die letzte Stunde vor Showdown verbrachte Julius in der Küche, um bei der Vorbereitung mitzuhelfen. Das Mörder-Menü musste zusätzlich zu allen anderen Speisen angerichtet werden. Mehr Hände standen dafür jedoch nicht bereit. Die vorhandenen mussten sich schneller bewegen.

Dann öffnete die »Alte Eiche«. Die ersten Gäste des normalen Betriebs tröpfelten ein.

Der Blaue Salon wartete auf seine Beute.

Dann traf sie ein. Stück für Stück.

Um 20 Uhr 15 war sie komplett. Bis auf den letzten Mann.

Und der hieß Bäcker.

Das Essen konnte beginnen.

Gisela saß zusammengesunken am Kopfende der Tafel. Es fiel ihr merklich schwer, an diesem gesellschaftlichen Ereignis erster kulinarischer Güte teilzunehmen. Sie war früher gekommen, um ein paar Minuten allein mit Julius zu haben, in denen sie ihm ihr Leid mit der Presse klagte. Oberstudienrat a. D. Adalbert Niemeier war kurz nach ihr eingetroffen, hatte sich neben sie gesetzt und versucht, das Eis durch Witze zu brechen. Fast alle begannen mit: »Sagt der römische Prokonsul zum Zenturio …«. Es funktionierte nicht. Als die Pastoralreferentin Erika Salbach eintraf, stürzte er sich prompt auf das neue Opfer, das dankbarer für seine Späße war. Ab und an warf sie giftige Blicke zu Gisela, die diese jedoch nicht bemerkte, da sie die meiste Zeit auf den Teller starrte.

Der Restaurateurs-Stammtisch und die Herolds fanden sich zur selben Zeit ein, allesamt in guter Laune, auch wenn sie dies wegen Giselas Anwesenheit nicht vollends zeigten. Zuletzt kamen Robert Stressner von der AhrWein eG und IHK-Geschäftsführer Hans-Jürgen Zimmermann, beide hatten Begrüßungsgeschenke in Flaschenform für Julius dabei, als kleine Aufmerksamkeit für den ersten Stern. Der Landrat war als Letzter einmarschiert, hatte dadurch alle Aufmerksamkeit bekommen, die er sich wünschte. Bäcker nahm freudig den letzten freien Platz und das Gespräch in Beschlag – obwohl ihm Bassewitz heftigst Widerstand leistete.

Als alle zwölf saßen, gab Julius das Kommando für den ersten Gang. Er wollte keine Zeit verlieren. Je eher sie alles gegessen hatten, umso besser. Die Spannung drohte ihn zu zerreißen, und er hatte schon viel zu viel vom Wein probiert, der eigentlich zum Kochen da war.

1. Kostbarkeit: Cremesuppe von Wiesenkräutern und Kamillenblüten

Die Suppe wurde, wie alle Gänge, entsprechend der blauen Grundstimmung des Raums in einem farbig passenden Geschirr serviert. Franz-Xaver kündete die Speise fachmännisch an, und die Gruppe aus potentiellen Mördern begann genüsslich zu essen. Die Laune besserte sich mit jedem Löffel.

»Den Suppe ist so gut, könnte glatt von mir sein!«, meinte Antoine erfreut.

»Noch besser als die Suppe«, warf Bäcker ein, »ist aber die – ich glaub es ist mit einem milden Curry – daraufgepuderte Burg Are. Nicht nur ein Wahrzeichen unseres Tals, sondern auch Wappen unserer altehrwürdigen Weinbruderschaft. Das lob ich mir!«

»Ich hätte es nicht besser ausdrücken können, hochverehrter Ordensmeister!«, sagte Stressner.

Hans-Jürgen Zimmermann schlürfte fachkundig den Wein. »Ich hätte nicht gedacht, dass der Rotwein dazu passt – aber er passt! Und das ist tatsächlich dieser mit Rappen vergorene Wein aus Baden? Den hatte ich viel kantiger erwartet …«

François, der gerade beim Nachschenken war, nutzte erfreut die Möglichkeit, mit seinem Wissen anzugeben: »Da täuscht man sich! Nach einigen Jahren wird der auch sehr seidig.«

»Was bedeutet ›mit Rappen vergoren‹, wenn man fragen darf?«, erkundigte sich Niemeier.

François richtete sich auf. »Normalerweise werden die Trauben vor der Maischegärung entrappt, weil man meint, dass in den Stängeln – den Rappen – minderwertige Gerbstoffe stecken. Dieser Wein ist ein hervorragendes Gegenbei-«

»Hör mir bloß mit Entrappen auf!«, unterbrach ihn Prieß. »Da muss ich an die Geschichte mit Ihrem Hund denken, Frau Schultze-Nögel, der ist ja wohl in der entsprechenden Maschine zu Tode gekommen?«

Gisela nickte und schob das Glas Wein von sich.

In der Küche bereitete Julius den nächsten Gang vor. Der erste hatte den Mörder nur leicht irritieren sollen. Zwar gab es sachte Andeutungen, aber er wollte nicht mit der Tür ins Haus fallen. Der nächste Gang war von anderem Kaliber. Julius setzte die Lachsstücke formschön in die Mitte der Teller. Der Täter würde nun die ersten Vorahnungen bekommen. Den endgültigen Schlag würde er ihm später versetzen.

2. Kostbarkeit: Lachs auf Sauerbratenart an Labskaus mit Kaviarhaube

»So etwas habe ich ja noch nie gegessen«, meinte Niemeier entzückt zu seiner gottergebenen Tischnachbarin. »Ist das eine lokale Spezialität?«

»Nicht, dass ich wüsste«, erwiderte Erika Salbach. »Ich esse das auch zum ersten Mal.«

Franz-Xaver baute sich hinter Gisela auf, um das Gericht zu erklären: »Als zweiten Gang hammer echten Ahrlachs ...«

»Das wüsste ich aber!«, rief Herold. »Dann würde ich euch gehörig aufs Dach steigen!«

Franz-Xaver lachte ein höfliches Kellnerlachen. »Nur ein kleiner Scherz meinerseits. Es handelt sich um irischen Wildlachs auf Sauerbratenart, an Labskaus mit Kaviarhaube.«

»Was ist Labskaus?«, fragte Stressner in einem Tonfall, der besagte, dass man dies nicht wissen musste, um Karriere zu machen.

»Ein Seemannsgericht, des vor allem aus gepökeltem Rindfleisch, Kartoffeln und Roter Bete besteht. Der Name kommt aus dem Seemannsenglischen. ›Lobs‹ heißt Haudegen, und ›course‹ bedeutet Essens-Gang. Über des norwegische Wort Labskaus, was für gesalzenen Kabeljau mit Kartoffeln steht, kam der Begriff dann nach Norddeutschland.«

»Von dem Bisschen wird aber kein Matrose satt!«, rief Bassewitz.

»In der Tat ist es nur eine kleine Portion Labskaus – für *kleine* Seeleute!«, witzelte Franz-Xaver.

»Dürfen wir jetzt endlich essen, oder erzählen Sie uns noch die Geschichte jedes einzelnen Kaviarkorns?«, fragte Prieß leicht genervt.

»Nur, wenn Sie's wünschen!«, erwiderte Franz-Xaver. Er wollte sich zurückziehen, wurde jedoch von Stressner zu sich gebeten.

»Sagen Sie Ihrem Chef, ich hätte den Wink mit unserem

Bachemer Karlskopf verstanden«, er kniepte ihm verschwörerisch zu. »Der ideale Begleiter zu diesem Gang – ich habe auch nichts anderes vom besten Pferd im Stall erwartet. Holen Sie noch eine Flasche! Danke.«

Franz-Xaver lächelte äußerlich und ballte innerlich die Faust. Stressner schaffte es noch nicht einmal, »Bitte« zu sagen! Auf dem Weg zur Küche bat ihn dann auch noch ein Pärchen, das gesehen hatte, was in den Blauen Salon getragen wurde, um dasselbe Menü. Franz-Xaver war nicht in der Laune für Extrawürste. Er war viel zu angespannt. Julius sah das Ganze pragmatisch, in den Töpfen und Pfannen war genug für zwei weitere Mäuler. Als die Restaurantbrigade sich mit den Tellern auf den Weg in den Blauen Salon machte, folgte er ihnen, blieb jedoch vor dem Eingang stehen. So konnte ihn niemand im Inneren sehen, er jedoch hören, was vor sich ging. Der Täter bekam nun das Mordmotiv auf dem Teller. Und es gab keinen Zweifel, dass er es erkennen würde.

3. Kostbarkeit:
Salat von Ahrtaler Herbsttrompeten mit gebratenem Kaninchen an Rosmarinspieß und Wingertsknorzen

Nachdem die Kellner den dritten Gang auf den Platztellern serviert hatten, stellten sich Franz-Xaver und François nebeneinander. Der Ranghöhere begann und wies auf die Besonderheiten der Speise hin.

»Die Kaninchen sind aus dem Tal, von tüchtigen Jägern erlegt. Wie gut, dass diese ihre Waffen stets bei sich tragen, so dass sie immer schießen können, wenn einer der kleinen Hoppler auftaucht. Ich denk, wir sollten alle auf die Jäger des Tals anstoßen!«

So geschah es.

»Am rechten Rand Ihres Tellers sehen Sie einen Wingertsknorzen. Eine Spezialität, die Herr Eichendorff in einer Straußwirtschaft im Weinanbaugebiet Nahe, genauer in Münster-Sarmsheim beim Weingut Göttelmann, kennengelernt hat. Es handelt sich dabei um ein herzhaftes Gebäck in Form einer der natürlichen Verdickungen, die sich am Stamm von Rebstöcken finden.«

Alle besahen sich das schrumpelige Brotstück.

Jetzt war François an der Reihe.

»Der begleitende Wein ist einer der wahrhaftigen Schätze unseres an Schätzen wahrhaftig nicht armen Weinkellers«, er hob ein wenig das Kinn, sichtlich stolz auf das kleine Wortspiel, »ein neunziger La Tâche, eine der berühmtesten Lagen des Burgund, die sich zudem in Alleinbesitz befindet. Damit ist dieser Wein nicht *ein* La Tâche, sondern *der* La Tâche. Verzeihen Sie mir meinen Enthusiasmus!«

Seine Miene zeigte, dass er sich für diesen keineswegs schämte. Stressner lächelte, diese Attitüde war ihm wohl vertraut.

»Das ist ja alles schön und gut«, brummte Bassewitz, »aber wann bekommen wir endlich den Chefkoch zu sehen?«

»Er würde schon jetzt gerne zu Ihnen kommen, aber die Arbeit in der Küche wird es nicht vor dem zweiten Dessert erlauben«, erklärte François.

Franz-Xaver verschwand leise in Richtung Küche, um Rapport zu erstatten.

»Und?«, fragte Julius. »Sind schon Anzeichen von Nervosität festzustellen?«

»Nada. Es würd mir übrigens wirklich helfen, wenn du mir sagen tätst, *wen* ich im Aug behalten muss!«

»Das kann ich nicht. Dann würdest du dich der Person gegenüber anders verhalten, und sie würde den Braten riechen. Das ist mir zu riskant.« Julius rührte gedankenverloren in einer Sauce. »Ich kann nicht verstehen, dass noch keiner reagiert hat! Ich hatte gehofft, dass nach diesem Gang schon jemand aufsteht und geht.«

»Tja, verkocht!«, spöttelte Franz-Xaver.

4. Kostbarkeit: Riso-Eis in Grafschafter-Goldrüben-Schaum

»Das Eis ist in Form eines Golfballs. Als kleine Hommage an die anwesenden Golfspieler«, erläuterte Franz-Xaver.

»Wer spielt denn außer mir noch Golf?«, fragte Zimmermann.

Niemand meldete sich.

»Na, dann danken Sie dem Chef mal ganz herzlich von mir! Das sehe ich als besondere Ehre an!«

Franz-Xaver sondierte die Gesichter. Niemand war verstummt oder übertrieben redselig.

Antoine Carême stupste mit dem Dessertlöffel den frostigen Golfball an.

»Was ist denn den Riso-Eis genau, schmeckt nach …«

»… Reis«, ergänzte Franz-Xaver. »Und Milch und Honig. Es handelt sich um Reis-Eis, mit gekochten Reiskörnern darin. Eine kulinarische Besonderheit, die Herr Eichendorff bei seinem Romaufenthalt letztes Jahr erstmalig probiert hat. In der berühmten Eisdiele in der Via Uffici del Vicario, um genau zu sein.«

Franz-Xaver strich sich geistesabwesend über seinen nicht vorhandenen Bart.

»Darf ich was zum Wein sagen?«, fragte Herold. »Schließlich ist er von mir!«

François nickte gönnerhaft.

»Ein Spätburgunder-Eiswein vom Altenahrer Eck. Natürlich weiß gekeltert, geht ja nicht anders, denn die Trauben müssen im gefrorenen Zustand gepresst werden. Aus dem großen Eisweinjahrgang 1998. Ein fantastischer, fruchtstarker Wein, fast cremig auf der Zunge und mit einer tollen Säure, die den Tropfen frisch hält, ja, sagen wir es ruhig, die den Wein auf der Zunge explodieren lässt. Prost!«

Diesmal war es Bäcker, der Franz-Xaver zu sich winkte. »Wann kommt eigentlich die Presse? Ich muss das wissen, damit ich vorher nicht zu viel trinke. Sie wissen ja, da wird dann schnell geredet.«

Franz-Xaver beugte sich tiefer, zu Bäckers Ohr. »Die Presse hat leider abgesagt. Es gab wohl einen schweren Unfall auf der A61, und da mussten's alle hin.«

»So? Hab ich gar nichts von mitbekommen.«

In der Küche herrschte große Anspannung. Denn der Chef hatte aufgehört zu kochen. Julius war nicht mehr imstande, sich auf Töpfe und Pfannen zu konzentrieren. Er konnte nur noch an eine Person im Blauen Salon denken. Nach diesem Gang, nach diesem Eis, musste dem Mörder klar sein, dass Julius Bescheid wusste.

5. Kostbarkeit: Marzipan-Baumkuchen in Blutorangensauce

Den letzten Gang brachte Julius selbst herein, und der Jubel war groß. Nur Gisela wirkte merkwürdig unbeteiligt. Alle anderen gratulierten ihm zu seinem Stern. Julius kam zum ersten Mal der Gedanke, wie peinlich es werden würde, wenn sein Plan nicht funktionierte, er den Mörder nicht stellte und alle erfuhren, dass er gar keinen Stern bekommen hatte. Das würde ihm der ein oder andere übel nehmen. Zuvorderst Dr. Bäcker. Das würde dann wohl eine zweite Geldspende bedeuten.

»Das ist aber ein kleiner Baumkuchen!«, maulte Prieß. »Musst du sparen, Julius?«

»Es sollte auch eher ein Baumstock sein – oder ein Stöckchen.«

Die Gespräche erstarben, und plötzlich lag Stille über der Szene. Eine Stille, die Ärger in sich trug.

»Ich weiß nicht, ob du das extra gemacht hast, Julius«, sagte Gisela mit zitternder Stimme, »aber ich finde das alles sehr geschmacklos. So etwas hätte ich nicht von dir gedacht!«

Alle Blicke wandten sich ihr zu.

»Du weißt genauso gut wie ich, dass Siggi mit einem Stock erschlagen wurde. Und dann diese Blutorangensauce! Und eben schon der mit Rappen vergorene Wein. Was kommt als Nächstes,

Julius? Welchen makaberen Scherz muss ich mir noch gefallen lassen? Womit hab ich das verdient?«

Sie begann zu weinen. Julius wollte sie trösten, aber sie wehrte ab, stand auf, nahm ihre Jacke und verließ das Restaurant. Er durfte ihr nicht nachgehen. Er musste die Sache zu Ende bringen, sonst wäre alles umsonst gewesen. Die Stimmung war mehr als gedrückt. Auch die Herolds schickten sich an, zu gehen.

»*Bitte* bleibt sitzen! Das ist alles ein schreckliches Missverständnis. Wahrscheinlich hat mir mein Unterbewusstsein einen Streich gespielt. Ihr wisst ja, dass ich mich eine Zeit lang sehr intensiv mit dem Fall beschäftigt habe. Es war keine Absicht. Wirklich. Bitte bleibt, es wäre mir sehr wichtig.«

Stille.

Keiner wollte etwas sagen.

Als Erster fand Bassewitz seine Stimme wieder.

»Dann wollen wir mal nicht so sein, Julius. Wir kennen dich lange genug, um zu wissen, dass du so was nicht mit Absicht machen würdest. Gisela ist einfach zurzeit sehr labil. Ich glaube, ich spreche für uns alle, wenn ich sage, dass wir gerne bleiben. Trotz allem ist das heute ja ein Festtag. Und es gibt für meinen Geschmack sowieso viel zu wenig Feste, deshalb sollte man sich auch keines davon verderben lassen!«

Wie eine La-Ola-Welle zog ein Nicken durch die Runde, und schließlich aßen alle weiter. Die Gespräche kamen nur zaghaft wieder in Gang, aber nach einiger Zeit war fast wieder der Geräuschpegel vor Giselas Aufbruch erreicht.

Über den Wein sagte niemand ein Wort. Es war auch ein Eiswein, auch vom Altenahrer Eck, auch aus dem Jahrgang 1998. Aber diesmal ein Riesling, und diesmal vom Weingut Schultze-Nögel.

Julius nahm sich nun die Zeit, um mit jedem einzeln zu reden. Bei einer Person blieb er besonders lange. Sie war kalt wie eine Hundeschnauze. Es sah nach einem Reinfall aus. Einem totalen.

Julius hatte nur noch einen Köder in petto.

Er wandte sich an die gesamte Runde.

»Sehr verehrte Gäste, liebe Freunde! Ich möchte mich sehr bei Ihnen, bei euch, bedanken, dass ihr heute Abend gekommen seid, um mit mir meinen ersten Stern zu feiern. Ich muss jetzt leider kurz auf den Hof, um meinem verwöhnten Kater den Mitternachtssnack zu servieren, und danach heißt es wieder arbeiten in der Küche. Deswegen möchte ich mich jetzt verabschieden. Zum Abschluss wird euch gleich noch ein Kaffee, oder wahlweise – natürlich auch zusätzlich – ein Trester serviert.«

Julius verschwieg den kriminologischen Hintergrund des Getränks. Den würden sowieso alle kennen. Und sollten es auch. Besonders eine Person.

Natürlich gab es keinen Mitternachtssnack für den Kater. Dieser lag vermutlich faul auf dem Kratzbaum.

Der letzte Köder war ausgelegt.

Der Mörder wusste nun, wo Julius zu finden war.

Ein letzter Blick auf die versammelte Truppe. Sie benahmen sich alle wie immer. Mit weichen Knien begab Julius sich auf den Hof. Er hatte Angst, davor, dass der Mörder kam, und Angst, dass er nicht kam. Das Blut floss so schnell durch seinen Körper, dass es in allen Gliedern kribbelte. Julius' Atmung war kurz, wie nach einem Sprint.

Drinnen stand jemand vom Tisch auf.

Julius wusste nicht, wohin er sich stellen sollte, um nicht direkt ein Angriffsziel zu bieten.

Es gab keinen sicheren Platz.

Überall stand er wie auf dem Präsentierteller.

Dann kam jemand um die Ecke.

Und lächelte.

»Was hast du den anderen erzählt, wo du bist?«, fragte Julius.

»Ich hab gesagt, ich müsste mal kurz austreten.«

»Hoffentlich meinst du das nicht wörtlich …«

Er sagte nichts. Auch seine Miene verriet nicht, was er dachte, verriet nicht, was er vorhatte. Nur die Augen bewegten sich flink in dem ruhenden Gesicht. Er glitt in den Schatten neben der Tür.

»Wie bist du auf mich gekommen?«

Sein Gesicht lag nun im Dunkeln.

»Ich hab lang dafür gebraucht. Zuerst hatte ich auf August getippt.«

»Kann ich mir denken. Es hat mich sehr gefreut, was die Zeitungen da in die Welt gesetzt haben.«

»Es passte alles so gut zusammen. *Zu* gut. Er hatte ein Motiv, nämlich das Abservieren seines ärgsten Rivalen und die mögliche Übernahme des Weinguts. Er war der Einzige, von dem ich wusste, dass er alle drei Opfer kannte. Und gemeinsam mit seiner Frau hat er auch nicht für alle Taten Alibis gehabt.«

»Klingt überzeugend.«

»Aber er ist eben kein Mörder.«

»Vielleicht kommt das noch. Bei mir kam es auch ganz überraschend.« Er lachte trocken, als hätte er Staub im Mund.

»Dann dachte ich, die Weinbruderschaft steckt dahinter.«

»Der traut man alles zu, oder?«

»Ich fürchte, zu Recht.«

Julius war überrascht, wie unbefangen er mit dem Täter redete. Es fühlte sich an wie ein normales Gespräch unter Freunden. Wo es doch alles andere war. Er fuhr ruhig fort mit der Schilderung seiner Ermittlungen.

»Aber mit den Morden hatten die Brüder nichts zu tun. Sie hatten zwar ein Motiv: das Ausschalten eines Risikofaktors für die Weinwirtschaft und den Tourismus des Tals. Wenn die Sache mit Siggis Mostkonzentration rausgekommen wäre, hätte das einen Imageschaden biblischen Ausmaßes bedeutet. Aber nach einem Mord eine so dumme Spur zu hinterlassen, wie ›Verräter‹ auf ein Fass zu schreiben? Niemals. Sie hätten andere Methoden gefunden, alle wissen zu lassen, wer dahinter steckte.«

Etwas bewegte sich auf Hüfthöhe des Mörders.

»Eigentlich hab ich nach einiger Zeit jeden verdächtigt. Selbst den Niemeier, das ist der kleine Mann mit der großen Brille, ein pensionierter Oberstudienrat aus Brühl.«

»Der sieht doch aus, als könne er keiner Fliege was zuleide tun.«

»Du siehst auch nicht aus wie ein dreifacher Mörder.«

»Mit dem Hund ein vierfacher.«

»Ich hatte gedacht, du hättest schon aufgehört, deine Opfer zu zählen …«

Keine Reaktion. Langsam kroch die Anspannung in Julius. Langsam schien sein Körper zu begreifen, dass dies *kein* normales Gespräch unter Freunden war. Sein Sprachfluss wurde stockender.

»Niemeier schlich überall herum, wollte einen spektakulären Fund aus der Römerzeit machen. Dadurch verhielt er sich merkwürdig.«

»Das sollte man vermeiden.«

»So wie du, Hans-Hubert.«

»Danke für die Blumen, aber die sind unnötig. Schließlich hast du's ja rausgefunden.«

»Aber erst spät. Ich hatte sogar noch einen Verdacht. Dank dir. Die falsche Spur zu Antoine und Tommy. Von wegen, die Restaurateure hätten gute Gründe, Siggi abzuservieren. Ich hatte zwar keine Zeit, der Sache nachzugehen, aber ich bin drauf reingefallen.«

»Gute Gründe hätten die beiden tatsächlich gehabt, Siggi umzubringen. Wenn der den Weinhahn noch länger zugelassen hätte, wären sie eingegangen. Dass sich die beiden heimlich trafen, passte da gut ins Bild. Ich habe davon gewusst, weil Antoine zuerst mir eine Kooperation angeboten hat. Sein Laden läuft nicht so gut. Aber ich habe abgelehnt. Da ging er zu Tommy.«

Hans-Hubert trat aus dem Schatten, eine Pistole in der Hand.

»Wo hast du die denn her?«, fragte Julius.

»Das kann dir doch egal sein. Das ist eine Ruger 22 WMR, die hab ich mir vor einiger Zeit gekauft, für den Fall, dass ich bei der Jagd mal einen Fangschuss setzen muss. Praktischerweise direkt mit Schalldämpfer.«

Er trat vor Julius, die Ruger im Anschlag. »Arme hoch, und, du weißt schon, keine falsche Bewegung!«

Er durchsuchte Julius und beförderte zwei metallische Gegenstände aus den Hosentaschen. »Soso, ein Diktiergerät. Das schalten wir mal schön ab und nehmen die Kassette raus. Die behalte ich, als Andenken. Und du wolltest dich tatsächlich mit einem Messer gegen mich verteidigen. Also, Julius …«

»Ich bin halt Koch, das ist die Waffe eines Kochs.«

»Ich korrigiere: Das *war* die Waffe eines Kochs. Apropos Koch: Applaus für das Essen. Ich hätte nie gedacht, dass vier Morde so gut schmecken können.«

Das Menü war gelungen. Der Plan nicht.

Er war nackt.

Ohne Chance auf handfeste Beweise. Ohne Chance, sich wehren zu können. Und sein Gegenüber hatte nichts zu verlieren. Ob vier oder fünf Morde, die Höchststrafe hatte er längst erreicht. Julius konnte nicht fassen, dass er kein Sicherheitsnetz aufgespannt hatte. Es wäre so einfach gewesen, jemanden vom Personal mit ins Boot zu holen. Wenigstens Franz-Xaver. Aber weil er niemanden in Gefahr bringen wollte, hatte er sich selbst in Gefahr gebracht. Jetzt war es zu spät. Die Belegschaft hatte keine Ahnung vom Treffen im Hof. In der ganzen Aufregung hatte Julius das nicht bedacht.

Es konnte ihn sein Leben kosten.

Es hieß Zeit rausschlagen. Julius kämpfte gegen die Angst an.

»Danke für das Kompliment, willst du wissen, wie ich es zubereitet habe?«

»Nein, ich will endlich wissen, wie du drauf gekommen bist, dass *ich* hinter den Morden stecke!«

»Durch Harry Hinckeldeyn.«

»Wovon wusste der schon?«

»Nur von Siggis Termin in seiner Kanzlei. Und, so schätze ich, dass Siggi den Vertrag mit dir auflösen wollte. Den Vertrag über den Spezialwein für dein Restaurant. Siggi hat immer alles vertraglich abgesichert. Nach dem Mord hat sich Hinckeldeyn dann so seine Gedanken gemacht.«

»Er hat dir also gesagt, ich wäre es? Von wegen anwaltlicher Schweigepflicht …«

»Nein, nein, so was würde Hinckeldeyn nie machen. Er meinte nur, der Mörder würde auffallen, die Sache würde schief gehen, weil bei ihm immer *alles* schief geht.«

»So ein Blödsinn!«

»Nein, er hatte Recht. Und als ich gestern in der Zeitung las, dass ›Animal Peace‹ gegen deinen Sauerbraten rebelliert, fing mein Kopf an zu arbeiten.«

Hans-Hubert Rude lachte auf. »Diese elenden Tierschützer! Die Idee, Lachs auf Sauerbratenart zu machen, war übrigens clever von dir. Da wusste ich, dass du mich in Verdacht hast. Das Rezept werd ich mir merken.«

»Kann ich dir gern geben.«

Julius erntete nur ein angedeutetes Kopfschütteln. »Erzähl lieber weiter, das kann ja noch nicht alles gewesen sein.«

»Dann war da die Sache mit dem Hund.«

»Ein dummes Tier.«

»Józef erzählte mir, dass Moritz mal bis nach Marienthal ausgebüxt ist und ihn jemand zurückgebracht hat. Natürlich wusste ich, wer in Marienthal lebt, aber ich musste sichergehen. Gestern hab ich noch mal nachgefragt, wer der freundliche Helfer war.«

»Ich hätte den Hund gleich in den Entrapper stecken sollen!«

»Ich hab mich schon damals bei unserem Treffen in der Gutsschänke gefragt, warum er dich so freundlich begrüßt und mich keines Blickes würdigt. Komisch fand ich auch, dass der Hund so traurig über Siggis Tod war, wo deren Beziehung doch nie sonderlich eng gewesen war. Siggi hatte nur einen Hund, weil man eben einen haben musste. Der Hund war …«

»… der Hund war traurig wegen seinem verdammten Stock. Und weil er wusste, dass ich ihn hatte, hing er mir ständig am Bein. Beim Streit mit Siggi war ich so wütend, dass ich das nächstbeste genommen habe, um ihn zu erschlagen. Das war eben dieser Stock. Der Hund hat das mitbekommen.«

»Und warum hast du ihn nicht weggeworfen?«

»Ich wollte ihn nicht am Tatort liegen lassen, hab ihn bei der Abfahrt schnell in den Wagen geschmissen, und als ich zu Hause ankam, lag er immer noch dort. Da habe ich ihn eben zu meinem Feuerholz gesteckt. Ich dachte, vielleicht kann ich ihn irgendwann noch mal gebrauchen, zum Beispiel, um eine falsche Spur zu legen.«

»Aber du hast eine richtige Spur damit gelegt.«

»Wieso?«

»Außer Franz-Xaver hatte ich nur dem Stammtisch erzählt, dass die Polizei mich verdächtigt. Der Rest des Tals dachte, ich unterstütze die Behörden. Wer immer den Stock in meinem Garten deponierte, wusste, dass er mich damit in Schwierigkeiten bringen würde. Schon blieben nur noch vier Personen übrig.«

»Das konnte ich nicht wissen.«

»Man kann nie alles wissen. Und obwohl du mir dadurch geholfen hast, fand ich das mit dem Stock in meinem Garten sehr unfein.«

»Ich wollte dir das hier ersparen. Deswegen auch der anonyme Brief. Ich hab's gut mit dir gemeint. Aber du hast es ja so gewollt. Geh bitte mal zur Seite, in die Nähe des Baums.«

Julius ging betont langsam zur Blautanne, die neben dem Eingangstor zum Garten wuchs.

»Und erzähl schneller! Ewig kann ich schließlich nicht *auf dem Klo* bleiben!«

»Lass mich die letzten Minuten doch noch genießen.«

»Red keinen Blödsinn! Sag mir lieber, wie du von Siggis und meinem Projekt erfahren hast? Das lief unter dem Siegel der absoluten Verschwiegenheit.«

»Ich hab einfach Glück gehabt. In der ›Wein + Wirtschaft‹ stand etwas über einen Rebstockdiebstahl bei Romanée-Conti. Und ich musste dran denken, dass August mir und Niemeier kürzlich erzählt hatte, im Altenahrer Eck, in einer von Siggis Parzellen, ständen ein paar sehr wertvolle Burgunderklone, wie man sie in Deutschland nicht findet.«

»Deshalb gab es auch zwei Weine aus dem Eck zum Menü.«

Julius nickte. »Dann fiel mir ein, dass du mit Siggi diese Bootstour im Burgund gemacht hattest. Ich musste nur noch dazurechnen, dass du einen großen, exklusiven Rotwein produzieren wolltest, der neue Maßstäbe setzen sollte.«

Hans-Hubert Rude grinste. »Und das wird er auch! Der bringt den ›Bahnhof‹ ganz nach vorn, für den Wein werden sie herpilgern, mit *dem* krieg ich einen Spitzenkoch und Spitzenpublikum mit Spitzengeld. Dieser Wein macht mich zur Nummer eins.«

»Ja, sehr schön, meinen herzlichen Glückwunsch, toll gemacht!«

Hans-Hubert drückte die Pistole an Julius' Stirn. »Veräppel mich nicht, das kann ich nicht leiden, konnte ich noch nie leiden.«

»Und genau deswegen ist es dir so oft passiert!«

Hans-Hubert drückte fester zu. Das kalte Metall fühlte sich an wie eine eisige Klinge. »Erzähl weiter, ich finde es grade spannend. Aber mach schnell, sonst muss ich auf das Ende leider verzichten!«

Julius schluckte, aber es gab nichts, was er schlucken konnte. Sein Mund war trocken, die Zunge strich wie Schmirgelpapier über den Gaumen.

»Also, du hast mit Siggi eine Bootstour ins Burgund gemacht – deswegen der Labskaus für kleine Seeleute. Ihr wolltet dort Rebstöcke von einem der berühmtesten Weingüter der Welt klauen. Als Hinweis auf die Rebstöcke hab ich übrigens die Wingertsknorzen serviert.«

»Hab ich gemerkt.«

»Mit denen sollte Siggi für dein Restaurant einen Wein machen, wie es ihn in Deutschland noch nie gab. Doch dann lief etwas schief. Erster Mord: Du triffst zufällig den französischen Praktikanten von August, und er erzählt dir, von wo er kommt, nämlich aus Dijon, wie Christine mir mal gesagt hat, also aus dem Burgund. Der Franzose erzählt vielleicht auch vom Rebendiebstahl, vielleicht hat er dich sogar erkannt.«

»Hat er. Wir waren damals auch zur Weinprobe bei Romanée-Conti, und er hat dort gearbeitet. Er hat sich richtig gefreut, mich wiederzusehen, und dann nur noch von dem Diebstahl erzählt, was für ein Skandal das in Frankreich wäre. Er hat einfach nicht mehr aufgehört, hat gesagt, die Täter müssten hart bestraft werden, und im Burgund hätten sie alles in Bewegung gesetzt, um sie ausfindig zu machen. Das seien ja nicht nur einfache Rebstöcke gewesen, sondern französische Kulturdenkmäler. Er hat immer weiter geredet, immer weiter, und ich habe es so mit der Angst bekommen, ich bin richtig panisch geworden, ich dachte nur, der muss aufhören, irgendwann kommt er drauf, irgendwann sieht er die Stöcke, und dann bist du dran, dann ist alles aus ...«

Hans-Hubert geriet außer Atem. Als er das bemerkte, straffte er seinen Körper wie ein Sakko und fuhr ruhiger fort. »Geschickt übrigens mit dem La Tache. Im Alleinbesitz von Romanée-Conti. Das war wirklich ein Wink mit dem Zaunpfahl.«

Julius versuchte, einen Funken des Zweifels bei Rude auszumachen, einen Funken, den er zum Glimmen bringen konnte. Aber das Gesicht wirkte nur matt.

»Hoffentlich habe ich dich voll getroffen. – Du bekommst es also mit der Angst zu tun, fährst mit dem Franzosen in ein entlegenes Waldstück, unter irgendeinem Vorwand ...«

»Ich hab ihm erzählt, von da oben hätte man eine tolle Aussicht, das müsse er sich unbedingt anschauen.«

»Und dann erschießt du ihn. Und die tolle Aussicht ist, dass er die Radieschen von unten betrachten kann. Zweiter Mord: Du fährst zu Siggi und erzählst ihm von der Sache. Schließlich hängt er mit drin. Schließlich habt ihr die Rebstöcke zusammen geklaut. Aber Siggi reagiert nicht so, wie du dir das gewünscht hast.«

»Das ist schön ausgedrückt. Ich wollte nur ein Alibi von ihm, und er hat gesagt, da wolle er nicht mitmachen, er würde mich anzeigen. Mir blieb gar nichts anderes übrig. Ich war so wütend auf ihn, Julius, verstehst du? Wir waren doch Freunde, richtige Freunde. Aber er wollte mich abservieren, hatte sowieso eine negative Einstellung zu dem Projekt bekommen. Wollte die Rebstöcke für seinen eigenen Topwein nutzen. Nicht für meinen! Hat dann auch von dem Anwaltstermin erzählt, dass er den Vertrag, den wir über das Projekt geschlossen haben, lösen würde. Und ich könnte nichts dagegen tun. Gar nichts. Da hab ich ihn geschlagen. Ich wollte ihm einfach wehtun, ich wollte ihm einfach zeigen, dass er das nicht mit mir machen kann, ich hab gar nicht weiter drüber nachgedacht. Ich war so enttäuscht, so enttäuscht und wütend.«

Julius konnte sich die Szene vorstellen. Wie Siggi, unfähig die Gefühle seines Gegenübers zu erkennen, zum Tagesablauf übergehen wollte. Wie er Hans-Hubert einfach links liegen ließ in seinem Elend.

»Ich kann dich verstehen.«

Hans-Hubert wurde wütend. »Nichts verstehst du! *Du* bist doch der geborene Gewinner! Bei Julius Eichendorff scheint doch immer die Sonne! Bester Koch, beste Weinkarte, bester alles!«

Er machte eine Pause. Als er weitersprach, klang er deutlich bedrohlicher. »Erzähl weiter, *kulinarischer Detektiv*!«

Also erzählte Julius weiter.

»Du schlägst zu, mit dem Lieblingsstock des Hundes, und hievst den bewusstlosen Siggi in den Maischebottich. Kopf nach unten. Der Pathologe wird später feststellen, dass Siggi und der Franzose ungefähr zum selben Zeitpunkt ermordet wurden. Dritter Mord: Du hast gedacht, Markus Brück hätte was von deinem Streit mit Siggi mitbekommen und würde dich verraten.«

»War aber gar nicht so. Er saß zu dem Zeitpunkt längst zu Hause. Aber als ich das von ihm erfahren habe, war es zu spät. Da wusste er zu viel. Von mir. Es gab keinen anderen Weg mehr, als die Presse anzustellen. Das war mir dann auch egal. Ob zwei Morde oder drei. Sonst wäre doch alles umsonst gewesen! All meine Pläne, meine Zukunft! Ich wollte endlich sicher sein, dass die

Geschichte vorbei ist. Da hab ich gemerkt, wie kalt ich geworden bin, Julius, kalt innen drin.«

»Was ist nur mit dir passiert, Hans-Hubert? So kann ein Mensch wie du doch nicht leben. Du solltest dich stellen, dein Gewissen entlasten.«

»Nein.« Rudes Stimme klang brüchig. »Damit muss ich leben. Und damit werde ich leben. Heute Abend hat das Morden ein Ende. Erzähl mir den Schluss, alter Freund.«

Julius' Angst war übermächtig. Er klammerte sich an jede Sekunde, die das Ende hinauszögerte. Wenn er durch Erzählen länger lebte, dann würde er erzählen. So lange es nur ging.

»Du planst den Mord. *Erstmals* planst du einen Mord. Du nimmst einen deiner Golfbälle – du bist ja Mitglied im Club, deswegen hast *du* damals auch für den Stammtisch im Milsteinhof gebucht –, wirfst ihn unauffällig in die Presse, stellst sie an und sagst zu Brück, dass das Gerät komisch klänge.«

»Er kommt, schaut rein, beugt sich rüber, ein Schubs genügt, hat vorher noch versucht, mir den Golfball zuzuwerfen, dachte, alles wäre nur ein Spaß.« Hans-Hubert lächelte verkrampft.

»Willst du wissen, wie ich darauf kam, dass nur du Markus Brück auf dem Gewissen haben kannst?«

»Ja, Julius.«

»Nach Siggis Beerdigung hatten wir doch Stammtisch. Franz-Xaver kam damals reingestürmt, um mir zu erzählen, dass Brück mich in der Mordsache sprechen wollte. Franz-Xaver und ich sind zwar ein paar Schritte zurückgegangen, um zu reden, aber du hast direkt neben mir gesessen. Wenn überhaupt, dann konntest nur du das Gespräch hören. Deine Ohren waren anscheinend gut genug.«

»Das waren sie immer schon.« Hans-Hubert hob die Waffe. »Julius, ich muss langsam zurück.«

»Das mit deinem Alibi klappt niemals! Wenn in der Zwischenzeit jemand aufs Klo musste …«

»Deine Toiletten sind mit altmodischen Schlüsseln versehen. Ich habe einfach von außen abgeschlossen. Besetzt ist besetzt.«

Er zielte auf Julius' Kopf.

»Franz-Xaver weiß Bescheid, er ist meine Absicherung!«

Hans-Hubert zögerte. »Glaub ich dir nicht. Aber zur Sicherheit werd ich auch mit ihm gleich reden. Mach's gut, alter Freund!«

»Schenk dir das!«

Julius stellte sich gerade hin. Die Augen fest auf seinen Mörder gerichtet. Irgendwann würden die Spuren die Polizei zu Hans-Hubert führen. Irgendwann würde jemand mehr Glück haben als er.

Und überleben.

Julius sog die Luft langsam ein, sie genießend, weil es der letzte Atemzug war, und lauschte auf das Pochen seines Herzens. Ansonsten hörte er nichts, nur ein klickendes Geräusch. Es klang wie das Entsichern einer Waffe.

»Es tut mir Leid, Julius …«

Hans-Hubert kam noch einen Schritt näher, den Arm gestreckt. Das Rohr des Schalldämpfers blickte in Julius' Augen. Der zweite Arm hob sich und schloss sich um die Waffe.

Julius duckte sich.

Es klickte zwei weitere Male.

Julius warf sich auf den Boden, die Arme über den Kopf gekreuzt.

Hans-Hubert drehte sich um.

Kein Schuss fiel.

Keine Kugel bohrte sich durch Julius' Körper.

Er hörte eine Stimme. Eine Stimme, die sich noch nie so gut angehört hatte wie in diesem Moment.

»Machen Sie keine Dummheiten! Drei Waffen sind auf Sie gerichtet!«

Es war von Reuschenbergs Stimme. Julius blickte auf und sah, dass sie und zwei Streifenpolizisten Hans-Hubert ins Visier genommen hatten.

Es passierte nichts.

Alle vier standen dort wie in Stein gemeißelt.

Dann bewegte Hans-Hubert die Hand, in der er die Waffe

hielt. Er bewegte sie so schnell, dass keiner reagierte. Er zielte in Richtung von Reuschenberg.

Wieder klickte es.

Nur Sekundenbruchteile später war ein Knall zu hören.

Und ein Schrei.

Julius konnte nicht erkennen, was geschehen war. Konnte nicht erkennen, wen der Schuss getroffen, wer geschrien hatte.

Dann fiel Hans-Hubert die Waffe aus der Hand. Mit einem metallischen Krachen schlug sie auf den Boden. Er fasste sich an den blutenden Arm.

Und schrie wieder.

Die beiden Polizisten stürzten sich auf ihn. Während Hans-Hubert brüllte, sich die offene Wunde hielt und gleichzeitig versuchte, die Angreifer abzuwehren, drehten sie ihm die Arme auf den Rücken und legten ihm Handschellen an.

Das Klacken erlöste Julius aus seiner Starre, und er stand auf, fassungslos seinen Freund betrachtend, der nun heulte und sich auf dem Boden zusammenrollte.

Julius sagte das Erste, was ihm einfiel. »Siehst du, Hans-Hubert, der alte Hinckeldeyn hatte vollkommen Recht. Bei dir läuft immer alles schief.«

Von Reuschenberg kam auf ihn zu, die Waffe im Schultergurt verstauend. Julius begrüßte sie zitternd.

»Sie haben sich aber Zeit gelassen!«

Von Reuschenberg klopfte ihm aufmunternd auf die Schulter. Julius war blass, seine Augen glasig.

»Wir haben uns so viel Zeit gelassen, weil Ihr Gespräch so anregend war.«

Julius ging zur Regentonne und spritzte sich kühles Wasser ins Gesicht. Es half nicht wirklich.

»Wieso sind Sie noch gekommen? Am Telefon meinten Sie, dass alles Blödsinn sei. Haben Sie mir also doch geglaubt?«

»Nein. Aber ich muss nun einmal jeder Spur nachgehen. Ob ich will oder nicht.«

»Gelobt sei Ihr Pflichtbewusstsein!«

Von Reuschenberg blickte Hans-Hubert nach, der von den beiden Polizisten abgeführt wurde. In der Tür zum Restaurant erschienen die Angestellten und einige der prominenten Gäste. Sie waren vom Schuss hergelockt worden.

»War er nicht ein Freund von Ihnen?«

Julius zuckte mit den Achseln. »Hast du einen Freund hienieden/Trau ihm nicht zu dieser Stunde/Freundlich wohl mit Aug und Munde/Sinnt er Krieg im tück'schen Frieden.«

Dieser Vers klang so selbstverständlich. Aber Julius spürte, dass ihn Hans-Huberts Taten getroffen hatten. Dass in dem Moment, da die Wahrheit offenkundig wurde, sein Grundvertrauen in die Welt erschüttert worden war. Seine Menschenkenntnis, auf die er sich so viel eingebildet hatte, war in Frage gestellt. Wenn er sich in Hans-Hubert getäuscht hatte, wie stand es dann mit den anderen Menschen, die ihm etwas bedeuteten? Natürlich fühlte er jetzt Erleichterung, überlebt zu haben, Freude, den Täter gefasst und vielleicht weitere Morde verhindert zu haben. Aber er hatte auch einen guten Freund verloren. Und gute Freunde waren rar. Julius beschloss, nichts von diesen Gedanken nach außen zu zeigen. Es war etwas, das er mit sich allein ausmachen wollte.

»Wahr gesprochen. – Ich bring die ›Rote Bestie‹ dann mal in eines unserer grauen Gefängnisse. Sie sollten sich um Ihre illustren Gäste kümmern. Die schauen schon ganz interessiert.«

»Aber erst nach einem, zwei oder vielleicht auch drei Schnäpsen, um den Puls wieder auf Normalmaß zu bringen. Dann werden die aber was zu hören bekommen. Die werden sich wundern.«

»Und Ihre Großcousine erst!«

Die werde ich als Erstes anrufen, dachte Julius.

Von Reuschenberg schüttelte ihm die Hand. »Meinen ehrlichen Glückwunsch … unter Kollegen.«

»Unter *Kollegen*?!«

Sie sagte nichts, machte sich auf den Weg zu ihrem Auto, winkte nur kurz über die Schulter. Dann drehte sie sich noch einmal um.

»Wussten Sie denn nicht, was ich für eine fabelhafte Köchin bin?«

Ihr herzliches Lachen hallte in der menschenleeren Straße wider. Julius dachte, wie schön es klang.

Franz-Xaver stürmte auf ihn zu. »Mensch, wie bist nur auf *den* gekommen? Den hatt ich ja gar net auf der Rechnung!«

Julius musste nur kurz überlegen. Die Wahrheit hatte im Wein gelegen, in einem Wein, der niemals produziert worden war, in einem Wein von gestohlenen Rebstöcken.

»Es war ganz einfach, alter Freund. Wie die alten Lateiner so schön sagen: *In Vino Veritas*!«

Digestif

»Warum haben Sie all die anderen eingeladen, wenn Sie doch wussten, wer der Mörder war?«, fragte von Reuschenberg, während sie sich den Lachs genüsslich auf der Zunge zergehen ließ. Sie hatte am Abend noch einmal angerufen und darauf bestanden, das Mörder-Menü gekocht zu bekommen. Julius kam diesem Wunsch direkt am nächsten Mittag nach. Das Wetter erlaubte es zum wahrscheinlich letzten Mal in diesem Jahr, draußen zu sitzen, und er hatte einen Tisch im Garten des Restaurants eingedeckt.

»Ich habe mir dabei zweierlei gedacht. Erstens wollte ich mich auf meine Art bei denen entschuldigen, die ich zu Unrecht verdächtigt habe. Und zweitens wollte ich die dabeihaben, die meine Ermittlungen torpediert, mir Steine in den Weg gelegt und nicht an mich geglaubt haben, ganz vorne Dr. Bäcker, um ihnen meinen Erfolg …«

»… unter die Nase zu reiben!«, ergänzte von Reuschenberg und lachte. »Das ist Ihnen ja auch gelungen! Schmeckt übrigens fabelhaft. Auch wenn ich mich da wiederhole!«

Sie nahm sich einen großen Happen Labskaus. Julius hatte generös Kaviar darauf verteilt.

»Wiederholen Sie sich ruhig, so oft Sie wollen! Wundert mich selbst, dass dieses Kuddelmuddel tatsächlich schmeckt.«

»*Hervorragend* schmeckt. Aber was ich nicht verstehe: Wenn Sie wussten, dass es Rude war, warum haben Sie dann so vieles auf den Tellern arrangiert, das nichts mit ihm zu tun hatte? Zum Beispiel die Burg Are, die auf die Suppe gepudert war, oder der Lachs?«

Julius musste lächeln. Sie hatte es bemerkt. Gott sei Dank war sie die Einzige.

»Tja, ich weiß nicht, ob ich Ihnen das wirklich erzählen soll ...«

»Lassen Sie mich raten: Sie waren sich doch nicht so sicher!«

Julius verzog keine Miene. »Kann ich Ihnen noch etwas stilles Wasser einschenken?«

Von Reuschenberg schüttelte den Kopf. »Ich bin jetzt an geistiger Nahrung und keiner flüssigen interessiert! Rücken Sie schon raus damit, ich verrat es auch keinem!«

»Kommissarinnen-Ehrenwort?«

»Indianerinnen-Ehrenwort!«

Das war natürlich noch besser.

»Also gut, Sie haben Recht, es war eine Rückversicherung. Ich dachte, falls ich falsch liege – was ich nicht tat! – und ein anderer der Täter sein sollte, so würde auch dieser durch das Menü provoziert werden. August Herold durch einen seiner Weine und den Lachs, den er ja im Tal betreut, Bäcker durch die aufgepuderte Burg Are, also das Zeichen der Weinbruderschaft, Antoine Carême durch die Suppe im Stil seiner Küche. Dazu die kulinarischen Hinweise auf die Morde, die ja für alle gleich waren: der Baumkuchen, der mehr ein Stöckchen-Kuchen war, die Blutorangensauce, der Trester, der mit Rappen vergorene Wein, das Golfball-Eis, und natürlich«, er zwinkerte ihr zu, »das *selbst* geschossene Kaninchen. *Irgendein* Mörder wäre schon raus zu mir auf den Hof gekommen!«

»Stelldichein mit einem Mörder. Schon ein merkwürdiges Hobby für einen Koch.«

»Hobby würde ich das nicht nennen. Eher Notwehr, schließlich hatten Sie mich auf dem Kieker. Ich weiß gar nicht, warum ich Ihnen solch ein exklusives Menü auftische ...«

»Es tut mir ja Leid, aber Sie müssen wissen«, sie warf ihm einen verführerischen Blick zu, »der Mörder musste sehr intelligent sein, und da waren Sie natürlich erste Wahl!«

Julius lachte. »So kommen Sie da nicht raus! Soll ich schon den nächsten Gang holen?«

»Oh ja, bitte! Und am besten den übernächsten auch gleich!«

»Gestern noch hätten Sie sich nicht mit mir an einen Tisch gesetzt, aus Angst, Sie hätten plötzlich ein Messer im Rücken!«

»Oder besser eine Schere für den Rebschnitt – das hätte zur Handschrift des Mörders gepasst.«

Julius huschte in die Küche und kehrte mit dem Herbsttrompetensalat zurück. »Von den Wingertsknorzen ist leider nichts mehr da. Ich hab Ihnen stattdessen ein paar Butterspätzle gemacht.«

»Da will ich mal gnädig drüber hinwegsehen …«

»Jetzt aber raus mit der Sprache! Wieso haben Sie geglaubt, ich wäre es gewesen? Wie kam es, dass jemand so Gescheites so danebenlag?«

Julius sah sie fordernd an. Von Reuschenberg legte Messer und Gabel weg, um die Hände zu heben, signalisierend: Ich ergebe mich.

»Ist ja gut! Ja, ich habe einen Fehler gemacht, ja, ich habe Sie zu Unrecht verdächtigt, ja, ich bin eine schlechte, schlechte Ermittlerin. Kann ich jetzt vielleicht noch einen kleinen Schluck Wein bekommen?«

»Reden Sie nur weiter! Ich schenk Ihnen dann schon ein.«

»Allerdings habe ich nicht gedacht, dass Sie *alle* Morde begangen haben.«

»Für so intelligent haben Sie mich dann doch nicht gehalten …«

»Neeeein, wegen des Alibis für die erste Tat. Diesen Mord hatte ihr Kompagnon auf dem Gewissen.«

»Hans-Hubert Rude?«

»Ah, woher! August Herold! So ein löchriges Alibi!«

»Und sein Motiv war?«

»Er wollte den ärgsten Konkurrenten aus dem Weg räumen und das Weingut übernehmen, da hab ich den Zeitungen Recht gegeben.«

»Und mein Motiv war?«

»Aber nicht lachen, versprochen?«

»Großes Indianerinnen-, nein, Kommissarinnen-Ehrenwort!«

»Liebe.«

»*Liebe*?!«

»Ja, weil Sie sich so für Ihre Großcousine eingesetzt haben, dachte ich, da läuft was zwischen Ihnen. Läuft da was?«

»*Nein.*«

»Vom Verwandtschaftsgrad her wär das kein Problem.«

»Also!«

»Wie dem auch sei. Ihr Deal mit Herold war, er bringt Siegfried Schultze-Nögel um, Sie haben freie Bahn für die Witwe, und wenn der Trauschein da ist, überschreiben Sie peu à peu das Weingut an Herold.«

»Und die anderen Ermordeten?«

»Mitwisser.«

»Und wer hat die umgebracht?«

»Sie.«

»Na, danke. Und Sie glauben wirklich, ich würde Ihnen noch einen Gang servieren?«

»Ist die Vermutung mit Ihrer Großcousine denn so abwegig?«

»Abwegiger!«

Das Telefon im Restaurant klingelte. Julius hatte keine Lust, abzunehmen.

»Franz-Xaver! Herr Oberkellner, gehen S' mal ans Telefon!«

Keine Reaktion.

»*Franz-Xaver*!«

Aus der Küche drang ein muffig gebrülltes: »Herrgottsackra, ich geh ja schon!«

Julius legte die Stirn in Falten. »Personal, nur Ärger hat man mit dem!«

»Ja, vor dem Krieg war alles besser. – Haben Sie übrigens mitbekommen, dass Ihre Großcousine sich am gestrigen Abend, wahrscheinlich durch die Freude, dass der Mörder Ihres Mannes endlich gestellt wurde, wieder an die fragliche Nacht erinnert hat?«

»Tatsächlich?«

»Sie sagt, sie hätte sich nach dem Streit mit ihrem Mann ins Bett gelegt, sei dann aber wieder aufgestanden und in den Flaschenkeller gegangen, um sich hemmungslos zu betrinken. Dabei hat sie wohl ihr Nachthemd so besudelt. Markus Brück hat sie dann netterweise ins Bett gebracht und am nächsten Tag das Kleidungsstück zur Wäscherei gebracht. Die liegt auf dem Weg von seiner Wohnung zum Weingut.«

»Und warum hat Markus das nicht erzählt?«

»Er hatte wohl Angst, dass ihm eine Affäre angedichtet wird.«

»So was geht ja schnell, nicht wahr, Frau von Reuschenberg …?«

»Ich *hab* mich schon entschuldigt!«

Julius nahm etwas vom Stuhl, der neben ihm stand.

»Aber *dafür* haben Sie sich noch nicht entschuldigt!«

In seiner Hand befanden sich die aktuellen Ausgaben der hiesigen Tageszeitungen. Sie titelten einhellig: »Kulinarischer Detektiv fasst Rote Bestie!«, »Serienmörder gestellt – Koch überführte ihn mit Menü«. Alle mit Fotos des Helden versehen, die vermutlich aus dem Archiv gekramt waren. Auf einem hatte Julius sogar noch alle Haare auf dem Kopf und eine Taille, die Brad Pitt Ehre gemacht hätte. Ein besonders lokalpatriotisches Blatt hatte unter eine der Abbildungen Folgendes geschrieben: »Julius Eichendorff – Der klügste Koch Deutschlands kommt aus dem Ahrtal«.

»Als Quelle ist hier die Polizei angegeben, eine Frau von Reuschenberg.«

»Die junge Dame ist nur ihrer Mitteilungspflicht nachgekommen. Was Recht ist, muss schließlich Recht bleiben.«

»Da reden wir noch mal drüber.«

»Vielleicht wirkt es sich ja strafmindernd aus, dass ich Ihnen gestern Abend das Leben gerettet habe?«

Franz-Xaver kam in den Garten getrottet. »Du sollst bittschön mal ans Telefon kommen.«

»Ich kann jetzt nicht. Sag, ich ruf zurück.«

»Na, geht net, lässt sich net abwimmeln.«

»Ist schon okay«, sagte von Reuschenberg. »Ich kenn das.«

Mit einem »Entschuldigung« auf den Lippen trollte sich Julius zum Telefon und bellte mehr in selbiges, als dass er hineinsprach.

»Eichendorff!«

Franz-Xaver hatte sich neben ihn gestellt und lauschte auf die Worte seines Chefs und Freundes.

»Ja … ah, so … jaaa … das freut mich … das ist nicht wahr! … ja … soso … fanden Sie das? … mhm … danke! … ja … Ihnen auch … Wiederwieder.«

Julius blickte Franz-Xaver an. Franz-Xaver blickte Julius an. Sie gaben sich die Hand. Dann lachten sie lauthals los, schnappten sich jeder einen Topf und einen Kochlöffel und rannten scheppernd durch die Küche.

Von Reuschenberg erschien in der Tür. »Was ist denn hier los? Haben Sie die Weinflaschen ohne mich leergetrunken?«

Julius nahm sie in die Arme und drückte sie an sich. »Viel besser, gerade rief –«

»Wart, Julius! Ich hab's mit der Aufnahme-Funktion des Anrufbeantworters gespeichert. Man muss nur hier drücken.«

Es piepste.

»… Ich hol ihn gleich, Sekunde bitte …«

Das war noch die Stimme von Franz-Xaver gewesen. Dann waren schwere Schritte gefolgt von einer schweren Stimme zu hören.

»Eichendorff!«

»Sind Sie der große Kochkünstler, der in der ›Alten Eiche‹ Regiment führt?«

»Ja.«

»Mein Name ist, ach, mein Name tut nichts zur Sache, darf ich Ihnen auch gar nicht sagen. Zumindest arbeite ich für den Michelin Guide Rouge.«

»Ah, so.«

»Normalerweise rufe ich nie bei Restaurants nach einem Essen an. Aber, ich *musste* einfach. Wissen Sie, ich war gestern Abend bei Ihnen!«

»Jaaa.«

»Und es hat mir fabelhaft gemundet!«

»Das freut mich.«

»Ich hatte, wie ich gerade aus der Zeitung erfahren habe, das Mörder-Menü.«

»Das ist nicht wahr!«

»Doch. Ich musste Ihren Oberkellner zwar ein wenig bearbeiten, aber schließlich hat er es mir und meiner Begleiterin gebracht. Aber Sie sollten wirklich mal mit ihm reden, er war nicht immer so geistesgegenwärtig, wie zu wünschen wäre. Er kümmerte sich den ganzen Abend fast nur um die Gäste im Séparée. Nehmen Sie das als gut gemeinten Rat!«

»Ja.«

»Aber das Menü hat mich für *alles* entschädigt. Und auch die Weine waren fantastisch ausgewählt!«

»Soso.«

»Mit welchem Mut sie da kontrastierende Geschmacksnuancen kombiniert haben. Diese Chuzpe! Grandios!«

»Fanden Sie das?«

»Aber einhundertprozentig. Kein Vergleich zu Ihren sonstigen Kreationen!«

»Mhm.«

»Das meine ich nicht negativ. Sie kochen sonst schon fantastisch, aber eine so einfallsreiche Küche habe ich bei Ihnen noch nie vorgefunden. Das war ja eigentlich zwei Sterne wert, was red ich, drei!«

»Danke!«

»Aber erst mal müssen Sie sich mit einem zufrieden geben.«

Man hörte, wie Julius schluckte. »Ja«, brachte er dann hervor.

»Schließlich zählt Kontinuität. Aber mit so einer Leistung ist der Weg nach oben offen. Weiter so, Herr Eichendorff, weiter so!«

Julius sagte nichts. Das war einfach zu unglaublich.

»Einen schönen Tag wünsche ich weiterhin!«

»Ihnen auch«, kam es stockend über Julius' Lippen.

»Wiederhören!«

»Wiederwieder.«

Franz-Xaver stellte den Anrufbeantworter ab und holte das Band heraus: »Das behalten wir! Als Dokument eines historischen Moments, in dem Julius Eichendorff so wortgewandt wie ein Stockfisch war.«

Ebendieser Julius Eichendorff war mittlerweile rot angelaufen. Er war es nicht gewohnt, die eigene Stimme zu hören, und geistige Meisterleistungen wie »Wiederwieder« machten die Sache nicht besser.

»Das muss gefeiert werden!«, rief von Reuschenberg.

»Aber nicht mehr heute«, sagte Julius.

Franz-Xaver schien enttäuscht.

»Wir köpfen jetzt *nur* eine Flasche Bollinger Grande Année 1990er. Danach heißt es arbeiten, alles vorbereiten, denn heute Abend kommen wieder Gäste.«

»Sehr pflichtbewusst, Herr Eichendorff. Respekt!«, meinte von Reuschenberg.

»Und das echte Festessen – nach dem falschen gestern – machen wir, wenn der neue Michelin-Führer draußen ist. Erstmalig mit dem Sternerestaurant ›Zur Alten Eiche‹! Sie werden natürlich auch eingeladen, Frau von Reuschenberg.«

»Das ist ja schön und gut, aber jetzt hätte ich erst einmal gern die beiden Desserts!«

»Selbstverfreilich, gnä' Frau, ich bring sie Ihnen schon mal in den Garten!«, sagte Franz-Xaver, griff sich die zwei bereitstehenden Teller und balancierte sie fröhlich singend hinaus.

Julius wandte sich noch einmal an die Kommissarin. »Sie können auch gerne eine männliche Begleitung mitbringen.«

»Soso«, sie schmunzelte. »Eine männliche Begleitung hab ich zurzeit nicht zur Hand. Mit männlichen Begleitungen ist das schwierig, wenn man so unkonventionelle Arbeitszeiten hat wie bei der Polizei.«

»Wem sagen Sie das? Meinen Sie, mir als Koch ginge es anders?«

Von Reuschenberg schenkte ihm einen Augenaufschlag. »Vielleicht sollte ich mich auf Köche spezialisieren?«

»Die sind aber nicht pflegeleicht. Und außerdem schwer zu fassen. Da müssten Sie sich schon sehr anstrengen.«

»Ich hab da so meine Methoden.« Sie kramte in ihren Jackentaschen und holte schließlich ein Paar Handschellen hervor. »Strecken Sie Ihre Arme aus!« Schelmisch blickte sie ihn an.

»Wie bitte?«

»Stell dich net so an! Hoch mit den Armen!«, rief Franz-Xaver, der wieder in die Küche gekommen war.

Die Handschellen schlossen sich klackend um Julius' Gelenke.

»Im Namen des guten Geschmacks nehme ich Sie fest. Sie haben das Recht, das Menü zu verweigern. Alles, was Sie selber essen, kann auf der Waage gegen Sie verwendet werden ...«

Weiter kam sie nicht, denn Julius' Lachen war einfach zu ansteckend.

Anhang

Tipps für Weinnasen

In diesem Krimi sind viele Wein-Spuren ausgelegt – und es lohnt sich, jeder einzelnen davon nachzugehen. Billig wird dieses vinophile Detektivspiel jedoch nicht, denn die Tropfen von der Ahr kosten ihr Geld. Das liegt zum einen an der aufwändigen Arbeit in den Steillagen, vor allem aber an der großen Nachfrage. In Deutschland herrscht zurzeit ein wahrer Rotweinboom. Zudem hatte die Ahr jahrzehntelang eine zahlungskräftige Käuferschicht vor der Haustür: die Regierenden in Bonn.

Wer die Kosten nicht scheut, wird mit begeisternden Weinen belohnt. Die qualitativ wichtigsten Rebsorten des Tals sind der Spätburgunder und der Frühburgunder. Letzterer ist eine Mutation aus dem Ersteren. Er wird, wie sein Name schon sagt, ein wenig früher reif. Vom Geschmack her unterscheidet er sich klein aber fein von seinem großen Bruder. Erschmecken Sie selbst, welchen Sie lieber mögen. Spätburgunder wird überall in Deutschland angebaut, der Frühburgunder dagegen ist eine echte Spezialität der Ahr. In dieser Breite ist er sonst nirgendwo zu finden. Fast überall sind die trockenen Spät- und Auslesen dieser beiden Burgundertrauben die Vorzeigeweine. Dazu kommen die Spezialitäten der Güter. Weine, die nicht unbedingt besser, aber unbedingt interessant sind.

Am einfachsten und ohne Voranmeldung kann man bei den Genossenschaften einkehren, die in den letzten Jahren einen wahren Qualitätsschub durchgemacht haben. Ganz vorne liegt die WzG. Mayschoss-Altenahr (übrigens die älteste Winzergenossenschaft Deutschlands, gegründet 1868), gefolgt von der Weinmanufaktur Dagernova und den Genossen aus Walporzheim.

Meine liebsten Weingüter befinden sich alle in privater Hand. Ich liste sie in alphabetischer Reihenfolge. Bevor Sie anfangen zu spekulieren: Auch bei Namensähnlichkeiten sollten Sie nicht davon ausgehen, dass etwas eins zu eins für den Krimi übernommen wurde. Die Charaktere im Buch sind fiktiv und haben nichts mit real existierenden Personen gemein.

Beginnen wir mit dem Buchstaben »A«. Die famosen Spätburgunder des Ahrweiler Weinguts J.J. Adeneuer vereinen ahrtypische Feinheit mit einer tief schlummernden Kraft. Das von zwei Brüdern geführte Gut ist der Ahr-Aufsteiger der letzten Jahre schlechthin. Mit der »Walporzheimer Gärkammer« hat man die kleinste Spitzenlage Europas im Alleinbesitz, eine weitere Besonderheit sind die ältesten Dornfelder-Rebstöcke des Tals.

Winzer Wolfgang Hehle vom Deutzerhof hat es in den letzten Jahren geschafft, die größte Konstanz aller Ahr-Weingüter zu erlangen. Selbst in schwachen Jahren erzeugt er große Weine. Und noch wichtiger: Bei ihm gibt es keinen »kleinen« Wein. Auch die einfachen Qualitäten sind prima, die Spitzenweine sind grandios – hier können Sie blind kaufen. An speziellen Tipps gibt es beim Deutzerhof einiges. Mit dem »Alfred C.« zum Beispiel den besten Portugieser des Tals, und in jedem Jahr einem der besten Deutschlands. Mit dem Riesling »Catharina C.« und auch dem Chardonnay beweist Hehle, was im Weißweinbereich an der Ahr möglich ist. Freunde edelsüßer Weine sollten die Auslesen und Eisweine probieren. So was bekommen sonst (fast) nur die Moselaner hin. Und als wäre das noch nicht genug, macht er auch noch exzellente Rosés. Der einfache ist ein idealer Sommerwein, der große »Saumon de l'Ahr« ist etwas für die festliche Tafel.

Weiter geht es mit »K« wie Kreuzberg. Die Besitzer sind eine wahre Familienbande, handelt es sich doch wie beim Weingut Adeneuer um zwei Brüder, rheinische Frohnaturen noch dazu: Ludwig und Kellermeister Hermann-Josef. Das Duo liebt es abenteuerlich, keines der Topweingüter an der Ahr ist so experimentierfreudig. Gemeint sind damit die angebauten Rebsorten. Bei den Kreuzbergs finden sich auch die in Deutschland eher seltenen Regent und Cabernet Sauvignon. Beide in Qualitäten, die zur deutschen Spitze gehören. Sogar Cabernet Franc ist dank den Brüdern nun im Ahrtal heimisch. Ein weiteres Schmankerl ist der Rotsekt Brut, sicherlich der beste wirklich trockene rote Schaumwein des Tals und ein Erlebnis für alle, die dieser Spezialität bisher nur in Form klebrigen Krimsektes begegnet sind. Mein besonderer Tipp sind die Brände, welche – untypisch für die Ahr – geradezu preiswert angeboten werden. Übrigens: Zum Weingut gehört eine Gutsschänke, diese ist bei den Ahrschwärmern sehr beliebt, stets gut besucht und der ideale Ort, um nach einem Ausflug etwas zu essen.

Kommen wir zu »M« wie Meyer-Näkel. Dahinter verbirgt sich der Grandseigneur der Weinszene im Tal, Werner Näkel. Er setzte als Erster vor Jahren qualitative Akzente, war Vorreiter für hochklassige Weine. Der ehemalige Lehrer ist mittlerweile flügge geworden und arbeitet ebenfalls in einem südafrikanischen und einem portugiesischen Weingut – dort gehört er ebenfalls zur Spitze. Mein besonderer Tipp ist nicht nur die Gutsschänke »Im Hofgarten« (Bachstraße 26, an der Kirche), sondern vor allem die »Illusion«. Ein Blanc de Noir, ein weißgekelterter Wein aus roten Trauben. Als Näkel diesen erstmals produzierte, machte so etwas noch niemand in Deutschland. Und wer etwas für außergewöhnliche Weinnamen übrig hat, der greift zur Cuvée aus Spätburgunder und Dornfelder, die da heißt: »Us de la meng«.

Die französischsten Weine des Tals finden sich beim Recher Weingut Jean Stodden. Vater und Sohn arbeiten hier gemeinsam an ihrer ganz eigenen Vision des Ahrweins, die auf prägnante Tannine und Alterungsfähigkeit setzt. Der Spätburgunder »Alte Reben« ist jedes Jahr einer der ganz großen Rotweine des Tals – allerdings auch einer der teuersten.

Bei allen Weingütern heißt es schnell zugreifen, denn rasch sind die begehrten Tropfen ausverkauft. Natürlich sind dies nicht die einzigen Spitzenbetriebe im Tal. Viele Kenner schwören auch auf das Heimersheimer Weingut Nelles, das Walporzheimer Weingut Kriechel, oder das Weingut Sermann-Kreuzberg in Altenahr. Freunde von Ökoweinen sollten einen Abstecher zur Maibachfarm machen. Und wenn Sie eine Reise an die Ahr planen: Es gibt Gerüchte über ein lohnenswertes Restaurant in Heppingen mit einem pfiffigen Koch …

Herr-Bimmel-Suppe für 6 Portionen

(auch bekannt als »Pikante Champagner-Renette-Suppe«)

Vorbereitung:

In gewürfelter Form werden benötigt:
6 große grüne Äpfel (Julius nimmt Champagner Renette)
2 Tomaten
3 Möhren
1 Kohlrabi
1 grüner Paprika (vorher entkernen!)
2 Selleriestangen
Das Gemüse können Sie natürlich ganz nach
persönlichen Vorlieben variieren.

Außerdem brauchen Sie:
2 Liter Hühnerbrühe
(Julius nimmt Bressehuhn-Consommé, aber das ist nicht nötig)
150 ml süße Sahne
Zitronenstücke
1 Schuss Champagner
(Sekt – am besten von der Ahr – passt natürlich genauso gut)

Sowieso in Ihrer Küche vorhanden sind:
3 EL Öl
3 EL Mehl
1 EL Zucker
2-3 EL Zitronensaft
schwarzer Pfeffer
Salz

Als Beilage:
Frisches Baguette

Zubereitung:

1. Das Öl in einem großen Topf erhitzen.

2. Dann hinein mit den gewürfelten Kohlrabi, Möhren, Sellerie, Paprika und Tomaten. Alles für ca. 5 Minuten anbraten, bis das Gemüse weich ist.

3. Die Hühnerbrühe dazugeben und alles aufkochen. Bei niedriger Temperatur gilt es dann, sich zu gedulden, denn das Ganze muss etwa 45 Minuten köcheln.

4. Jetzt kommt die Hauptsache: Schälen, entkernen und würfeln Sie die Äpfel und geben Sie die Stücke in den Topf. Jetzt heißt es noch einmal eine Viertelstunde warten und die Suppe köcheln lassen.

5. In einem kleinen Schüsselchen Sahne und Mehl gut verrühren.

6. Die Mischung langsam unter Rühren in die Suppe gießen.

7. Aufkochen, Zucker, Zitronensaft und einen Schuss Champagner dazugeben.

8. Abschmecken.

8. Pfeffer drüberstreuen (seien Sie mutig!).

9. Dazu Zitronenstücke und frisches Baguette reichen.